一笑

古龍自署

國際學術研討會

古龍武俠小說 領先時代半世紀

【記者賴素鈴／報導】江湖代有才人出，這廂古龍凋零二十載，那廂今朝懸賞百萬獎新秀，浪淘不盡，唯有武俠熱愛，不隨時間變易，在學術研討會上更見分明。以「一代鬼才：古龍與武俠小說」爲主題，淡江大學第九屆文學與美學國際學術研討會昨起在國家圖書館，展開爲期兩天的議程，紀念武俠小說家古龍逝世二十周年，新生代學者與古龍故舊齊聚一堂，以文論劍話武俠。

日前與淡大中文系教授林保淳共同發表《台灣武俠小說發展史》，武俠小說評論家葉洪生昨天在專題演講中，直批胡適1959年底發表「武俠小說下流論」是「胡說」，學界泰斗的不當發言以及隨即展開的「暴雨專案」，反而促成1960年起台灣武俠新秀的繁興，「武俠小說迷人的地方，恰恰在門道之上。」，葉洪生認定，武俠小說審美四原則在文筆、意構、雜學、原創性，他強調：「武俠小說，是一種『上流美』。」

集多年心血完成《台灣武俠小說發展史》，葉洪生認爲他已爲從十歲起迷上武俠小說的半世紀畫上完美句點，並且宣布他「以後決心退出武俠論壇，封劍退隱江湖」。

雖然葉洪生回顧武俠小說名家此起彼落，套太史公名言「固一世之雄也，而今安在哉？」，認爲這是值得深思的嚴肅課題，昨天意外現身研討會而備受矚目的溫世禮，則爲了紀念同是武俠迷的哥哥溫世仁，推出第一屆「溫世仁武俠小說百萬大賞」，即日起至今年10月3日截止收件，經兩階段評選後於明年12月7日公布首獎得主，預料將會是一場武林新秀的龍虎爭霸戰。

看明日誰領風騷？風雲時代出版社發行人陳曉林眼中的古龍，其實領先他的時代半世紀，以致如今雖然古龍逝世20年，陳曉林認爲大家對古龍的了解仍然有限，預言未來世代更能和古龍的後設風格共鳴。

昨天這場研討會，也凸顯武俠小說作爲一項文學研究門類，仍有待開發學習空間。多位與會者都指出，武俠小說的發表、出版方式和管道具考證難度，學術理論與論文格式的建立待加強。而武俠名家的版權之爭、市場競爭力，也增加出版推廣困難，古龍武俠小說的版權糾紛、司馬翎作品的版權官司也成爲研討會的場外話題。

與

武俠小說

第九屆文學與美

一代鬼才
古龍

古龍兄為人慷慨豁達、跌蕩自如，變化多端，文如其人，且復多奇氣，惜英年早逝，余與古兄當年交好，且喜讀其書，今後不見其人，又無新作可讀，深自嘆惜。

金庸

一九九六．十．十一．香港

陸小鳳傳奇

（五）

鳳舞九天

【導讀推薦】

隱形刺客與完美謀殺

——《鳳舞九天》導讀

武俠評論家、國立台灣師範大學中文系教授
林保淳

這是陸小鳳故事系列的第六部，題名「鳳舞九天」，是為了強調陸小鳳經過「隱形人」事件後，浪子心定，終於得偕紅粉知己沙曼，「是飛翔在幸福的九重天上的陸小鳳」，因而意欲歸隱江湖。但這是否為古龍所取的原名，是相當值得懷疑的。此書從寫作、出版到印行，頗有一些波折，主要是古龍實際上並未完成這部作品，而目前可以看到的有兩種版本：一是香港武功出版社所出的，題名為「隱形的人」，故事未完；一為台北出版社所出，故事完整，據聞為薛興國所續，題為「鳳舞九天」。兩本相較，大抵從「仗義救人」的後半段，「他忽然發覺自己已落入了一張網裡。一張由四十九個人，三十七柄刀織成的網」以上，完全相同。由於兩種版本後面的情節發展互異，因此，究竟古龍原作寫到哪裡，頗有異議。

不過，這並不妨礙讀者欣賞這部小說。「鳳舞九天」在接續古龍原作時，遺漏了頗多線索，如小玉此女的來歷，諱莫如深，古龍在〈談判順利〉一節，其實已留下伏筆；老實和尚在後續的故事中，硬被栽贓成「不老實」，與古龍的原意，也大相徑庭（在《劍神一笑》中，老實和尚又儼然是一「老實」人）；而故事結尾，陸小鳳與沙曼共諧連理，則與《劍神一笑》中所敘的「牛肉湯」相扞格；而「刺殺皇上以奪嗣」的橋段，古龍在「決戰前後」已經用過，實不宜重出。然而，薛興國頗精熟古龍筆法與風格，神似之處，幾可亂真，如將崔誠在嚴密保護中的秘室中被滅口，利用人爲的「時間差」（葉星士撒謊），製造懸疑，頗切合書中屢屢強調的「隱形人」意旨，可謂是「善讀古龍」；而且將幕後主使人坐實於「太平王世子」，也符合古龍原意。因此，《鳳舞九天》依然不失爲一部值得一讀的佳作。

本書的結構相當巧妙，尤其是前半部。一開始，三千五百萬兩珍寶在神不知鬼不覺中遭劫，即已造成莫大的懸疑；而唯一的「活口」（其他人皆失蹤），居然在重重護衛下遭到滅口，更令讀者感到波詭雲譎，道道地地就是古龍最精擅的筆法。劫案一無頭緒，依理當在劫案現場刻意描繪，抽絲剝繭，以求得蛛絲馬跡；但古龍偏偏慢條斯理，轉筆敍述欲出海觀光的陸小鳳。陸小鳳在「狐狸窩」的一段，乍看之下是「閑筆」，與劫案根本無關，陸小鳳也自始不曉得此巨案；但卻在古龍精心設計的一場暴風雨中，利用木魚和佛像，巧妙地將陸小鳳捲入，然後一步一步地透露線索，最終才在回到陸地後，讓陸小鳳正式成爲本書偵察案件的「偵探」。在此，陸小鳳真的有「千呼萬喚始出來」的味道，吊盡了讀者的胃口。

此書的關鍵點在「隱形人」，港版題名爲「隱形的人」，應是古龍原意。所謂「隱形人」，書中藉小老頭的話語，作了相關的「定義」：

泡沫沒入大海，杯酒傾入酒樽，就等於隱形了。因為別人已看不到它，更找不出它，有些人也一樣。

如果你有另外一種身分，譬如說，如果你是江南大俠，那麼你也等於隱形了，因為別人只看見你是大俠的身分，卻看不見你是殺人的刺客。

世間沒有真的能夠「隱形」的人，最多是巧妙地利用各種身分，「隱藏真形」而已。「隱藏真形」，當然就讓人無法掌握，同時也充滿各種不可預料的可能。實際上，古龍的作品，幾乎多半都是以「隱形人」的概念在運作的，他的許多名言，如「最好的朋友，就是你最大的敵人」、「有時候越是老朋友，越會把對方出賣」、「最危險的地方，就是最安全的地方」等，藉「可能／不可能」的辯證片語（其實，「可能」一語，就暗藏著「可能不」的意義），淋漓盡致地發揮了作品離奇變化的特色。何以朋友會是敵人？顯然，「朋友」只是一種「身分」，用來掩飾、隱藏「敵人」的「真形」而已。古龍賦予筆下的每一個角色「無限的可能」，在情節需要變化的時候，隨時「可能」爆出驚人的內情，就此而言，每個角色都被塑造成「隱形人」，但看古龍願不願意暴露出其「真形」而已。古龍筆下的人物，充滿了模糊不定的特色，而也正因具此特色，所以古龍的小說才詭秘離奇，變化不可方物。

本書可謂是全力發揮「隱形」意旨的佳作，古龍先聲奪人地點出「隱形人」，然後藉「隱形人」的含意，貫串全書。實際上，書中每一個人物（除了主角）都可能是「隱形人」，因爲每個人似乎都隱藏了「真形」，從海邊的岳洋、老狐狸、牛肉湯、小玉、小老頭，到劫案中的要角鷹眼老七、名醫葉星士、太平王世子，甚至連另一主角老實和尚，都有說不清的內幕，數不盡的秘密。在古龍文字撥弄之下，讀者滿頭霧水，分不出孰是孰非，非得等到古龍最後的「暴露」，才能盡知其玄奧。

古龍以這種方式塑造人物，簡直有點「隨心所欲」，要黑要白，但得看他高不高興。讀者閱讀過後，多少難免有點被戲耍、愚弄的味道，而古龍偏偏就是有這種本事，他讓你心中儘管不服氣、不愜意，但卻無法與他辯駁，因爲任何一條線索，他都安排得合情合理！

《鳳舞九天》是古龍未完成的作品，究竟何以古龍中途輟筆呢？古龍創作的後期，整個心態又是如何？古龍已往矣，如今是很難考究了。不過，此書有一段甚爲奇特的文字，或者可以讓我們略窺一二：

如果你的心裡有痛苦，喝醉了是不是就會忘記？

不是！

——為什麼？

因為你清醒後更痛苦。

——所以喝醉了對你並沒有好處。

絕沒有。

——那麼你為什麼要醉？

我不知道。

一個人為什麼總是常常要去做自己並不想做的事？

我不知道。

這段充滿懺悔、矛盾、徬徨的文字非常突兀，緊接在陸小鳳不忍見到天龍門南宗遭「武官」屠戮，奮勇衝出之後，而下文立即描述陸小鳳眼中所見到的慘狀。

可以說，這段文字是「上不巴村，下不著店」的，即使刪除，也無關緊要。可以想見，這是古龍的獨白，在此，我們看到的不是意氣飛揚的古大俠，而是一個痛苦、徘徊、落寞的心靈。

古龍晚年越發嗜酒，酒，帶給古龍的往往不是酣暢，是舉杯澆愁愁更愁，是無盡的寂寞，是後來一身的病痛。

古龍精品集 29

陸小鳳傳奇(五)

鳳舞九天

目・錄

一 薄刀

一百零三個精明幹練的武林好手，價值三千五百萬兩的金珠珍寶，竟在一夜之間全都神秘失蹤。

這件事影響所及，不但關係著中原十三家最大鏢局的存亡榮辱，江湖中至少還有七八十位知名之士，眼看著就要因此而家破人亡，身敗名裂。

那天晚上究竟發生了什麼事？

知道這秘密的，普天之下，只有一個人！

崔誠知道自己現在已變得如此重要，一定會覺得自己此生已非虛度。

可是他並不知道。他已整整暈迷了三天。

這一百零三個人都是中原鏢局的精英，護送著鏢局業有史以來最大的一趟鏢。經太行，出潼關，卻在太行山下一個小鎮上忽然失蹤。

崔誠是群英鏢局的趟子手，也是這次事件中唯一的生還者。

根據一天後就已緊急號召成的搜索隊首腦熊天健所說：「我們是在當地一家客棧的坑洞裡

找到他的，當時他已暈迷不醒，奄奄一息。」

據陪同搜索隊到太行的名醫葉星士說：「他身上共有刀傷六處，雖然因爲流血過多而暈迷，幸好傷不在要害，只要找個安全的地方讓他靜養三五天，我保證他一定回復清醒。」

據搜索隊的另一首腦鷹眼老七說：「現在他已被送到一個絕對安全的地方休養，不經我們全體同意，連一隻蒼蠅都飛不進去。」

熊天健是中原大俠，也是群英鏢局總鏢頭司徒剛的舅父，俠義正直，在江湖中一向很有人望。

葉星士是少林鐵肩大師的唯一俗家弟子，也是江湖中久著盛譽的四大名醫之一，醫術精湛，天下公認。

鷹眼老七是十二連環塢的總瓢把子，十二連環塢的勢力遠及塞外，連黑白兩道中都有他的門人子弟，這次護鏢的四十位鏢師中，就至少有五六個人曾經在他門下遞過帖子。

他們被牽入這件事，只因爲他們都是這十三家鏢局的保人。

這趟鏢的來頭極大，甚至已上動天聽，若是找不回來，非但所有的保人都難免獲罪，連委託他們護鏢的太平王府都脫不了關係。

所有的保人當然也都是江湖中極有身分的知名人士，中原武林的九大幫、七大派，幾乎全都有人被牽連在內。

他們是在端陽節的前一天找到崔誠的，現在已是五月初八。

根據負責照顧崔誠的十二連環塢第三寨程寨主說：「他昨天晚上已醒過一次，還喝了半碗參湯，解了一次手，等我們替他換過藥後，他才睡著的。」

據鷹眼老七的如夫人蕭紅珠說：「他解出的糞便中已沒有血絲，今天早上已經能開口要水喝，還看著我笑了笑。」

程中和蕭紅珠都是鷹眼老七最親信的人，只有他們才能接近崔誠。以崔誠的傷勢來看，現在雖然還不宜勞累，但是這件事卻無疑遠比他的傷勢重要得多，只要他能開口說話，就絕不能再等。

是以所有和這件事有關的人，現在都已到了十二連環塢的總寨，連太平王的世子都帶著他們的護衛來了。

現在崔誠當然絕不能死！

十二連環塢究竟是個什麼樣的地方，江湖中幾乎從來沒有人能真正了解過，那不僅是個地方，也是個極龐大的組織。

這組織的勢力分佈極廣，份子很複雜，黑白兩道上，他們都有一份，可是他們都能謹守著一個原則——

「不傷天害理，不乘人於危，不欺老弱婦孺，不損貧病孤寡。」

這也許就是他們能存在至今的最大原因。

十二連環塢有十二寨，從外表看來和普通的山莊村落並沒有什麼分別，其實他們的防衛極森嚴，組織更嚴密，沒有他們的腰牌和口令，無論誰都很難進入他們的山區。

總瓢把子鷹眼老七的駐轄地，就叫做「鷹眼」，十二連環塢屬下的所有行動、命令都是由「鷹眼」中直接發出的。

端陽的正午，崔誠就已被送入「鷹眼」的密室中，要經過五道防守嚴密的鐵柵門才進入這密室，能自由出入的，只有程中和蕭紅珠。現在他們就在這裡陪著崔誠。

程中老成持重，而且略通醫術，蕭紅珠溫柔聰明，心細如髮，密室四面是牆壁，都是整塊的花崗石，鐵門不但整天都有人換班防守，而且還配著名匠製成的大鐵鎖，除了蕭紅珠和鷹眼老七貼身秘藏的兩把鑰匙外，無論誰都打不開。

對這種防守，連太平王的世子都不能不滿意，笑著對鷹眼老七道：「你說得不錯，這地方實在連隻蒼蠅都飛不進去。」

可是當他們通過五道鐵柵，進入密室後，才發現崔誠已經死了！

蕭紅珠和程中也已死了！

他們身上既沒有傷痕，也找不到血痕，但是他們的屍體都已冰冷僵硬。

根據葉星士的判斷：

「他們死了至少已有一個半時辰，是被一柄鋒刃極薄的快刀殺死的，一刀就已致命！」

「因爲刀的鋒刃太薄，出手太快，所以連傷口都沒有留下。」

「致命的刀傷無疑在肺葉下端。一刀刺入，血液立刻大量湧入胸腔，所以沒有血流出來。」

這一刀好準，好快！

可見殺人的兇手不但極擅快刀，而且還有極豐富的經驗。

防守密室的人，跟隨鷹眼老七都已在十年以上，都是他的心腹死士。

他們指天誓日：「在這兩個時辰中，除了蕭夫人和程寨主，絕沒有第三個人出入過。」

這一班防守的有三十六個人，三十六人說的當然絕不會全是謊話。

那麼兇手是怎麼進去的？

太平王的世子冷笑：「照你這麼說，除非他是個隱形的人！」

正午。

佈置精緻的大廳內沉悶煩熱，連風都似已被凝結，散亂的頭髮一落下來，立刻被汗水膠住，雖然隨時都有酒水供應，但大家還是覺得嘴唇乾裂，滿嘴發苦。

鷹眼老七更顯得憔悴，悲傷而疲倦。

他本是個活力充沛，看起來很年輕的人，就在這一刻間，他似已蒼老了很多。

「兇手是怎麼進去的？這世上當然絕沒有真能隱形的人。」

他想不通。沒有人能想得通。

大家只知道一件事，這三千五百萬兩鏢銀若是找不回來，他們就負責賠償。

那足以讓他們每個人都傾家蕩產！就算傾家蕩產，也未必能賠得出！

以他們的身分地位，當然更絕不能賴賬。

幸好太平王的世子並不是個不通情理的人：「我可以給你們四十天的限期，讓你們去把這批珠寶追回來，否則……」

他沒有說下去，也不必說下去，後果的嚴重，大家心裡都很明白。

說完了這句話，他就帶著他的護衛們走了，不管怎麼樣，四十天的限期已不能算短。只可惜這件事連一點線索都沒有。

鷹眼老七站起又坐下，坐下又站起，熊天健滿身大汗，已濕透了內外三重衣服，有些人只有鼻子會出汗，就看著汗珠一滴滴從鼻尖滴落。

這些人都是坐鎮一方的武林大豪，平時指揮若定，此刻卻已方寸大亂，竟完全想不出一點對策來。

葉星士忽然道：「這已不是第一次。」

大家都不能完全了解他這句話的意思，只有等著他說下去。

葉星士道：「上個月底長江水上飛，在作每日例行的巡查時，忽然暴斃在水中，我也曾被他們幫中的子弟請去檢定他的死因。」

熊天健立刻問：「他的死因也跟崔誠一樣？」

葉星士點點頭，道：「他身上也完全沒有傷痕血跡，我整整花了三天功夫，才查出他內腑肺葉下的刀傷，也同樣是一刀就已致命！」

熊天健道：「他是在水中被刺的了？」

葉星士道：「不錯。」

熊天健的臉色更凝重，水上飛的水性號稱天下第一，兇手能在水中一刀刺入他的要害，水底的功夫當然比他更精純。

他沉思著，過了很久，才緩緩道：「我也想起了一件事。」

以鷹爪力著稱的淮南武林世家長公子王毅搶著問道：「什麼事？」

熊天健道：「今年年初，嵩陽『鐵劍山莊』的老莊主在他的藏劍閣中練劍時，忽然暴斃，至今還沒有人知道他的死因。」

他長長吐出口氣：「現在我才想到，他很可能也是被同一個刺客暗殺的！」

嵩陽郭家的劍法，一向爲不傳之秘，郭老莊主在練劍時，絕不許外人偷看。

他的藏劍閣建造得也像是銅牆鐵壁一樣，任何人都難越雷池一步。

何況他劍法極高，一柄家傳的鐵劍施展開來，別人根本近不了他的身。

葉星士皺眉道：「他當真是在練劍時被刺的，這刺客的刀就未免太可怕了。」

鷹眼老七忽然冷笑，道：「那麼我們是不是就應該坐在這裡，等著他來將我們一個個殺光？」

沒有人跟他爭辯，自己最心愛的女人被刺殺，無論誰心情都不會好的。

鷹眼老七握緊雙拳，額上青筋一根根凸起，大聲道：「就算這刺客真的有三頭六臂，真的會隱形，我也要把他找出來！」

怎麼找呢？

經過了徹底商議後，大家總算決定了三個對策。

將所有的人手分成三批，分頭辦事。

第一批人由熊天健率領，再回太行山下那一個小鎮去，看看鏢師們投宿的那家客棧中，是不是還有些蛛絲馬跡留下來。

最好能將當地每一戶人家都仔細查問清楚，出事前那幾天，有沒有可疑的陌生人到過那裡？

他們已將江湖中所有善於使刀的武林高手都列舉出來，由葉星士帶領的第二批人去分別查訪。

最主要的是，要問出他們從五月端陽的凌晨到正午這兩個時辰中，他們的人在哪裡？

第三批人由王毅領隊，到各地去籌款，想法子湊足了三千五百萬兩。

這件事雖然都很不容易，大家忍不住要問鷹眼老七。

「你準備到哪裡去？」

「我去找陸小鳳。」

「就是那個有四條眉毛的陸小鳳？」

鷹眼老七點點頭：「假如世上還有人能替我們找出那兇手來，一定就是陸小鳳。」

他說得很有把握。

經過了幽靈山莊那一件事後，他對陸小鳳的機智和能力都充滿信心。

「據說這個人是個浪子，浪跡天涯，四海為家，你準備到哪裡去找他？」

「哪裡的粽子做得最好，我就到哪裡去找。」

對這一點，他也很有把握。

他知道陸小鳳不但好吃，而且很會吃，端午節的時候若是不吃粽子，豈非是件很煞風景的事？

據說臥雲樓主人的家廚名動公卿，做出來的湖州粽子風味絕佳，當地官府每年都要用八百里加急的驛馬送到京師去，而且臥雲樓主人好像也正是陸小鳳的老朋友。

「我正準備到那裡去。」鷹眼老七已站起來：「臥雲樓主人一向好客，端陽才過三天，他一定不會放陸小鳳走的。」

只可惜他還是遲了一步。

臥雲樓主昔年本是江湖聞名的美男子，近年來想必因爲吃得太好，肚子已漸漸凸起，這一點無疑也使得他自己很煩惱。

所以他說話的時候，總會在不知不覺中拍著自己的肚子。

「陸小鳳來過，端午前後他幾乎每年都要來住幾天。」臥雲樓主人親自爲鷹眼老七倒了杯酒：「這就是我特地爲他挑選的竹葉青，你嚐嚐怎麼樣？」

鷹眼老七雖然不是爲品酒來的，還是將這杯酒一飲而盡，立刻問道：「現在他的人呢？」

臥雲樓主人嘆了口氣，道：「今年他的興致好像不如往年，總顯得有點心事重重，連這罈酒都沒有喝完，就一定要走，連我都留不住！」

看來他顯然對陸小鳳很關心，搖著頭嘆道：「他太喜歡管閒事，什麼事都管，不該管的也要管，卻忘了替自己打算打算，一個人到了三十歲還沒有成家，心情怎麼會好得起來？」

鷹眼老七只有苦笑；「你知不知道他會到什麼地方去？」

臥雲樓主人沉吟著，道：「我好像聽他說過，他要到海外去散散心。」

鷹眼老七的臉色一下子就已變得蠟黃：「你是說他要出海去？」

臥雲樓主人遙望著窗外的一朵白雲，緩緩道：「現在他想必已到了海上。」

鷹眼老七開始喝酒，一口氣喝了八大碗，站起來就走。

臥雲樓主也留他不住，只有送到門口：「他秋深的時候就會回來的，一定還會到我這裡吃月餅，你有什麼事，我可以轉告他。」

鷹眼老七道：「到了那時候，我只有一件事找他做了。」

臥雲樓主道：「什麼事？」

鷹眼老七道：「找他去抬棺材。」

臥雲樓主皺了皺眉，道：「抬誰的棺材？」

鷹眼老七道：「我的。」

二 狐狸窩

一

陸小鳳沒有出海，他怕暈船，他選了條最大最穩的海船，這條船卻還在裝貨。

已收了他五百兩銀子的船主人，是條標標準準的老狐狸，口才尤其好！

「貨裝得愈多，船走起來愈穩，就算你沒有出過海，也絕不會暈船的，反正你又不急，多等兩天有什麼關係？」

他用長滿了老繭的手，用力拍著陸小鳳的肩；「我還可以介紹個好地方給你，到了那裡，說不定你就不想走了。」

陸小鳳忍不住問：「那地方有什麼？」

老狐狸朝他霎了霎眼睛：「只要你能想得出來的，那地方都有。」

陸小鳳笑了：「那地方是不是你開的？」

老狐狸也笑了，大笑道：「你是個聰明人，所以我第一眼看見你，就已開始喜歡你。」

那地方當然是他開的，所以就叫做「狐狸窩」。

所以陸小鳳只有在狐狸窩等著他裝貨，已足足等了三天。

在人們心目中，狐狸總是最聰明狡猾的動物，而且很自私，所以牠們的窩，至少總該比其他動物的窩舒服些。

事實上也如此。

終年漂浮在海上的人們，只要提起「狐狸窩」這三個字，臉上就會露出神秘而愉快的微笑，心裡也會覺得火辣辣的，就好像喝了杯烈酒。

只要男人們能想得到的事，在狐狸窩都可以找得到。

男人們想的，通常都不會是什麼好事。

用木板搭成的屋子，一共有二十多間，前面四間比較大的平房就算是前廳，屋子雖然已破舊，但是大家都不在乎。

到這裡來的人，不是來看房子的。

溫暖潮濕的海風從窗外的海洋吹來，帶著種令人愉快的鹹味，就像老爸爸身上的汗水。

屋子裡是煙霧騰騰，女人頭上的刨花油香味，和烤魚的味道混合在一起，足以激起男人們的各種慾望。

大家賭錢都賭得很兇，喝酒也兇，找起女人來更像是餓虎。

只有一個人是例外。

他年紀還很輕，黝黑英俊的臉上，帶著幾分傲氣，又帶著幾分野氣，眼睛黑得發藍，薄薄的嘴唇顯得堅強而殘忍。

開始的時候女人們都對他很有興趣，然後立刻就發現他外表看來像一頭精力充沛的豹子，其實卻冷得像是一塊冰。

陸小鳳一走進來就看見了他，他正在剝一個雞蛋的殼子。

他只吃煮熟了的帶殼雞蛋，只喝純淨的白水。

陸小鳳並不怪他，他們本是從一條路上來的，陸小鳳親眼看見，就在短短的半天之中，他已經有三次幾乎送了命。若不是他反應特別快，現在已死過三次。

他當然不能不特別小心。

一個胸脯很高，腰肢很細，年紀卻很小的女孩子，正端著盤牛肉走過去，眼睛裡充滿了熱情，輕輕的說：「這裡難得有牛肉，你吃一點。」

他根本沒有看她，只搖了搖頭。

她還不死心：「這是我送給你的，不用錢，你不吃也不行。」

看來她年紀雖小，對男人的經驗卻不少，臉上忽然露出種很職業化的媚笑，用兩根並不算難看的手指，撿起塊牛肉往他嘴裡塞。

陸小鳳知道要糟了，用對付別的男人的手段來對付這少年，才真的不行。

就在他開始這麼想的時候，整盤牛肉已蓋在她臉上。

牛肉還是熱的，湯汁滴落在她高聳的胸脯上，就像是火山在冒煙。

屋子裡的人大笑，有的人大叫，這女孩子卻已大哭。

少年還是冷冷的坐在那裡，連看都沒有看她一眼。

兩個臉上長著水鏽的壯漢，顯然是來打抱不平了，帶著三分酒意衝過來。

陸小鳳知道又要糟了。也就在他開始這麼想的時候，兩條海象般的大漢已飛了起來，一個飛出窗外才重重的跌下，另一個卻眼看著就要掉在陸小鳳的桌子上。

陸小鳳只有伸手輕輕一托，將這個人也往窗外送了出去。

少年終於抬起頭，冷冷的瞪了他一眼，陸小鳳笑了笑，正想走過去跟他一起吃雞蛋，這少年卻已沉下臉，又開始去剝他的第二個雞蛋。

陸小鳳一向是很容易能交到朋友的人，可是遇著這少年，卻好像遇見了一道牆壁，連一點反應都沒有。

陸小鳳無疑也是個很能讓女孩子感興趣的男人，剛找到位子，已有兩個打扮得花枝招展的女人來了，頭上刨花油的香味，香得令人作嘔。

只不過陸小鳳在這一方面一向是君子，君子是從不會給女人難看的。

可是他也不想嗅著她們頭上的刨花油味喝酒。

他只有移花接木，想法子走馬換將：「剛才那個小姑娘是誰？」

「這裡的小姑娘有好幾十個，我怎麼知道你說的是哪一個？」

「就是臉上有牛肉湯的那個。」

付出了一點「遮羞費」之後，兩個頭上有刨花油的，就換來了一個臉上有牛肉湯的。她臉上當然已沒有牛肉湯，卻也沒有笑容，對這個長著兩道眉毛般怪鬍子的男人，她顯然沒有太大的興趣。

幸好陸小鳳的興趣也不在她身上，兩個人說了幾句比刨花油還無味的話之後，陸小鳳終於轉入了他感興趣的話題。

「那個只吃煮雞蛋的小伙子是誰？姓什麼？叫什麼？」

那少年在客棧裡賬簿上登記的名字是岳洋，山岳的岳，海洋的洋。

「我只希望他被雞蛋活活噎死。」這就是她對他的最後結論。

只可惜他暫時已不會被噎死了，因爲他已連蛋都不吃。他站起來準備要走。

就在這時，窗外忽然「格」的一響，一排九枝弩箭飛進來，直打他的背後。

箭矢破空，風聲很尖銳，箭上的力道當然也很強勁。

陸小鳳正在喝酒，兩根手指一彈，手裡的酒杯就飛了出去，一個酒杯忽然碎成了六七片，每一片都正好打在箭矢上。

一片破酒杯打落一根箭，「叮，叮，叮」幾聲響，七根箭掉在地上。

剩下的兩根當然傷不了那少年，陸小鳳已箭一般竄出去，甚至比箭還快。

可是等他到了窗外，外面已連人影都看不見，他再回來時，少年岳洋也不見了。

「他回房睡覺去了，每天他都睡得很早。」說話的正是那臉上已沒有牛肉湯的小姑娘，她好像忽然對陸小鳳有了興趣。

年輕的女孩子，有幾個不崇拜英雄？

她看著陸小鳳，眼睛裡也有了熱情，忽然輕輕的問：「你想不想吃牛肉？」

陸小鳳笑了，也壓低聲音，輕輕的說：「我也想睡覺去。」

後面的二十多間屋子更舊，可是到這裡來的就不在乎。

對這些終年漂泊在海上的男人來說，只要有一張床就已足夠。

牛肉湯拉著陸小鳳的手。

「我外婆常說，要得到一個男人的心，最快的一條路就是先打通他的腸胃。」她嘆了口氣：「可是你們兩個爲什麼對吃連一點興趣都沒有？」

「因爲我怕發胖。」

他們已在一間房的門口停下，她卻沒有開門。

陸小鳳忍不住問：「我們不進去？」

「現在裡面還有人，還得等一下。」她臉上帶著不屑之色：「不過這些男人都像餓狗一樣，用不了兩下就會出來的。」

在餓狗剛啃過骨頭的床上睡，這滋味可不太好受。

陸小鳳已準備開溜了，可是等到她說岳洋就住在隔壁一間房時，他立刻改變了主意。

他對這少年顯然很有興趣，這少年的樣子，幾乎就跟他自己少年時一樣，唯一不同的是，他從來不會將牛肉蓋到女孩子們臉上去。

房門果然很快就開了，一條猩猩般的壯漢，帶著個小雞般的女孩子走出來。

奇怪的是，小雞還在鮮蹦活跳，猩猩卻好像兩條腿已有點發軟了。

兩個女孩子吃吃的笑著，偷偷的擠眼睛。

「你嘴上的這兩條東西，究竟是眉毛？還是鬍子？」小雞好像很想去摸摸看。

陸小鳳趕緊推開了她的手，突聽「砰」的一響，隔壁的房門被撞開，「啪」的一聲，一條東西被重重的摔在地上，赫然竟是條毒蛇。

女孩子尖叫著逃了，陸小鳳竄了過去，就看見岳洋還站在門口，臉色已有點發白。

床上的被剛掀起，這條毒蛇顯然是他從被窩裡拿出來的。

這已是第五次有人想要他的命了。

陸小鳳已忍不住嘆了口氣，道：「你究竟做了些什麼事？是搶了人家的飯碗？還是偷了人家的老婆？」

岳洋冷冷的看著他，擋在門口，好像已決心不讓他進去。

陸小鳳也擋住了門，決心不讓他關門：「別人想要你的命，你一點都不在乎？」

岳洋還是冷冷的看著他，不開口。

陸小鳳道：「你也不想知道暗算你的人是誰？」

岳洋忽然道：「我只在乎一件事。」

陸小鳳道：「什麼事？」

岳洋道：「若有人總喜歡管我的閒事，我就會很想讓他以後永遠管不了別人的閒事。」

他忽然出手，彷彿想去切陸小鳳的咽喉，可是手一翻，指尖已到了陸小鳳眉心。

陸小鳳只有閃避，剛退後半步，房門「砰」的一聲關起。

接著屋裡也發出「砰」的一響，他好像將窗子都關上了。

陸小鳳站在門口怔了半天，忽然轉過身，從地上把那條死蛇拿了起來，就著走廊上的一盞燈籠看了半天，又輕輕的放了下去。

蛇的七寸已斷，是被人用兩根手指揑斷的，這條蛇不但奇毒，而且蛇皮極堅韌，連快刀都未必能一下子斬斷。這少年兩根手指上的功夫，居然也好像跟陸小鳳差不多。

陸小鳳只有苦笑：「幸好他也有二十左右了，否則別人豈非要把他當做我的兒子？」

也許連他自己都會認爲這少年是他的兒子。

二

夜終於靜了。

剛才外面還有人在拍門，陸小鳳只有裝作已睡著，堅持了很久，才聽見那熱情的小姑娘狠狠在門上踢了一腳，恨恨的說：「原來兩個人都是死人。」然後她的腳步聲就漸漸遠去。

現在外面已只剩下海濤拍岸聲，對面房裡男人的打鼾聲，左面房裡女人的喘息聲。右面岳洋的房裡卻連一點聲音都沒有。

這少年不但武功極高，而且出手怪異，不但出手怪，脾氣更怪。

他究竟什麼來歷，爲什麼有那些人要殺他？

陸小鳳的好奇心已被他引了起來，連睡都睡不著。

睡不著的人，最容易覺得餓，他忽然發覺肚子餓得要命。

雖然夜已深，在這種地方總算可以找到點東西吃，誰知房門竟被牛肉湯反鎖住。

幸好屋裡還有窗戶。

這麼熱的天氣，他當然不會像那少年一樣把窗子關上睡覺。

屋裡既然沒有別的人，他也懶得一步步走到窗口，一擰身就已竄出窗戶。

一彎上弦月正高高的掛在天上，海濤在月下閃動著銀光。

他忽然發現岳洋的窗外竟有一個人蹲在那裡，手裡拿著個像仙鶴一樣的東西，正對著嘴往窗裡吹氣。

陸小鳳從十來歲時就已闖江湖，當然認得這個人手裡拿的，就是江湖中只有下五門才會用的雞鳴五鼓返魂香。

這個人也已發現旁邊有人，一轉臉，月光正好照在臉上。

一張又長又狹的馬臉，卻長著個特別大的鷹鈎鼻子，無論誰只要看過一眼就很難忘記。

陸小鳳凌空翻身，撲了過去。

誰知這個人不但反應奇快，輕功也高得出奇，雙臂一振，又輕煙般掠過屋脊。

一個下五門的小賊，怎麼會有如此高的輕功？

陸小鳳沒有仔細去想，現在他只擔心岳洋是不是已被迷倒。

岳洋沒有被迷倒。他落下地時，就發現窗子忽然開了，岳洋正站在窗口，冷冷看著他。

有人在窗外對著自己吹迷香，這少年居然還能沉得住氣，等人走了才開窗戶。

陸小鳳實在不明白他究竟是怎麼樣的一個人。

岳洋忽然冷笑道：「我實在不明白你究竟是怎麼樣的一個人，三更半夜的，爲什麼還不睡覺？」

陸小鳳只有苦笑：「因爲我吃錯了藥。」

這一夜還沒有過去，陸小鳳的麻煩也還沒有過去。

他回房去時，才發現牛肉湯居然已坐在床上等著他！

「你吃錯了什麼藥？春藥？」她瞪著陸小鳳；「就算你吃了春藥，也該來找我的，爲什麼去找男人？你是不是有什麼毛病？」

陸小鳳也只有苦笑：「我的毛病還不止一種。」

「你還有什麼病？」

「餓病！」

「這種病倒沒關係。」她已經在笑：「我剛好有種專治這種病的藥。」

「牛肉？」

「饅頭夾牛肉，再用一大壺吊在海水裡凍得冰涼的糯米酒送下去，你看怎麼樣？」

陸小鳳嘆了口氣：「我看天下再也找不出比這種更好的藥了。」

三

喝得太多，睡得太少，陸小鳳醒來時還覺得肚子發脹，頭疼如裂。

還不到中午，前面的廳裡還沒有什麼人，剛打掃過的屋子看來就像是口剛洗過的破鍋，油煙煤灰雖已洗淨，卻更顯得破舊醜陋。

他想法子找來壺開水，泡了壺茶，剛坐下來喝了兩口，就看見岳洋和另外一個人從外面新鮮明亮的陽光下走了進來。

兩個人正在談著話，岳洋的神情顯得很愉快，話也說得很多。

令他愉快的這個人，卻赫然竟是昨天晚上想用雞鳴五更返魂香對付他的，那張又長又狹的馬臉，陸小鳳還記得很清楚。

陸小鳳傻了。真正有毛病的人究竟是誰？事實上，他從來也沒有見過任何人的毛病比這少年更大。

看見了他，岳洋的臉立刻沉下，兩個人又悄悄說了幾句話，岳洋居然走了過來，在他對面坐下。

陸小鳳簡直有點受寵若驚的樣子，忍不住問道：「那個人是你朋友？」

他問的當然就是那長臉，現在正沿著海岸往西走，走得很快，彷彿生怕陸小鳳追上去。

岳洋道：「他不是我朋友。」

陸小鳳吐出口氣，這少年總算還能分得出好壞善惡，還知道誰是他朋友，誰不是。

岳洋道：「他是我大哥。」

陸小鳳又傻了，正想問問他，知不知道這位大哥昨天晚上在幹什麼？

岳洋卻不想再談論這件事，忽然反問道：「你也要出海去？」

陸小鳳點點頭。

岳洋道：「你也準備坐老狐狸那條船？」

陸小鳳又點點頭，現在才知道這少年原來也是那條船的乘客。

岳洋沉著臉，冷冷道：「你最好換一條船。」

陸小鳳道：「爲什麼？」

岳洋道：「因爲我付了五百兩銀子，把那條船包下來了。」

陸小鳳苦笑道：「我也很想換條船，只可惜我也付了五百兩銀子把那條船包下了。」

岳洋的臉色變了變，宿醉未醒的老狐狸正好在這時出現。

他立刻走過去理論，問老狐狸究竟是怎麼回事？

在老狐狸口中說來，這件事實在簡單得很：「那是條大船，多坐一個人也不會沉的，你們兩位又都急著要出海。」

他又用那隻長滿了老繭的大手，拍著少年的肩：「船上的人愈多愈熱鬧，何況，能同船共渡，也是五百年修來的，你若想換條船，我也可以把船錢退給你，可是最多只能退四百兩。」

岳洋一句話都沒有再說，掉頭就走。

老狐狸瞇著眼睛，看著陸小鳳，笑嘻嘻的問：「怎麼樣？」

陸小鳳抱著頭，嘆著氣道：「不怎麼樣。」

老狐狸大笑：「我看你一定是牛肉湯喝得太多了。」

午飯的時候，陸小鳳正準備勉強吃點東西到肚子裡，岳洋居然又來找他，將一大包東西從桌上推到他面前：「這是五百兩銀子，就算我賠你的船錢，你一定要換條船。」

他寧可賠五百兩給陸小鳳，卻不肯吃一百兩的虧，收老狐狸的四百兩，這是爲什麼？

陸小鳳不懂：「你是不是一定要坐老狐狸那條船？卻一定不讓我坐？」

岳洋回答得很乾脆：「是的。」

陸小鳳道：「爲什麼？」

岳洋道：「因爲我不喜歡多管閒事的人。」

陸小鳳看看他，伸出一根手指，又把包袱從桌上推了回去。

岳洋變色道：「你不肯？」

陸小鳳的回答也很乾脆：「是的！」

岳洋道：「爲什麼？」

陸小鳳笑了笑，忽然道：「因爲那是條大船，多坐一個人也不會沉下去！」

岳洋瞪著他，眼睛裡忽然露出種奇怪的表情：「你不後悔？」

陸小鳳淡淡道：「我這一輩子從來也沒有後悔過一次。」

他做事的確從不後悔，可是這一次，他倒說不定真會後悔的。只不過當然也是很久以後的事了。

從中午一直到晚上，日子都過得很沉悶，每件事都很乏味。

頭一天晚上喝多了，第二天總會覺得情緒特別低落的。

整整一天中，唯一令人值得興奮的事，就是老狐狸忽然宣佈：「貨已裝好，明天一早就開船。」

四

第二天凌晨，天還沒亮陸小鳳就已起來，牛肉湯居然一晚都沒有來找他麻煩，倒是件很出他意外的事。

這一晚上他雖然也沒有睡好，可是頭也不疼了，而且精神抖擻，滿懷興奮。

多麼廣闊壯觀的海洋，那些神秘的、綺麗的海外風光，正等著他去領略欣賞。

經過那麼多又危險、又可怕、又複雜的事後，他總算還活著，而且總算已擺脫了一切。

現在他終於已將出海。

他要去的那扶桑島國，究竟是個什麼地方？島國上的人，和中土有什麼不同？是否真的是爲秦皇去求不死藥的方士徐福，從中土帶去的四百個童男童女生下的後代？

聽說那裡的女孩子，不但美麗多情，對男人更溫柔體貼，丈夫要出門的時候，妻子總是跪在門口相送，丈夫回家時，妻子已跪在門口等著替他脫鞋。

一想到這件事，陸小鳳就興奮得將一切煩惱憂愁全都拋到九霄雲外。

一個嶄新的世界正等著他去開創，一個新的生命已將開始。

天雖然還沒有亮，可是他推門出去時，岳洋已在海岸上，正面對著海洋在沉思。

這少年究竟有什麼心事？爲什麼要出海去？

第一線陽光破雲而出，海面上金光燦爛，壯闊輝煌。

他忽然轉過身，沿著海岸慢慢的走出去。

陸小鳳本來也想追過去，想了想之後，又改變了主意。

反正他們還要在一條船上飄洋過海，以後的機會還多得很。

風中彷彿有牛肉湯的香氣。

陸小鳳嘴角不禁露出微笑，上船之前，能喝到一碗熱熱的牛肉湯，實在是件令人愉快的事。

岳洋沿著海岸慢慢的向前走，海濤拍岸，打濕了他的鞋子，也打濕了他的褲管。

他好像完全沒有感覺到。他的確有心事，他的心情遠比陸小鳳更興奮、更緊張。

這一次出海，對他的改變更大，昨天晚上他幾乎已準備放棄，連夜趕回家去，做一個安份守己的孝順兒子，享受人間的榮華富貴。

只要他聽話，無論他想要什麼，都可以得到。

可惜他要的並不是享受，而是一種完全獨立自主的生活，完全獨立自主的人格。

想到他那溫柔賢慧，受盡一生委屈的母親，他今晨醒來時眼中還有淚水。

可是現在一切都已太遲了。

他決心不再去想這些已無法改變的事，抬起頭，就看見胡生正在前面的一塊岩石下等著他。

胡生一張又長又狹的馬臉，也在旭日下發著光。

看著這少年走過來，他心裡有種說不出的得意和驕傲。

這是個優秀的年輕人，聰明、堅強、冷靜，還有種接近野獸般的本能，可以在事先就嗅得出災難和危險在哪裡。

他知道這少年一定可以成爲完美無暇的好手，這對他和他的朋友們都極有價值。

現在的少年們愈來愈喜歡享受，能被訓練成好手的已不多了。

他目中帶著讚許之色，看著這少年走到他面前：「你睡得好不好？」

岳洋道：「不好，我睡不著。」

他說的是實話，在他這大哥面前，他一向都只說實話。人們都通常只因尊敬才會誠實。

對這點胡生顯然也很滿意：「那個長著四條眉毛的人還有沒有來找你麻煩？」

岳洋道：「沒有。」

胡生道：「其實你根本就不必擔心他，他根本就是個無足輕重的人。」

岳洋道：「我知道。」

在別人眼中，陸小鳳變成了無足輕重的人，這只怕還是第一次。

胡生從懷中拿出個密封著的信封，交給了岳洋：「這是你上船之前的最後一次指示，做完之後，就可以上船了。」

岳洋接過來，拆開信封，看了一眼，英俊的臉上忽然露出種恐懼的表情，一雙手也開始發抖。

胡生問道：「指示中要你做什麼事？」

岳洋沒有回答，過了很久，才漸漸恢復鎮定，將信封和信紙撕得粉碎，一片片放在嘴裡咀嚼，再慢慢的吞下去。

胡生目中又露出讚許之色，所有的指示都是對一個人發出的，除了這個人和自己之外，絕不能讓任何第三者看見。

這一點岳洋無疑也確實做到。

胡生又在問：「這次是要你做什麼？」

岳洋直視著他，又過了很久，才一字字道：「要我殺了你。」

胡生的臉突然扭曲，就好像被抽了一鞭子：「你能有今天，是誰造成的？」

岳洋道：「是你！」

胡生道：「但你卻要殺我！」

岳洋目中充滿痛苦，聲音卻仍冷靜：「我並不想殺你，可是我非殺不可！」

胡生道：「反正也沒有人知道的，你難道就不能抗命一次？」

岳洋道：「我不能。」

胡生看著他，眼色已變得刀鋒般冷酷，緩緩道：「那麼你就不該告訴我。」

岳洋道：「為什麼？」

胡生冷冷道：「你若是乘機暗算，也許還能得手，現在我既然已知道，死的就是你。」

岳洋閉上嘴，薄薄的嘴唇顯得更殘酷，忽然豹子般躍起。

他知道對方的出手遠比他更兇狠殘酷，他只有近身肉搏，以體力將對方制伏。

胡生顯然沒有想到這一著，高手相搏，本來絕不會用這種方式。

等到他警覺時，岳洋已撲到他身上，兩人立刻滾在一起，從尖銳峥嶸的岩石上滾入海中，像野獸般互相廝咬。

胡生已開始喘息。他年紀遠比這少年大得多，體力畢竟要差些，動作看來也不比這少年野蠻。

他想去扼對方脖子時，岳洋忽然一個肘拳撞在他軟脅上，反手猛切他的咽喉，接著就翻身壓住了他，揮拳痛擊他的鼻樑。

這一拳還沒有打下去，胡生忽然大呼：「等一等，你再看看我身上的另一指示！」

岳洋微一遲疑，這一拳還是打了下去，等到胡生臉上濺出了血，無力再反抗時，他才從胡生懷中取出另一封信，身子騎在胡生身上，用一隻手拆開信來看了看。

他神色又變了，慢慢的站起來，臉上的表情也不知是欣慰？還是悲傷？

胡生也掙扎著坐起，喘息著道：「這不過是試探你的，看你是不是能絕對遵守命令。」

他滿面鮮血，鼻樑已破裂，使得他的臉看來歪斜而可怕。

但是他卻在笑：「現在你已通過了這一關，已完全合格。快上船去吧。」

岳洋立刻轉過身，大步向前走。

他轉過身的時候，目光中似乎又有了淚光，可是他勉強忍耐住。

他發誓絕不再流淚。這一切都是他自己選擇的，他既不能埋怨，也不必悲傷。

對他來說，「感情」已變成了件奢侈的事，不但奢侈，而且危險。危險得足以致命！

他一定要活下去，如果一定有人要死，死的一定是別人！

開船的時候又改了，改在下午，因爲最後一批貨還沒有完全裝上。

本已整裝待命的船伕水手們，又開始在賭錢，喝酒，調戲女人，把握著上船前的最後機會，盡情歡樂，然後就要開始過苦行僧的日子，半夜醒來發現情慾勃起時，也只有用手解決。

陸小鳳肚子裡的牛肉湯也已快完全消化完了，正準備找點事消遣消遣，就看見衣服破碎，滿身鮮血的岳洋，從海岸上走回來。

他怎麼會變成這樣子的？剛才他去幹什麼去了？是不是去跟別人拚命？去跟誰拚命？是不是他那長著張馬臉的大哥？

這次陸小鳳居然忍住了沒有問，連一點驚訝的樣子都沒有露出來，就好像什麼都沒有看見。

岳洋正在找水喝。無論誰乾吞下兩個信封和兩張信紙後，都會忍不住想喝水的。

屋裡的櫃台上，恰巧有壺水，那裡本來就是擺茶杯水壺的地方，只不過一向很少有人光顧，這裡的人寧可喝酒。

這壺水還是剛才一個獨眼的老漁人提來的，一直都沒有人動過。

現在岳洋正需要這麼樣滿滿一壺水，甚至連茶杯都沒有找，就要對著壺嘴喝下去。

一個人在剛經過生死的惡鬥後，精神和體力都還在虛脫的狀況中，對任何的警戒都難免鬆懈，何況他也認爲自己絕對安全了。

陸小鳳卻忽然想到一件事。

那個獨眼的老漁人，這兩天來連一滴水都沒有喝過，爲什麼提了壺水來？

這個想法使得陸小鳳又注意到一件事。

在狐狸窩裡喝水的，本就只有這少年一個人，他喝水並不是件值得看的事，那個獨眼的老漁人卻一直在偷偷的看著他，臉上的表情，就好像恨不得他趕快將這壺水完全喝光。

岳洋的嘴已對上了水壺的嘴，陸小鳳突然從懷中伸出手，兩根手指一彈，將一錠銀子彈了出去，「叮」的一聲，打在壺嘴上。

壺嘴立刻被打斜，也被打扁了。

岳洋只覺得手一震，水壺已掉在地上，壺水傾出，他手上也濺上幾滴水珠，湊近鼻尖嗅了嗅，臉色立刻改變。

陸小鳳用不著再問，已知道水中必定有毒。

那個獨眼的老漁人轉過身，正準備悄悄的開溜，陸小鳳已竄過去。

老漁人揮拳反擊，出手竟很快，力量也很足，只可惜他遇著的是陸小鳳。

陸小鳳更快，一伸手，就擰住了他的臂，另一隻手已將他整個人拿了起來，送到岳洋面前：「這個人已經是你的了！」

岳洋看著他，竟似完全不懂，冷冷道：「我要這麼樣一個人幹什麼？」

陸小鳳道：「你難道不想問是誰想害你？」

岳洋道：「我用不著問，我知道是誰想害我！」

陸小鳳道：「是誰？」

岳洋道：「你！」

陸小鳳又傻了。

岳洋冷冷道：「我想喝水，你卻打落我的水壺，不是你害我，是誰害我？」

那老漁人慢吞吞的站了起來，道：「你不但害了他，也害了我，我這條膀子已經快被你捏斷了，我得要你賠。」

陸小鳳忽然笑了：「賠，我賠，這錠銀子就算我給你喝酒的！」

老漁人居然一點都不客氣，從地上撿起銀子就走，連看都沒看岳洋一眼。

岳洋居然也沒有再看他，狠狠的盯著陸小鳳，忽然道：「你能不能幫我一個忙？」

陸小鳳道：「你說。」

岳洋道：「離我遠一點，愈遠愈好。」

岳洋坐下來，現在陸小鳳已離他很遠，事實上，他已連陸小鳳的影子都看不到。

這個天生喜歡多管閒事的人，不知道又去管誰的閒事了。

那個獨眼的老漁人，也走得蹤影不見。

岳洋忽然跳起來，衝出去。

他一定要阻止陸小鳳，絕不能讓陸小鳳去問那老漁人的話。

他沒有猜錯，陸小鳳的確是在找那老漁人，他們幾乎是同時找到他的。

因爲他們同時聽見了海岸那邊傳來一聲驚呼，等他們趕過去時，這個一輩子在海上生活的老漁人竟活活的被淹死了。

善泳者溺於水，每個人都會被淹死的。

可是他明明要去喝酒，爲什麼忽然無緣無故，穿得整整齊齊的跳到海水裡去？

陸小鳳看著岳洋，岳洋看著陸小鳳，忽聽遠處有人在高呼！

「開船了，開船了。」

三 海上驚魂

一

「起錨！」

「揚帆！」

「順風！」

嘹亮的呼聲此起彼落，老狐狸的大海船終於在滿天夕陽下駛離了海岸。

船身吃水很深，船上顯然載滿了貨，狐狸唯一的弱點就是貪婪，所以才會被獵人捕獲。

看來老狐狸也一樣。

陸小鳳也很想抓住這條老狐狸來問問，船上究竟載了些什麼貨？又會不會因爲載貨太重而發生危險？他沒有抓住老狐狸，卻險些撞翻了牛肉湯。

主艙的門半開，他想進去的時候，牛肉湯正從裡面出來。

陸小鳳吃驚的看著她：「你怎麼會上船來的？」

牛肉湯眨了眨眼：「因爲你們上船來了。」

陸小鳳道：「我們上了船，你就要上船了？」

牛肉湯反問道：「我問你，你們在船上，是不是也一樣要吃飯？」

當然要，人只要活著，隨便在什麼地方都一樣要吃飯，要吃飯就得有人煮飯。

牛肉湯指著自己的鼻子，道：「我就是煮飯的，不但燒飯，還煮牛肉。」

陸小鳳道：「你什麼時候改行的？」

牛肉湯笑了，笑得很甜：「我本來就是燒飯的，只不過偶爾改行做做別的事而已！」

主要的艙房一共有八間，雕花的門上嵌著青銅把手，看來豪華而精緻。

牛肉湯道：「聽說乘坐這條船的，都是很有身分的人。」

陸小鳳嘆了口氣，苦笑道：「這點我倒能想得到，否則怎麼付得起老狐狸的船錢。」

牛肉湯用眼角瞟著他，道：「你有沒有身分？」

陸小鳳道：「沒有！」

牛肉湯道：「你只有錢？」

陸小鳳道：「也沒有，付了船錢後，我就已幾乎完全破產。」

他說的是實話。

牛肉湯又笑了：「沒有錢也沒關係，如果你偶爾又吃錯了藥，我還是可以偶爾再改一次行的。」

陸小鳳只有嘆氣，他實在想不出這麼樣一個女孩子，怎麼會燒飯。

牛肉湯指著左面的第三間艙房道：「這間房就是你的，只吃雞蛋的那個混蛋住在右面第一間。」

陸小鳳道：「我能不能換一間？」

牛肉湯道：「不能！」

陸小鳳道：「爲什麼？」

牛肉湯道：「因爲別的房裡都已住著人。」

陸小鳳叫了起來：「那老狐狸勸我把這條船包下來，可是現在每間房裡都有人？」

牛肉湯淡淡道：「不但這裡八間房全都有人，下面十六間也全都有人，老狐狸一向喜歡熱鬧，人愈多他愈高興。」

她帶著笑，又道：「只不過住在這上面的才是貴客，老狐狸還特地叫我爲你們燒幾樣好菜，今天晚上你想吃什麼？」

陸小鳳道：「我想吃烤狐狸，烤得骨頭都酥了的老狐狸。」

晚飯雖然沒有烤狐狸，菜卻很豐富，牛肉湯居然真的能燒一手好菜。

「因爲我外婆常說，要得到男人的心，就得先打通他的腸胃，只有會燒一手好菜的女人，才能嫁得到好丈夫。」

她這麼樣說的時候，貴客們都笑了，只有陸小鳳笑不出。

他實在想不通老狐狸從哪裡把這些貴客們找出來的，竟一個比一個討厭。

而且岳洋也一直沒有露面，他進了艙房後，就沒有出來過。

好容易等到深夜人靜，陸小鳳一個人在船舷上，遼闊的海洋，燦爛的星光，天地間彷彿只剩下他一個人，他才覺得比較自在些。

「孤獨」有時本就是種享受，卻又偏偏要讓人想起些不該想的事。

太多傷感的回憶，不但令人老，往往也會令人改變。

幸好陸小鳳並沒有變得太多。陸小鳳還是那個熱情、衝動，有時傻得要命，有時卻又聰明絕頂，自己對什麼事都不在乎，卻偏偏喜歡管別人閒事的陸小鳳。

岳洋是個什麼樣的人呢？他的衣著不但質料很好，而且裁剪亦很考究，對於銀錢並不在乎，隨隨便便就可以給人五百兩銀子。他的一雙手雖然長而有力，卻絕不像做過一點粗事的樣子，一舉一動氣派都很大，好像別人天生就應該受他指揮。

從這幾點看來，他應該是個生在豪門的世家子，可是他又偏偏太精明，太冷酷，世家子通常都不會這樣的。

他連連遭人暗算，都幾乎死於非命，可是他自己非但一點都不在乎，而且也不想追究。

那獨眼的老漁人明明想毒死他，他明明知道，卻偏偏要裝糊塗。

這是不是因爲他本就在逃亡中，早已知道要對付他的是些什麼人？

但是他偏偏又沒有掩飾自己的行藏，並不像在逃避別人追蹤的樣子。他反而像是在逃避陸小鳳，一定不願和陸小鳳同船，可是陸小鳳卻連一點傷害他的意思都沒有，只不過想跟他交個朋友。

這些疑問陸小鳳都想不通。

他正在想的時候，突聽「格嚓」一響，一根船板向他壓了下來，接著又是一陣勁風帶過，又有一條船櫓橫掃他的腰。

他的人在船舷上，唯一的退路就是往下面逃。

下面就是大海。等到他自己再聽到「噗通」一聲響的時候，他的人已落在大海裡。

冰冷的海水，鹹得發苦。

他踩著水，想借力躍起，先想法子攀住船身再說。可是上面的長櫓又向他沒頭沒臉的打了下來。

船舷很高，他看不見上面的人，海水反映星光，上面的人卻能看得見他。

他只有向後退，船卻在往前走，人與船之間的距離愈來愈遠，他就算有水上飛那樣的水性，也沒有法子再追上去，就算暫時還不會淹死，也一定支持不了多久，明天太陽昇起時，他一定已沉了下去。

一向無所不能，無論什麼困難都能解決的陸小鳳，怎麼會忽然就糊裡糊塗的被淹死？

他當然不會這麼容易就被淹死的。一個人掉進大海裡，並不一定非淹死不可。

就在這一瞬間，他已想到了好幾種法子來渡過這次危機。

——盡量放鬆全身，讓自己漂浮在海上，只要能捱過這一夜，明天早上，很可能還有出海的船隻經過，這裡離海口還不太遠，又在航線上。

——想法子抓魚，用生魚的血肉來補充體力，再用魚泡增加浮力。

這些法子雖未必能行得通，可是他至少要試試，只要還有一線希望，他就絕不放過。

他相信自己對於痛苦的忍受力和應變的力量，總比別人強些。

最重要的是，他有種不屈不撓的求生意志，也許就因爲這種堅強的意志，才能使他度過無數次危機，活到現在。他還要活下去。

誰知這些法子他還都沒有用出來，水面上又有「啪噠」一聲響，一樣東西從船舷上落下來，竟是條救生的小艇。

將他打落水的人，好像並不想要他死在海裡，只不過要迫他下船而已。

除了岳洋外，還有誰會做這種事？

小艇從高處落下來，並沒有傾覆，將小艇拋下來的人，力量用得很巧妙。

陸小鳳從海水中翻上去，更確定了這個人就是岳洋。

艇上有一壺水，十個煮熟了的雞蛋，還有很沉重的包袱，正是那天岳洋從桌上推給他的，裡面包著的當然是補償他的五百兩船錢。

這少年做出來的事真絕，非但完全不想隱瞞掩飾，而且還好像特地要告訴陸小鳳：「我就是不要你坐這條船，你能怎麼樣？」

陸小鳳嘆了口氣，又不禁笑了。

他喜歡這年輕人，喜歡這種做法，但是現在看起來，他很可能已永遠見不到他了。

大海茫茫，四望無際，是拚命去追趕老狐狸的大海船，還是從原來的方向退回去？

計較遠近，當然是從原來的方向退回去，比較聰明。

他們的船出海才不過三四個時辰，若是肯拚命的划，再加上一點運氣，天亮前後，他就又可以坐在狐狸窩裡喝酒了。

只可惜他忘了兩點：

船出海時是順風，兩條槳的力量，絕不能和風帆相比。

而且他最近的運氣也不太好。

還在太陽露出海面之前，他兩條手臂已因用力划船而僵硬麻木，這種單調而容易的動作，做起來竟比什麼事都吃力。

他就著白水吃了幾個蛋，只覺得嘴裡淡得發苦，想躺下去休息片刻，誰知一倒下去就睡著了，等他醒來時，陽光刺眼，太陽已昇得好高，那壺比金汁還貴重的水，竟已被他在睡夢中打翻，被太陽曬乾。

他的嘴唇也已被曬得乾裂，一眼望過去，天連著海，海連著天，還是看不見陸地的影子。

但是他卻看見了一點帆影，而且正在向他這個方向駛過來。

他幾乎忍不住要在小艇上連翻八十七個筋斗表示慶祝，就算乞兒忽然看見天上掉下個大元寶來，也絕沒有他現在這麼高興。

船來得很快，他忽又發現這條船的樣子看來很面熟，船頭上迎面站著個人，樣子看起來更面熟，赫然竟是老狐狸。

老狐狸也有雙利眼，遠遠就在揮動著手臂高呼，海船與小艇之間的距離，已近得連他臉上的皺紋都可以看得見。

陸小鳳忽然發覺這個老狐狸這張飽經風霜的臉，實在比小姑娘還可愛。

他幾乎忍不住要跳起來大叫，可是他偏偏忍住，故意躺在小艇上，作出很悠閒的樣子。

老狐狸卻在大叫：「我們到處找你，你一個人溜到這裡來幹什麼？」

陸小鳳悠然道：「我受不了牛肉湯做的那些菜，想來釣幾條魚下酒。」

老狐狸怔住：「你釣到幾條？」

陸小鳳道：「魚雖然沒釣著，卻釣著條老狐狸。」

他還是忍不住要問：「你們明明已出海，又回來幹什麼？」

老狐狸也笑了，笑得就正像是條標準的老狐狸：「我也是回來釣魚的。」

陸小鳳道：「那邊海上沒有魚？」

老狐狸笑道：「那邊雖然也有魚，卻沒有一條肯付我五百兩船錢的。」

陸小鳳立刻道：「我這條魚也不肯付的，我上次已經付過了。」

老狐狸道：「上次是上次，這次是這次，上次是你自己要走的，我又沒有把你推下去，所以這次若是還想上船，就得再付我五百兩！」

陸小鳳忍不住叫了起來：「你這人的心究竟有多黑？」

老狐狸又笑了，悠然道：「只不過比你釣起來的那條狐狸黑一點。」

他當然不是回來釣魚的。

船上的貨裝得太多，竟忘了裝水，在大海上，就連老狐狸也沒法子找到一滴可以喝的淡水。

他們只有再回來裝水。

也許這就是命運，陸小鳳好像已命中注定非坐這條船不可。這究竟是好運？還是壞運？誰知道？

二

船已靠岸。陸小鳳和老狐狸一起站在船頭，不管怎麼樣，能夠再看到陸地，總是愉快的。

遠處的岩石旁，有個人正在向這邊眺望，一張又長又狹的馬臉上，帶著種很驚訝的表情。

陸小鳳假裝沒有看見，從另一邊悄悄的溜下船，岩石旁的人一直都在注意這船的動靜，沒有注意他。

他繞了個圈子，悄悄的溜過去，忽然在這人面前出現，大聲道：「你好。」

他以爲這個人一定會大吃一驚的，誰知這人只不過眼睛眨了眨，目光還是同樣鎮定冷酷，冷冷的看著他，道：「你好！」

這人全身上下每一根神經都好像是鐵絲。

陸小鳳反而有點不安了，勉強笑道：「你是不是在奇怪，我們爲什麼又回來了？」

胡生並不否認。

陸小鳳道：「我們回來找你的。」

胡生道：「爲什麼找我？」

陸小鳳道：「因爲你要運的那批貨太重，我們怕翻船，只有回來退給你！」

他虛放了一槍，想刺探刺探這個人的虛實。

誰知這次胡生連眼睛都沒有眨，冷冷道：「貨不是我的，船也不是你的，這件事跟你和我都沒有關係，你找我幹什麼？」

陸小鳳這一槍顯然是刺到石壁上了，但他卻還不死心，又問道：「如果貨不是你的，你是到這裡來幹什麼的？特地來用雞鳴五更返魂香對付你的兄弟？」

胡生冷酷的目光刀鋒般盯在他臉上，身子卻忽然躍起，旱地拔葱，鷂子翻身，魚鷹入水，霎眼間換了三種輕功身法，噗通一聲，躍入了海水中，一身輕功竟不在名滿天下的獨行俠盜司空摘星之下。

無論誰身懷這樣的絕頂輕功，都一定是個大有來頭的人。

陸小鳳看著一層層捲起又落下的浪濤，心裡想了幾百個問題，轉過頭，就發現岳洋一雙冷酷的眼睛也在刀鋒般瞪著他。

他索性走過去，微笑道：「奇怪吧？我們居然又碰面了。」

岳洋冷冷道：「我奇怪的只不過是連十個蛋你都吃不完。」

陸小鳳道：「所以你下次若還想打我落水時，最好記住一件事。」

岳洋道：「什麼事？」

陸小鳳道：「我不喜歡吃白水煮蛋，我喜歡黃酒牛肉。」

岳洋道：「下次你再落水時，恐怕已只有一樣東西可吃。」

陸小鳳道：「什麼東西？」

岳洋道：「你自己的肉。」

陸小鳳大笑，海岸上卻有人在驚呼，有個人被浪濤捲起來，落在岸上，赫然發現竟是個死人。

他們趕過去，立刻發現這死人竟是剛才躍入水中的那位朋友。

他的輕功那麼高，水性竟如此糟，怎麼會一下就淹死了？

「這個人不是被淹死的。」發現他的屍身的漁人說得很有把握：「因為他肚子裡還沒有水。」

可是他全身上下也連一點傷痕血跡都找不到。

「他是怎麼死的？」

陸小鳳轉臉去看岳洋：「他死得好像跟那個獨眼老頭子差不多。」

岳洋卻已轉身走了，低著頭走了，顯得說不出的疲倦悲傷。

要殺胡生並不容易。

殺他的當然不是岳洋。

這附近一定還有可怕的殺人者，用同樣可怕的手法殺了胡生和那老漁人。

這兩個人之間唯一相同之處，就是他們都曾經暗算過岳洋。

難道這就是他們致死的原因？

那麼這殺人者和岳洋之間又有什麼關係？

陸小鳳嘆了口氣，拒絕再想下去，現在他只想痛痛快快的洗個澡。

無論誰在鹹水裡泡過一陣子之後，都一定會想去洗個澡的。

無論他是不是殺過人都一樣。

三

洗澡的地方很簡陋，只不過是用幾塊破木板搭成的一排三間小屋，倘若存心想偷看人洗澡，隨便在哪塊木板上都可以找出好幾個洞來。

除了這些大洞小洞之外，裡面就什麼都沒有了，想洗澡的人，還得自己提水進去。

陸小鳳提了一桶水進去，隔壁居然已有人在裡面，還在低低的哼著小調，竟是個女人。

平時到這裡洗澡的人並不多，有勇氣來的女人更少，知道自己洗澡的時候隨時都可能有人偷看，這種滋味畢竟不好受。

幸好陸小鳳並沒有這種習慣，令他想不到的是，木板上的一個小洞竟有一雙眼睛在偷看他。

他立刻背轉身，偷看他的人噗哧一聲笑了，笑聲居然很甜。

「牛肉湯！」陸小鳳叫了起來，他當然聽得出牛肉湯的聲音。

牛肉湯吃吃的笑道：「想不到你這人還滿喜歡乾淨的，居然還會自己來洗澡。」

陸小鳳道：「不自己來洗，難道還去找個人抱著洗？」

牛肉湯道：「你是不是爲了想偷看我洗澡，才來洗澡的？」

陸小鳳道：「喜歡偷看別人洗澡的，好像並不是我。」

牛肉湯道：「我可以偷看你，你可不能偷看我——」

這句話還未說完，木板忽然垮了，牛肉湯的身子本來靠在木板上，這下子就連人帶板一起倒在陸小鳳身上，兩個人身上可用來遮掩一下的東西，加起來還不夠做一塊嬰兒的尿布。

所以他們現在誰也用不著偷看誰了。

過了很久，才聽見牛肉湯輕輕的嘆了口氣，道：「你實在不是好東西。」

「你呢？」

「我好像也不是！」

兩個不是好東西的人，擠在一間隨時都會倒塌的小屋裡，情況實在不妙。

更不妙的是，這時遠處又有人在高呼：「開船了，開船了！」

四

船行已三日。這三天日子居然過得很太平，海上風和日麗，除了每天跟那些貴客吃頓飯是件苦差外，陸小鳳幾乎已沒有別的煩惱。

所有的麻煩都似已被海風吹得乾乾淨淨，血腥也被吹乾了。

岳洋好像已沒有再把他打下水的意思，他也不會再給岳洋第二次機會。

船上的貨，只不過是些木刻的佛像和唸經用的木魚。他已問過老狐狸，而且親自去看過。

「扶桑島的人，近來篤信佛教，所以佛像和木魚都是搶手貨。」老狐狸解釋道：「他們那裡雖然也有人刻佛像，卻沒有這麼好的手藝。」

佛像的雕刻的確很精美，雕刻本就是種古老的藝術。當然不是那些心胸偏狹，眼光短淺的倭兒們能夠領會的。

他們喜歡這些精美的藝術品，也許只不過因爲一種根深柢固的民族自卑感，只要能從炎黃子孫手裡拿去一點東西，無論是買、是偷、是搶，他們都會覺得光榮愉快。

這種事陸小鳳並不太了解，也並不太想去了解，因爲在那時候，還沒有人將那些縮肩短腿，自命不凡的暴發戶看在眼裡。

這些佛像和木魚的貨主，就是那幾位俗不可耐的「貴客」，願意和暴發戶打交道的人，本身當然也不會很討人喜歡。幸好陸小鳳可以不理他們，他想聊天的時候，寧可去找老狐狸和牛肉湯。

他不想聊天的時候，就一個人躺在艙房裡，享受他很少能享受的孤獨寧靜。

就在他心情最平靜的時候，這條船忽然變得很不平靜。

他本來好好的躺在床上，忽然一下子被彈了起來，然後就幾乎撞上船板。

這條船竟然忽然變得像個篩子，人就變得像是篩子裡的米。

陸小鳳好不容易才站穩，一下子又被彈到對面去，他只好先抓穩把手，慢慢的打開門，就聽見了外面的奔跑驚呼聲。

平靜無波的海面上，竟忽然起了暴風雨。

沒有親身經歷過的人，實在很難想像到這種暴風雨的可怕。

海水倒捲，就像是一座座山峰當頭壓下來，還帶著淒厲的呼嘯聲，又像是一柄巨大的鐵鎚在敲打著船身，只要有一點破裂，海水立刻倒灌進去，人就像是在洪爐上的沸湯裡。

龐大堅固的海船，到了這種風浪裡，竟變得像是孩子們的玩具！

無論怎麼樣的人，無論他有多大的成就，就在這種風浪裡，也會變得卑賤而脆弱，對自己完全失去了主意和信心。

陸小鳳想法子抓緊每一樣可以抓得到的東西，總算找到了老狐狸。

「這條船還捱得過去？」

老狐狸沒有回答，這無疑是他第一次回答不出別人問他的話。

可是陸小鳳已知道了答案，老狐狸眼中的絕望之色，已經說明了一切。

「你最好想法子抓住一塊木板。」這就是他最後聽到老狐狸說的話。

又是一陣海浪捲來，老狐狸的人竟被彈丸般的抛了出去，一轉眼就連影子都看不見了。

也可惜陸小鳳並沒有好好記住他的話。

陸小鳳現在抓住的不是木板，而是一個人的手，他忽然看見岳洋。

岳洋也在冷冷的看著他，眼睛裡卻又帶著很難明瞭的表情，忽然說了句很奇怪的話！

「你現在總該知道，我爲什麼一定不讓你坐這條船了吧？」

「難道你早就知道這條船要沉？」

岳洋也沒有回答，因爲這時海船上的主桅已倒了下來。

一層巨浪山峰般壓下來，這條船就像玩具般被打得粉碎。

陸小鳳眼前忽然什麼都看不見了，然後他才發現自己竟已沉入海水中。

漆黑的海水。

四　劫後餘生

一

暴風雨終於過去，海面又恢復平靜，就像是什麼都沒有發生過，但卻已不知有多少無辜的生命被它吞了下去。

海面上漂浮著一塊塊破碎的船板，還有各式各樣令人想像不到的東西，卻全都像是它吐出來的殘骨，看來顯得說不出的悲慘絕望。

又過了很久，才有一個人慢慢的浮了上來，正是陸小鳳，他還活著。

這並不是因爲他運氣特別好，而是因爲他這個人早已被千錘百煉過，他所能忍受的痛苦和打擊，別人根本無法想像。

一樣閃閃發光的東西從他眼前漂過，他伸手抓住，竟是個青銅鑄成的夜壺。

他笑了。在這種時候居然還能笑得出，實在也是件令人無法想像的事。

可是不笑又能怎麼樣？哭又能怎麼樣？若是能救活那些和他同患難的人，他寧願從現在一直哭到末日來臨的時候。

現在海上卻連一個人都看不見，連死人也看不見，就算所有人都已死在這次災禍中，他們的骸骨還應該漂浮在附近的。

「也許他們還沒有浮上來！」

陸小鳳也希望他還能找到幾個劫後餘生的人，希望找到老狐狸、牛肉湯、岳洋……

可是他找不到。海船上的人都像是已完全被大海吞沒，連骨頭都吞了下去。

剛才他的身子恰巧撞在船身殘存的木板上，而且還曾經暈迷過一陣，難道就在那短短的片刻中，所有的人都已被救走？

他希望如此，他寧願一個人死，只可惜他也知道這是絕不可能的事。

沒有人會預料到暴風雨的來臨，更沒有人能預料到這條船會遇難。

在那樣的風雨中，也沒有人能停留在附近的海面，等著救人。

陸小鳳忽然想起了岳洋，想起他眼睛裡那種奇怪的表情。

「現在你總該已明白，我爲什麼一定不讓你坐這條船了。」

難道他真的早已知道這條船會翻？所以要救陸小鳳，因爲陸小鳳也救過他。可是他爲什麼偏偏要坐這條船？難道他本來就在找死？他若是真的想死，早就可以死了，至少已死過八次。

這些疑問只怕已永遠沒有人能回答了，陸小鳳只有自己爲自己解釋：「那小子一定是故意這麼說來氣我的，他又不是神仙，怎麼能在三天前就已知道這條船會翻？」

現在陸小鳳能夠思想，只因爲他已坐在一樣完全可靠的東西上。他坐在一尊佛像上。

一丈高的佛像，恰巧是仙佛中塊頭最大的彌勒佛，倒臥在海面，就像是條小船。

只可惜這條船上非但沒有黃酒牛肉，連白水煮蛋都沒有。

「下次你若再掉下海，唯一能吃到的，就是你自己的肉。」

陸小鳳真想把自己身上的肉割一塊來嚐嚐，他忽然發現自己餓得要命。

放眼望過去，海天相接，一片空濛。

這種意境雖然很美，只可惜無論多美的意境都塡不飽肚子。

經過了那場暴風雨後，附近的海面上，連一條魚都沒有。

他唯一能看見的一種魚，就是木魚，大大小小，各式各樣的木魚，也在順著海流向前漂動。

只可惜他並不想唸經。

——若是和尙們看見這些木魚，心裡不知會有什麼感覺？是不是同樣的希望這些木魚是有血有肉的活魚？

海洋中彷彿有股暗流，帶動著浮在海面上的木魚和佛像往前走。

前面是什麼地方？

前面還是海，無邊無際的無情大海，就算海上一直這麼樣平靜無波，就算這笑口常開的彌勒佛能渡到彼岸，陸小鳳也不行了。

他不是用木頭刻成的，他要吃，不吃就要餓死，不餓死也要渴死。

四面都是水，一個人卻偏偏會渴死，這豈非也是種很可笑的諷刺？

陸小鳳卻已連笑都笑不出，他的嘴唇已完全乾裂，幾乎忍不住要去喝海水。

黃昏過去，黑夜來臨，慢慢的長夜又過去，太陽又昇起。

也不知過了多久，他的人已幾乎完全暈迷，忍不住喝了口海水，然後就開始嘔吐，又不知吐了多久，好像連腸子都吐了出來。

暈暈迷迷中，彷彿落入一面大網中，好大好大的一個，正在漸漸收緊，吊起。

他的人彷彿也被懸空吊了起來，然後就真的完全暈了過去。

他實在無法想像，這次暈迷後，他會不會再醒，更不可能想像自己萬一醒來時，人已到了哪裡？

二

陸小鳳醒來時已到了仙境。

陽光燦爛，沙灘潔白柔細，海水湛藍如碧，浪濤帶著新鮮而美麗的白沫輕拍著海岸，晴空萬里無雲，大地滿眼翠綠。

這不是仙境是哪裡？人活著怎麼會到仙境？

陸小鳳還活著，人間也有仙境，但他卻沒法子相信這是真的，從他在床上被彈起的那一間，直到此刻發生的事，現在想起來都像是場噩夢。

那笑口常開的彌勒佛也躺在沙灘上，經過這麼多災難後，還是雙手捧著肚子，呵呵大笑。

陸小鳳恨恨的瞪著它：「跟你同船的人都已死得乾乾淨淨，你躺在這裡大笑，你這算是哪一門的菩薩？」

菩薩雖然是菩薩，卻只不過用木頭刻出來的，別人的死活，它沒法子管，別人要罵它，它也聽不見。

陸小鳳又嘆了口氣：「你對別人雖然不義，卻總算救了我，我不該罵你的。」

災難已過去，活著的卻只剩下他一個人，他心裡是欣慰還是悲傷？別人既不知道，他自己也無法訴說，竟彷彿將這木偶當作了唯一曾經共過患難的朋友。

你若經歷過這些事，也一定會變成這樣子的。

現在他雖然還活著，以後是不是還能活得下去，卻連他自己都沒有把握。

天地茫茫，一個人到了這完全陌生的地方，就算這裡真是仙境，他也受不了。

他掙扎著，居然還能站起，第一件想到的就是水，若是沒有水，仙境也變成了地獄。

他拍了拍彌勒佛的大肚子，道：「你一定也渴了，我去找點水來大家喝。」

看來這地方無疑是個海島，島上的樹木花草，有很多都是他以前很少見到的，芭蕉樹上的果實纍纍，看起來就像是一個個大饅頭。

吃了根芭蕉後，渴得更難受，拗下根樹枝，帶著把芭蕉再往前走，居然找到一灣清泉。

直到現在他才知道，原來水的滋味竟是如此甜美，遠比最好的竹葉青還好喝。

吃飽了喝足了之後，他才想到一件可怕的事——

「若是沒有船隻經過，難道我就要在這荒島上過一輩子？」

沒有船隻經過。

他在海岸邊選了塊最大的岩石，坐在上面守望了幾天，也沒看見一點船影。

這荒島顯然不在海船經過的路線上，他只有看著彌勒佛苦笑。

「看來我們已只有在這地方耽一陣子了，我們總不能就這麼樣像野狗一樣活下去，我們好歹也得像樣子一點。」

他身上從不帶刀劍利器，幸好那個銅夜壺居然也跟著他漂來了，將夜壺剖開，用石頭打平，夾上兩片木頭做柄，再就著泉水磨上一兩個時辰，居然變成了一把可以使用的刀。

他並不想用這把刀去殺人。

現在他才知道，除了殺人外，原來刀還有這麼多別的用處。

他砍下樹枝作架，用棕櫚芭蕉的葉子作屋頂，居然在泉水旁搭了間還不算太難看的屋子，再去找些柔軟的草葉鋪在地上，先讓他唯一的朋友彌勒佛舒舒服服的躺下去。

然後他自己躺在旁邊，看著月光從蕉葉間漏下來，聽著遠處的海濤拍岸聲，忽然覺得眼睛濕濕的，一滴眼淚沿著面頰流了下來。

二年來，這還是他第一次流淚。

無論遇著什麼樣的災禍苦難他都不怕，他忽然發現世上最可怕的，原來是寂寞。

他決心不讓自己再往這方面去想，他還有很多事要做。

第二天一早他就沿著海灘去找，將一切可以找得到的東西都帶回來，其中有佛像，有木魚，還有各式各樣的貝殼。

下午他的運氣比較好，潮退的時候，他在沙灘上找到個樟木箱子。

他小心翼翼的扛回去，先吃了幾根芭蕉，喝飽了水，才舉行開箱大典。

打開箱子看時，他只覺得自己的一顆心像小鹿般亂撞，從來也沒有這麼興奮緊張過。

箱子裡還有個小小的珠寶箱，裝滿了珍珠首飾，只可惜現在卻一點用都沒有。最有用的是一把梳子、幾根金簪，還有兩本坊間石刻的通俗小說，一本是玉梨嬌，一本是俠義風月錄。

箱子裡當然還有衣服，卻全是花花綠綠的女人衣服。

這些東西平時陸小鳳連看都不會看一看，現在卻興奮得像個孩子剛得到最心愛的玩具，興奮得連覺都睡不著。

木魚剖開可以當作碗，用不著用手捧水喝，金簪可以當作針，再用麻搓一點線，就可以把這些衣服改成窗簾、門簾，亂得像稻草一樣的頭髮，也可以梳一梳了，還有那兩本書，若是慢慢的看，也可以打發很多空虛寂寞的日子。

他躺在用草葉做成的床上，翻來覆去，想著這些事，忽然跳起來，用力給了自己兩個耳刮子。

笑口常開的彌勒佛若有知，一定會認爲這個人又吃錯了藥。

他打了自己兩耳光還嫌不夠，噼噼啪啪，又給了自己四下，指著自己的鼻子大罵。

「陸小鳳，陸小鳳，你幾時變成這樣沒出息的？只會像女人一樣盤算這些婆婆媽媽的事，難道你真想這麼樣過一輩子？」

天還沒有亮，他就選了個最大的木魚，在上面打了個洞，裝滿了水，再用一條花綢長裙，包了兩紮芭蕉，一起繫在身上，拍了拍彌勒佛的肚子，道：「我可不像你一樣，整天躺在這裡，從今天開始，我也不能整天陪著你了。」

他已決定去探險，去看看島上有沒有人？有沒有出路？

就算他明知那些濃密的叢林到處都有危險，也改變不了他的決心。

他每天早上出去，晚上回來，腳底已走破，身上也被荊棘刺傷。

叢林裡到處都有致命的毒蛇蟲蟻，甚至還有會吃人的怪草。

有幾次他幾乎送了命，可是他不在乎。

他相信一個人只要有決心，無論在什麼地方，都可以打出一條出路來的。

時光易逝，匆匆一個月過去，他幾乎將這個島上每一片地方都找遍了。

除了一雙又痛又腫的腳，和滿身傷痕外，他什麼都沒有找到。

這島上非但沒有人，連狐兔之類的野獸都沒有，若是別的人，一定早已絕望。可是他沒有。

他雖已筋疲力盡，卻還是絕不灰心，就在第三十三天的黃昏，他忽然聽見一面長滿了藤蘿的山崖後，彷彿還有流水聲。

撥開藤蘿，裡面竟有條裂隙，僅容一人側身而過。可是再往裡走，就漸漸寬了。

山隙後彷彿若有光，本已幾乎聽不見的流水聲，又變得很清晰。

他終於找到一條更清澈的泉水，沿著流泉往上走，忽然發現一樣東西從泉上流了下來，卻只不過是一束已枯萎了的蘭花。

他還是將蘭花從水中撈了起來，他從來沒有在這裡看見過蘭花，只要有一點不尋常的現象，他就絕不肯放過。這次他果然沒有失望。

蘭花雖已枯萎，卻仍然看得出葉子上有經過人修剪的痕跡。

他興奮得連一雙手都在發抖，這島上除了他之外一定還有人，他忽然想起了陶淵明的桃花源記。

一口氣再往前走了半個時辰後，山勢竟真的豁然開朗，山谷裡芬芳翠綠，就像是個好大好大的花園，其間還點綴著一片亭台樓閣。

他倒了下去，倒在柔軟的草地上，心裡充滿了歡愉和感激，感激老天又讓他看見了人。

只要還能看得見人，就算被這些人殺了，他也心甘情願的。住在這種世外桃源中的當然不會是殺人的人！

三

現在無論誰都已想到這島上是一定有人的了，但是無論誰只怕都想不到，陸小鳳在這島上第一個看見的人竟是岳洋。

岳洋非但沒有死，而且衣著華麗，容光煥發，看來竟比以前更得意。

綠草如茵的山坡下，有條彩石砌成的小徑，他就站在那裡，冷冷的看著陸小鳳。

陸小鳳一看見岳洋就跳了起來，就好像看見了個活鬼一般的驚奇，尖聲道：「你怎麼也會在這裡的？」

岳洋冷冷道：「我不在這裡在哪裡？」

陸小鳳道：「翻船的時候你到哪裡去了？我怎麼找不到你？」

岳洋道：「翻船的時候你到哪裡去了？我怎麼找不到你？」

他問的話，竟和陸小鳳問他的一模一樣，翻船的時候，陸小鳳的確沒有立刻浮上來。

陸小鳳只好問別的：「是誰救了你？」

岳洋道：「是誰救了你？」

陸小鳳道：「這些日子來，你一直都在這裡？」

岳洋道：「這些日子來，你一直都在這裡？」

他還是一字不改，將陸小鳳問他的話反問陸小鳳一遍。

陸小鳳笑了。

岳洋卻沒有笑，他們大難不死，劫後重逢，本是很難得的事。

但是他卻連一點愉快的樣子都沒有，竟好像覺得陸小鳳死了反而比較好。

幸好陸小鳳一點都不在乎，他早就知道這少年是個怪物。

「你是不是本就要到這裡來的？根本就沒有打算要到扶桑去？可是你怎麼會知道老狐狸的船會在那裡遇難？怎麼會來到這裡？」

這些話就算問了出來，一定也得不到答覆的，陸小鳳索性連提都不提。

現在他最關心的只有一件事：「這裡還有什麼人？老狐狸、牛肉湯他們是不是也到了這裡？」

岳洋冷冷道：「這些事你都不必問。」

陸小鳳道：「我既然已經來了，怎麼能不問？」

岳洋道：「你還可以從原路退回去，現在還來得及。」

陸小鳳笑道：「你就算殺了我，我也絕不會退回去的！」

岳洋沉下臉，道：「那麼我就殺了你！」

他右掌上翻，左掌斜斜劃了個圈，右掌突然從圈子裡穿出，急砍陸小鳳左頸。

他的出手不但招式怪異，而且又急又猛，就在這短短三十多天裡，他的武功竟似又有了精湛的進步。

武學一道，本沒有僥倖，但他卻實在進步得太快，簡直就像是奇蹟。

就只這一招，已幾乎將陸小鳳逼得難以還手。

陸小鳳這一生中也不知遇見過多少高手，當真可以算是身經百戰，久經大敵，卻還很少見到武功比這少年更高的人。

這種變化詭異的招式，他以前居然也從來沒有見到過。

他凌空一個翻身，後退八尺。

岳洋居然沒有追擊，冷冷道：「你退回去，我不殺你。」

陸小鳳道：「你殺了我，我也不退。」

岳洋道：「你不後悔？」

陸小鳳道：「我早就說過，我這一輩子從來也沒有後悔。」

岳洋冷笑，再次出手，立刻就發現陸小鳳的武功也遠比他想像中高得多。

無論他使出多怪異的招式，也沾不到陸小鳳一點衣袂，有時他明明已將得手，誰知陸小鳳身子一閃，就躲了開去！

陸小鳳本來明明有幾次機會可以擊倒他的，卻一直沒有出手，彷彿存心要看看他武功的來歷，又彷彿根本就不想傷害他。

岳洋卻好像完全不懂，出手更凌厲，突聽花徑盡頭一個人帶著笑道：「貴客光臨，你這樣就不是待客之道了。」

花徑盡頭是花，一個人背負著雙手，站在五色繽紛的花叢中，圓圓的臉，頭頂已半禿，臉上帶著很和氣的笑容，若不是身上穿的衣服質料極好，看來就像是個花匠。

一看見這個人，岳洋立刻停手，一步步往後退，花徑的兩旁也是花，他退入花叢中，身子一轉，忽然就無影無蹤。

那和和氣氣的小老頭卻慢慢的走了過來，微笑道：「青年人的禮貌疏慢，閣下千萬莫要怪罪。」

陸小鳳也微笑道：「沒關係，我跟他本就是老朋友。」

小老頭撫掌道：「老友重逢，那是再好也沒有的了，少時我一定擺酒為兩位慶賀。」

他又笑道：「山居寂寞，少有住客，只要有一點小事可以慶賀，我們都不會錯過的，何況是這種事？」

他輕描淡寫的說著，一種安樂太平滿足的光景，不知不覺的從言語之間流露出來，聽在飽經憂患的陸小鳳耳裡，真是羨慕得要命。

小老頭又問道：「卻不知貴客尊姓大名。」

陸小鳳立刻說出了姓名，在這和和氣氣的小老頭面前，無論誰都不會有戒心。

小老頭點點頭，道：「原來是陸公子，久仰得很。」

他嘴裡雖然在說久仰，其實卻連一點久仰的意思都沒有。

陸小鳳少年成名，名滿天下，可是在他聽起來，卻和張三李四，阿貓阿狗全無分別，這倒也是陸小鳳從來沒有遇見過的。

小老頭又笑道：「今天我們這裡恰巧也有小小的慶典，卻不知貴客是否願意光臨？」

陸小鳳當然願意，卻還是忍不住要問：「今天你們慶賀的是什麼？」

小老頭道：「今天是小女第一次會自己吃飯的日子，所以大家就聚起來，將那天她吃的菜飯再吃一次。」

連這種雞毛蒜皮的事都要慶賀，世上值得慶賀的事也未免太多了。

陸小鳳心裡雖然在這麼想，嘴裡卻沒有說出來，只希望她女兒那天吃的不是米糊稀粥，這些日子來他嘴裡實在已淡得出鳥來。

小老頭笑道：「陸公子心裡一定好笑，連這種雞毛蒜皮的事都要慶賀，世上值得慶賀的事也未免太多了，可告慰的是，小女自幼貪吃，所以自己第一次吃飯，就要人弄了一大桌酒菜。」

他雖然說出了陸小鳳的心事，陸小鳳倒也並不驚奇，他的想法本是人情之常，無論誰聽到這種事，都難免會這麼樣想的。

小老頭又笑道：「這裡多年未有外客，今日陸公子忽然光臨，看來倒是小女的運氣。」

陸小鳳笑道：「等我吃光了你們的酒肉時，你們就知道這是不是運氣了。」

小老頭大笑，拱手揖客。

陸小鳳道：「主人多禮，我若連主人的尊姓大名都未曾請教，豈非也不是做客之道？」

小老頭道：「我姓吳，叫吳明，口天吳，日月明。」

他大笑又道：「其實我最多只不過有張多嘴而又好吃的口而已，說到日月之明，是連一點都沒有的。」

他笑，陸小鳳也笑。

經過了那些艱苦的日子後，能遇見這麼好客多禮，和氣風趣的主人，實在是運氣。

陸小鳳心裡實在愉快得很，想不笑都不行。

走出花徑又是條花徑，穿過花叢還是花叢，四面山峰滴翠，晴空一碧如洗，前面半頃荷塘上的九曲橋頭，有個朱欄綠瓦的水閣。

他們去的時候，小閣裡已經有十來個人，有的站著，有的坐著，年紀有老有幼，性別有男有女，有的穿著莊肅華麗的上古衣冠，有的卻只不過隨隨便便披著件寬袍。

大家的態度都很輕鬆，神情都很愉快，彷彿紅塵中所有的煩惱和憂傷，都早已被隔絕在四面的青山外。

這才是人生，這才是真正懂得享受生命的人，陸小鳳心裡又是感慨，又是羨慕，竟似看呆了。

小老頭道：「這裡大家都漫不拘禮，陸公子也千萬莫要客氣才好。」

陸小鳳道：「既然大家都漫不拘禮，為什麼要叫我陸公子？」

小老頭大笑，拉起他的手，走上九曲橋。

一個穿著唐時一品朝服，腰纏白玉帶，頭戴紫金冠的中年人，手裡拿著杯酒，搖搖晃晃的走過來，將手裡金杯交給陸小鳳，又搖搖晃晃的走了。

小老頭笑道：「他姓賀，只要喝了點酒，就硬說自己是唐時的賀知章轉生，所以大家就索性叫他賀尚書，他卻喜歡自稱四明狂客。」

陸小鳳也笑道：「難怪他已有了醉意，既然是飲中八仙，不醉就不對了。」

他嘴裡說話的時候，眼睛卻在注意著一個女人。

值得注意的女人，通常都不會難看的。

她也許太高了些，可是修長的身材線條柔和，全身都散發著一種無法抗拒的魅力，臉部的輪廓明顯，一雙貓一般的眼睛裡閃動著海水般的碧光，顯得冷酷而聰明，卻又帶著種說不出的懶散之意，對生命彷彿久已厭倦。

現在她剛剛離開水閣中的一群人，向他們走過來，還沒有走得太近，陸小鳳就已覺得喉頭發乾，一股熱力自小腹間升起。

她彷彿也看了他一眼，貓一樣的眼睛中充滿輕蔑譏誚的笑意。

然後她就立刻轉過臉，直視著小老頭，慢慢的伸出手。

小老頭在嘆息，道：「又輸光了？」

她點點頭，漆黑柔軟的長髮微微波動，就像是黑夜中的海浪。

小老頭道：「你還要多少？」

她伸出五根手指，纖長有力的手指，表現出她內心的堅強。

小老頭道：「你什麼時候還給我？」

她說：「下一次。」

小老頭道：「好，用你的首飾做抵押，還給我的時候再付利息。」

她立刻同意，用兩根手指從小老頭手中抽出張銀票，頭也不回的便走了，連看都不再看陸小鳳一眼。

小老頭卻在看著陸小鳳微笑，道：「我們這裡並沒有什麼規矩，可是大家都能謹守一個原則。」

陸小鳳眼睛還盯在她後影上，隨口問道：「什麼原則？」

小老頭道：「自食其力。」

他又解釋著道：「這裡有世上最好的酒和最好的廚子，無論哪一種享受都是第一流的，可是收費也很高，沒有能力賺大錢的人，很難在這裡活得下去。」

陸小鳳的目光已經從她身上移開了，他忽然想到自己身上唯一的財產就是那把用夜壺改成的刀。

小老頭又笑道：「今天你當然是客人，只要不去跟他們賭，完全用不著一文錢。」

今天是客人，明天呢？

陸小鳳忽然問道：「他們在賭什麼？」

小老頭道：「在賭骰子，他們喜歡賭得痛快。」

陸小鳳道：「我可不可以看看？」

小老頭道：「當然可以。」

他笑得更愉快：「只不過你若要賭，就一定要小心沙曼。」

沙曼，多麼奇怪的名字。

陸小鳳道：「沙曼就是剛才來借錢的那個？」

小老頭笑道：「她輸得快，贏得也快，只要一不小心，你說不定連人都輸給她。」

陸小鳳也笑了。

若是能將人輸給那樣的女孩子倒也不壞，只不過他當然還是希望贏的。

四

桌子上堆滿了金珠和銀票，沙曼的面前堆得最多，陸小鳳一走過去，她就贏了。

他們賭得果然簡單而又痛快，只用三粒骰子，點數相同的「豹子六」當然統吃，「四五六」也不小，「么二三」就輸定了。

除去一對外，剩下的一粒骰子若是六點，就幾乎已可算贏定。

她居然一連擲出了五次六點，貓一樣的眼睛已發出綠玉般的光。

輸錢的莊家是個開始發胖的男人，看來和你平日在茶樓酒館看見的那些普通人完全沒什麼兩樣，但卻出奇鎮定，一連輸了五把，居然還是面不改色，連汗珠都沒有一滴。

他們賭得比陸小鳳想像中還要大，但是賭得並不太精，既不會找門子，更不會用手法。只要懂得最起碼的一點技巧，到這裡來賭，就一定可以滿載而歸。

陸小鳳的手已經開始癢了。

五　滿載而歸

一

最近幾年來陸小鳳都沒有賭過錢，他本是個賭徒，六七歲的時候已經會玩骰子。

到了十六七歲時，所有郎中的手法，他都已無一不精，鉛骰子、水銀骰子，碗下面裝磁石的鐵骰子，在他眼中看來，都只不過小孩玩的把戲。

普普通通的六粒骰子，到了他手裡，就好像變成了活的，而且很聽話，他若要全紅，骰子絕不會現出一個黑點來。

賭就跟酒一樣，對浪子們來說，不但是種發洩，也是他們謀生方法的一種。

最近他沒有賭，並不是因爲他贏得太多，已沒有人敢跟他賭，而是因爲他自己覺得這種事對他已完全沒有刺激！

他當然也用不著靠這種方法來謀生，所以他能去尋找更大的刺激。

可是現在的情況卻不同了，他想留在這裡，就得要有賺大錢的本事。

現在他好像已不能不留在這裡，而這裡唯一能賺到大錢的機會好像就在這三粒骰子上。

莊家反抓起骰子，在大碗邊敲得叮叮直響，大聲叫：「快下注，下得愈大愈好。」

陸小鳳忽然道：「這一注我押五百兩。」

他雖然沒有五百兩，可是他有把握一定不會輸的。

可惜別人對他卻沒有這麼大的信心，莊家冷冷的瞟了他一眼，道：「我怎麼還沒有看見你的五百兩？」

陸小鳳道：「因爲我還沒有拿出來。」

莊家道：「我們這裡的規矩，要看見銀子才算數。」

陸小鳳只有拿出來了，拿出了那柄用夜壺改成的刀。

莊家道：「你用這把刀押五百兩？」

陸小鳳道：「嗯。」

莊家道：「我好像看不出這刀能值五百兩。」

陸小鳳道：「你看不出，只因爲你從來沒有看見過這樣的刀。」

莊家道：「這把刀很特別？」

陸小鳳道：「特別極了。」

莊家道：「有什麼特別？」

陸小鳳道：「這把刀是用夜壺改成的。」

他自己忍不住笑了，別的人卻沒有笑，在這裡賭錢的六個人，身分性別年紀雖然都不同，卻有一點相同的地方！每個人都顯得出奇的冷靜，連笑都不笑。

大家都冷冷的看著他，眼色就像是在看著個小丑一樣。

羞刀難入鞘，陸小鳳再想將這把刀收回去也很難了。

他正不知道該怎麼下台，忽然看見一隻手，推著五百兩銀子過來，拿起了他的刀。

一隻很好看的手，手指纖長而有力，雖然有點像男人的手，卻還是很美。

陸小鳳吐出口氣，感激的看了她一眼，笑道：「總算有人識貨的。」

沙曼冷冷道：「我若識貨，就不會借這五百兩給你了。」

她臉上全無表情：「我借給你，只不過你好像替我帶來點運氣，這一注我又押得特別多，所以不想讓你走而已。」

賭徒們本是最現實的，她看來正是個標準的賭徒。

莊家低喝一聲：「統殺！」

骰子擲在碗裡，兩個都是六點，還有一點仍在不停的滾。

莊家叫「六」，別的人叫「么」，陸小鳳卻知道擲出來的一定是三點。

因爲他已將兩根手指按在桌面下，他對自己這兩根手指一向很有信心。

他實在希望莊家輸一點。這個人看來輸得起。

骰子停下來，果然是三點。

三點已不算太少，居然有兩個人連三點都趕不出，輪到沙曼時，擲出來的又是六。

她輸不起，她已經連首飾都押了出去。

陸小鳳這兩根手指，不但能挾住閃電般刺來的一劍，有時也能讓一粒滾動的骰子在他想要的那個點子上停下來。

他對自己這種做法並不覺得慚愧！讓能輸得起的人，輸一點給輸不起的人，這並沒有什麼不對。

現在骰子已到了他手裡，他只想要一對三，一個四。

四點贏三點，贏得恰到好處，也不引人注意。

他當然用不著別人的手在桌下幫忙，雖然他已久疏練習，可是骰子一定還會聽他話的。

他有把握，絕對有把握。

叮噹一聲響，骰子落在碗裡，頭一粒停下的是三，第二粒也是三，第三粒當然是四。

他看著這粒滾動的骰子，就好像父母們看著一個聽話的孩子。

現在他已經可以看見骰子面上的四點了，紅紅的，紅得又嬌艷，又好看，就像是五百兩白花花的銀子那麼好看。

骰子已將停下來，銀子已將到手。

誰知就在這最後的節骨眼上，骰子突又一跳，停下來竟是兩點。

陸小鳳傻了。他做夢也想不到，這賭桌上居然還有高手，很可能比他還要高些。

沙漫冷冷的看了他一眼：「你雖然爲我帶來點運氣，你自己的運氣卻不好。」

在那粒骰子上做手腳的人當然不會是她，她本來已經輸了很多，是陸小鳳幫她贏回來的。

莊家正在收錢。

這個人不但輸了，而且輸得不少，若是能夠控制骰子的點數，就不會輸了。

別的人看來也不像，陸小鳳實在看不出誰是這位高手。

他就好像啞巴吃了黃蓮，有苦也說不出，又像是瞎子在吃餛飩，肚裡有數。

只要再來一次，他就一定可以看出來了，只要注意一點，就絕不會輸。

他還是很有把握。只可惜他已沒有賭本了，那個又客氣、又多禮的小老頭，忽然已蹤影不見，就好像生怕陸小鳳要找他借錢一樣。

一個年紀還很輕，卻留著兩撇小鬍子的人忽然笑道：「我們都是小鬍子，我們交個朋友。」

他居然「仗義勇爲」，真的掏出張五百兩銀票。

陸小鳳大喜，正想接過來，誰知道這小鬍子的手又收了回去，道：「刀呢？」

「什麼刀？」

「像你剛才那樣的刀。」

沒有刀，沒有銀子，所以陸小鳳只有苦笑：「像那樣的刀，找遍天下恐怕也只有一把。」

小鬍子嘆了口氣，又將銀票壓了起來，莊家骰子已擲出來，竟是「么二三」，統賠。

陸小鳳只覺得嘴裡發苦，正想先去找點酒喝再說，一回頭，就發現那小老頭正站在擺著酒菜的桌子旁，看著他微笑。

桌上有各式各樣的酒，陸小鳳自己選了樽竹葉青，自斟自飲，故意不去看他。

小老頭卻問道：「手氣如何？」

陸小鳳淡淡道：「還不算太壞，只不過該贏的沒有贏，不該輸的卻輸了。」

小老頭嘆了口氣，道：「世上有很多事都是這樣子的，倘若是對一樣事情太有把握了，反而會疏忽，所以該贏的會輸，但是只要還有第二次機會，就一定可以把握住了。」

這正是陸小鳳心裡的想法，又被他說中。

陸小鳳眼睛亮了，道：「你若肯投資，讓我去賭，贏了我們對分。」

小老頭道：「若是輸了呢？」

陸小鳳道：「輸了我賠。」

小老頭道：「怎麼賠？用你那把天下無雙的夜壺刀來賠？只可惜夜壺刀現在也已不是你的。」

陸小鳳道：「不管怎麼樣，我反正一定不會輸的，你借給我壹萬兩，這場賭散了之後，我一定還你壹萬五千兩。」

他本不是這種窮兇極惡的賭鬼，賣了老婆都要去賭，可是他實在太不服氣，何況這區區一萬兩銀子，在他看來，根本就不算什麼。他一向揮金如土，從來也沒有將錢財看在眼裡。

奇怪的是，愈是這種人，借錢反而愈容易，連小老頭的意思都有點動了，遲疑著道：「萬一你還不出怎麼辦？」

陸小鳳道：「那麼就把我的人賠給你。」

小老頭居然什麼話都不再說，立刻就給了他一萬兩銀子。

陸小鳳大喜道：「你放心，我絕不會讓你後悔的。」

小老頭嘆了口氣，道：「我只怕你自己會後悔。」

莊家還沒有換人，陸小鳳走了後，他連擲了幾把大點，居然又扳回去一點。

沙曼卻每況愈下，幾乎又輸光了，看見陸小鳳去而復返，那張冷若冰霜的臉上，居然露出了微笑來：「老頭子借了賭本給你？他信得過你？」

陸小鳳道：「他倒並不是相信我這個人，只不過相信我這次一定會轉運的。」

沙曼道：「我也希望你轉運，把你的刀贖回去，這把刀五分銀子別人都不要。」

莊家已經在叫下注，陸小鳳道：「等我先贏了這一把再說。」

他本想把銀票疊個角，先押一千兩的，可是到了節骨眼上，竟忽然一下子將整張銀票都押下去。

賭鬼們輸錢，本就輸在這麼一下子。

莊家冷冷的看了他一眼，隨手一擲，擲出了個兩點，居然還是面不改色。

幾個人輪流擲過去，有的贏，有的輸，沙曼一擲成六，忍不住看著陸小鳳一笑，道：「你好像又替我帶來了運氣。」

她不笑的時候陸小鳳都動心，這一笑陸小鳳更覺得神魂顛倒，忽然握住她的手，道：「我帶給你的好運氣，你能不能借給我一點？」

她想掙脫他的手，怎奈陸小鳳握得太緊，她立刻沉下臉道：「我的手又不是骰子，你拉住我幹什麼？」

這句話雖然是板著臉說的，其實誰都看得出她並沒有真的生氣。

陸小鳳慢慢的鬆開她的手，一把抓起骰子，本來也許只有八分信心的，現在已變成了十分，大喝一聲：「豹子。」

要殺兩點根本用不著豹子，真正的行家要殺兩點，最多也只不過擲出個四點就夠了，就算不用手法，要贏兩點也不難。可是陸小鳳現在卻好像忽然變成了個孩子，只要有自己喜歡的人在旁邊看著，孩子們無緣無故也要去翻兩個跟斗的。

現在陸小鳳的心情也差不多，一心要在她面前賣弄賣弄，擲出個三個六的豹子來。

叮鈴鈴一聲響，骰子擲在碗裡，他的手已伸入桌下。

這一次就算有人想弄鬼，他也有把握可以把點子再變回來。

兩粒骰子已停下，當然是兩個六點，第三粒骰子卻偏偏還在碗裡打轉。

莊家眼睛瞪著骰子，冷冷道：「這骰子有鬼。」

陸小鳳笑道：「鬼在哪裡，我們大家一起找找看。」

他的手一用力，桌子忽然離地而起。

剛才想跟陸小鳳交個朋友的小鬍子，一雙手本來按在桌上，桌子離地，只聽「噗」的一響，兩塊掌形木板落在地上，他的一雙手竟嵌入桌面。

碗卻還在桌上，骰子也還在碗裡打轉。

一陣風吹過，落在地上的那兩塊木板，竟變成了一絲絲的棉絮，眨眼就被風吹走。

陸小鳳眼睛本該盯著那粒骰子的，卻忍不住去看小鬍子兩眼，他實在看不出這個打扮得像花花大少一樣的年輕人，手上竟有武林中絕傳已久的「化骨棉掌」功夫。

「棉掌」是武當絕技，內家正宗，可是「棉掌」上面再加上「化骨」二字，就大大不同了。

這種掌力不但陰毒可怕，而且非常難練，練成之後，一掌打在人身上，被打的人渾如不覺，可是兩個時辰後掌力發作，全身骨骼就會變得其軟如棉，就算神仙也萬萬救不活，比起西藏密宗的「大手印」、西方星宿海的「天絕地滅手」都要厲害得多。

自從昔年獨闖星宿海，夜入朝天宮，力殺黃教大喇嘛的化骨仙人故去後，江湖中就已沒有再出過這種掌力，卻不知這小鬍子是怎麼練成的。

陸小鳳想不出，也沒空去想。

那粒骰子竟然還在碗裡打轉，每當快要停下來時，坐在陸小鳳身旁一個白髮老翁的手輕輕一彈，骰子就轉得更急。

這人滿頭白髮，道貌岸然，看來就像是個飽讀詩書的老學究，一直規規矩矩的坐在陸小鳳身旁，在座的人，只有他從未正視過沙曼一眼。

陸小鳳平生最怕跟這種道學先生打交道，也一直沒有注意他。

直到這次骰又將停下，陸小鳳忽然聽見「嗤」的一響，一縷銳風從耳邊劃過，竟是從這老人的中指發出來的。

他的手枯瘦蠟黃，留著一寸多長的指甲，想必用藥水泡過，十根指甲平時都是捲起來的，可是只要他手指一彈，捲成一圈的指甲就突然伸得筆直，晶瑩潔白，閃閃發光，就像是刀鋒一樣。

難道這就是昔年和張邊殷氏的「一陽指」、華山「彈指神通」並稱的「指刀」？

這也是武林中絕傳已久的武功，甚至連陸小鳳都沒有見過。

他自己的靈犀指也是天下無雙的絕技，忽然伸出兩根手指來，隔空往那粒骰子上一挾，滾轉不息的骰子竟然停下，上面黑黝黝的一片點子，看來最少也有五點。

誰知就在這一刹那間，大家沒有看清上面的點子，莊家忽然撮脣作勢，深深吸了口氣，骰子就忽然離碗而起。

白髮老翁中指又一彈，「啵」的一聲，這粒骰子竟變得粉碎，一片粉末落下來，還是落在碗裡，卻已沒有人能看得出是幾點了。

陸小鳳大賭小賭，也不知賭過多少次，這件事倒還是第一次遇見，這一來是算不分輸贏？還是算莊家輸的？連他也不知道如何處理。

沙曼忽然轉臉看著陸小鳳道：「兩個六點，再加上一個點，是幾點？」

陸小鳳道：「還是一點。」

沙曼道：「爲什麼還是一點？」

陸小鳳道：「因爲最後一粒骰子的點數，才算真正的點子。」

沙曼道：「最後一粒骰子若是沒有點呢？」

陸小鳳道：「沒有點就是沒有點。」

沙曼道：「是沒有點大，還是一點大？」

陸小鳳道：「當然是一點大。」

沙曼道：「兩點是不是比一點大？」

陸小鳳嘆了口氣，道：「兩點當然比一點大，也比沒有點大。」

其實她一開口問他第一句，他已明白是什麼意思了，若是別人問他，他至少有幾十種法子可以對付。

陸小鳳的機智伶俐花樣之多，本是江湖中人人見了都頭疼的，可是在這個長著雙貓一般眼睛的女孩子面前，他卻連一點也使不出來。

因爲他根本就不願意在她面前使出來，她若一定要他輸這一把，他就是輸了又何妨！

區區一萬兩銀子，又怎能比得上她的一笑？

沙曼果然笑了：「兩點既然比沒有點大，這一萬兩銀子你就輸了。」

陸小鳳道：「我本來就輸了。」

沙曼道：「你輸得心不心疼？」

陸小鳳笑道：「莫說只輸了一萬兩，就算輸上十萬八萬，我也不會心疼的。」

這句話本來並不是吹牛，他說出來之後，才想起自己現在連十兩八兩都輸不起。

只可惜，莊家早已將他的銀票掃了過去，居然還是面不改色，冷冷道：「有銀子的下注，沒有銀子走路。」

陸小鳳只好走路。

那小老頭子好像完全沒有注意到這邊的賭局，還坐在那裡低斟淺啜，一臉自得其樂的樣子，好像正在等著收陸小鳳的一萬五千兩。

陸小鳳只有硬著頭皮走過去，搭訕著問道：「你在喝什麼？」

小老頭道：「竹葉青。」

陸小鳳道：「你也喜歡喝竹葉青？」

小老頭道：「我本來不常喝的，現在好像受了你的傳染。」

陸小鳳道：「好，我敬你三杯。」

小老頭道：「三杯只怕就醉了。」

陸小鳳道：「一醉解千愁，人生難得幾回醉，來，喝。」

小老頭道：「你年紀輕輕的，有什麼愁？」

陸小鳳苦笑道：「我輸的雖然是別人的錢財，心裡還是難免有點難受。」

小老頭笑了笑，道：「那可不是別人的錢財，是你的。」

陸小鳳又驚訝、又歡喜，道：「真是我的？」

小老頭道：「我既然已將銀子借給了你，當然就是你的。」

陸小鳳大喜道：「想不到你竟是個如此慷慨的人。」

小老頭笑道：「慷他人之慨，本就算不了什麼，只不過……」

他慢吞吞的接著道：「銀子雖然是你的，你的人卻已是我的。」

陸小鳳叫了起來：「我姓陸，你姓吳，你既不是我兒子，我也不是你老子，我怎麼會是你的？」

小老頭淡淡道：「因爲你還不出一萬五千兩，就只好將你的人賠給我，丈夫一言，快馬一鞭，爲了成全你的信譽，我想不要都不行。」

陸小鳳又傻了，苦笑道：「我這人又好酒，又好色，又好吃，又好賭，花起錢財來像流水一樣，我若是你的，你就得養我。」

小老頭道：「我養得起。」

陸小鳳嘆了口氣，道：「可是我倒想不通，你要我這麼樣一個大混蛋幹什麼？」

小老頭笑道：「我的銀子太多，正想找個人幫我花花，免得我自己受罪。」

陸小鳳道：「你認爲花錢是在受罪？」

小老頭正色道：「怎麼不是受罪？若是喝得太多，第二天頭疼如裂，就像生了場大病，若是賭得太兇，非但神經緊張，如坐針氈，手氣不來時，說不定還會被活活氣死，若是縱情聲色……」

他嘆了口氣，接道：「這種對身體有傷的事，像我這種年紀的人，更是連提都不敢提。」

陸小鳳道：「除了花錢外，你還準備要我幹什麼？」

小老頭道：「你年紀輕輕，身體強健，武功又不錯，我可以要你做的事，也不知有多少。」

他說到了「武功又不弱」這句話時，口氣裡彷彿帶著種說不出的輕蔑之意，不管他是真有此意也好，是陸小鳳疑心也好。反正總有這麼點意思。

陸小鳳少年成名，縱橫江湖，雖然不能說天下無敵，真能擊敗他的人，他倒也從來沒有遇見過，就好像他賭骰子從來沒有輸過一樣，若有人說他不行，他當然一萬個不服氣。可是今天他擲了兩把骰子，就輸了兩把，若說那只不過因爲別人在玩手法，他自己又何嘗沒有玩手法？

那小鬍子的「化骨棉掌」，白髮老翁的「指刀」，本都已是江湖罕見的武功絕技，最後莊家撮口一吸，就能將七尺外的一粒骰子吸起，旁邊的兩粒骰子卻還是紋風不動，這一手氣功更是不可思議。

這看來一片祥和的世外桃源，竟是個藏龍臥虎之地。

還有這和和氣氣的小老頭，看來好像誠懇老實，其實別人的心事，他一眼就可看透，正是大智若愚，扮豬吃老虎的那種人。說不定這賭局本就是他早就佈好的圈套，現在陸小鳳已一跤跌了下去，還不知道他有什麼稀奇古怪的事要陸小鳳去做。

無論那是什麼事，都一定不會是什麼好事。

陸小鳳想來想去，愈想愈不是滋味，心裡已經開始覺得自己根本不該來的。

小老頭笑道：「現在你心裡一定已經在後悔，覺得自己不該來的，卻又偏偏猜不出我們究竟在玩什麼花樣，難免動了好奇，所以又捨不得走。」

他又一語道破了陸小鳳的心事，陸小鳳卻笑了，大聲道：「不對不對，完全不對。」

小老頭道：「什麼事不對？」

陸小鳳道：「你說的完全不對。」他將酒一飲而盡，拈起塊牛肉，開懷大嚼，又笑道：「這裡有酒有肉，又有天仙般的美女，還有準備給銀子讓我花的人，我還有什麼不滿意的？爲什麼要後悔？」

小老頭含笑看著他，道：「因爲你心裡還在嘀咕，猜不透我究竟要你幹什麼？」

陸小鳳大笑道：「像我這樣的人，還有什麼不能幹的？就算要我去殺人，我也一刀一個，而且還絕不管埋。」

小老頭道：「真的？」

陸小鳳道：「當然是真的！」

小老頭看著他，眼睛裡忽然露出種奇怪的表情，微笑著道：「只要你能記住今天的話，我保證你一輩子平安快樂。」

他雖然在笑，口氣卻很認真，就好像真想要陸小鳳替他殺人一樣。

可是這裡藏龍臥虎，高手如雲，「化骨棉掌」和「指刀」更都是絕頂陰毒的功夫，用這種功夫去殺人，本是再好也沒有的了，又何必捨近求遠，再去找別人？

陸小鳳總算又想開了，他已嚐過三樣菜，一盤切得薄薄的牛肉片子，一碗燉得爛爛的紅燒牛腩，一碟炒得嫩嫩的蠔油牛肉，誰知一筷子挾下去，第四樣還是牛肉，是樣帶點辣味的陳皮牛肉。

湯是用整個牛腩清蒸出來的，一味燜牛肚絲細軟而不爛，火候恰到好處，還有樣水鋪牛肉，是用稍帶肥甘的薄頭回片，用作料拌好，放在湯裡一攪，撒上胡椒即吃，湯鮮肉嫩，更是少見的好菜。

其餘紅燒牛舌、生炒毛肚、火爆牛心、牛肉丸子、紅燜牛頭、清燉牛尾、栒杞牛鞭，還有雞蛋炒腦花，味道也全都好得很。只不過每樣菜都是牛身上的，滋味再好，也會吃得厭煩。

陸小鳳道：「這裡的牛是不是也跟你的銀子一樣多？」

小老頭道：「今天做的本是全牛宴，因爲小女特別喜歡吃牛肉。」

陸小鳳終於想起，今天這些菜，都是他女兒第一天會自己吃飯時吃過的。

那時她最多也只不過三五歲，就弄了這麼大一桌子牛肉吃。

陸小鳳心裡嘆了口氣，看來這小老頭的女兒，無疑也是個怪物。

小老頭道：「其實她別的地方也並不怪，只不過每飯非牛肉不歡，吃了十幾年，也吃不膩，若有人認爲她是怪物，那就錯了。」

陸小鳳瞪著他，忍不住問道：「我心裡在想什麼，你都知道？」

小老頭笑道：「這種察言觀色的本事，我倒也不敢妄自菲薄。」

陸小鳳眼珠子轉了轉，道：「你知道我現在心裡在想什麼？」

小老頭道：「你本來想故意去想些稀奇古怪的事，好來難倒我，可是你又偏偏忍不住想要看看我那專吃牛肉的女兒。」

陸小鳳大笑道：「不對不對，你女兒又不嫁給我，我去看她幹什麼？」他嘴裡雖然在說不對，其實心裡卻不能不佩服，忍不住又問道：「今天她是主客，爲什麼反而一直蹤影不見？」

小老頭道：「她是誰？」

陸小鳳道：「她就是你女兒。」

小老頭道：「你既然連看都不想看她，問她幹什麼？」

陸小鳳說不出話來了。

原來這小老頭外表雖然和氣老實，其實卻老奸巨猾，比那老狐狸還厲害幾百倍。

小老頭道：「只可惜你就算真的不想看見她，遲早還是會看見她的。」

陸小鳳道：「我不想看見她都不行？」

小老頭道：「不行。」

陸小鳳道：「爲什麼？」

小老頭道：「因爲你現在只要一回頭，就已看見她了。」

陸小鳳一回頭，就看見了牛肉湯。

現在牛肉湯臉上當然已沒有牛肉湯。若不是因爲陸小鳳看她看得比別人都仔細，現在也絕對看不出她就是可憐兮兮，到處受人欺負的牛肉湯。

她現在已完全變了個樣子，從一個替人燒飯的小丫頭，變成了個人人都想找機會替她燒飯的小公主。而且是公主中的公主，無論誰看見她，都會覺得自己只要能有機會替她燒飯，就是天大的光榮。

人都會變的。

陸小鳳認識的人之中，有很多變了，有的從赤貧變成豪富，從君子變成小人，從英雄變成狗熊，也有的從豪富變成赤貧，從小人變成君子，從狗熊變成英雄，但卻從來沒有任何人變得像她這麼快，這麼多。

她簡直好像已完全脫胎換骨。

陸小鳳若不是因爲看她看得特別仔細，連她身上最不能被人看見的地方都看過，簡直不能相信她就是那個牛肉湯。

牛肉湯冷冷的盯著他，卻好像根本從來都沒有見過這個人。

小老頭道：「你認得她？」

陸小鳳道：「本來我以前是認得她的。」

小老頭道：「現在呢？」

陸小鳳嘆道：「現在看起來，她也不認得我，我也不認得她。」

牛肉湯既不承認，也不否認，這些話她似已聽見，又似根本沒聽見。

小老頭也不再理睬陸小鳳，走過去拉起她的手，目中充滿慈愛，道：「我叫你早點去睡的，你怎麼偏偏又要溜出來？」

牛肉湯道：「我聽丫頭說，剛才外面有人回來，卻不知有沒有九哥的消息？」

小老頭霎了霎眼道：「你猜呢？」

牛肉湯眼睛裡立刻發出了光，道：「我知道一定有，九哥絕不會忘了我的。」

小老頭道：「我本來想明天早上再告訴你，老九不但有消息帶回來，還叫他新收的隨從木一半帶了些禮物回來給你。」

牛肉湯笑靨如花，眼睛發光，好像又變了個人，道：「這個木一半的人呢？趕快叫他來，把九哥的禮物也帶來。」

小老頭微笑揮手，手指一彈，九曲橋上就有十六個赤膊禿頂，只穿著條牛皮褲的崑崙奴，抬著八口極大的箱子走過來。

走在他們前面的還有個人，獨臂單足，拄著根鐵枴，右腿齊根而斷，右臂也被人連肩削掉，臉上一條刀口，從右眼上直掛下來，不但右眼已瞎，連鼻子都被削掉一半，耳朵也不見了。

這個人本來也不知是醜是傻，現在看起來，卻顯得說不出的詭秘可怖。

牛肉湯看見他卻好像很開心，帶著笑道：「我聽九哥說起過，你一定就是木一牛了。」

木一牛左腿彎曲，恭恭敬敬的行了個大禮，道：「小人木一牛，參見公主。」

他還沒有跪下去，牛肉湯已伸手扶起了他，對這個又醜又怪的殘廢，遠比對陸小鳳客氣得多，想必是看在她九哥的面子上愛屋及烏。

陸小鳳遠遠的看著，心裡實在有點不是滋味，只見她的手在陽光下看來潔白柔美，和以前手上滿是油垢的樣子已大不相同，想到那天在狐狸窩沖涼房裡發生的事，又不禁有點心動。

木一牛已監督那些滿身黑得發光的崑崙奴打開了五口箱子，箱子裡裝滿了綾羅綢緞，胭脂花粉，第五口箱子打開來，珠光寶氣，耀眼生花，裡面竟裝滿了各式各樣的翡翠瑪瑙，金珠寶玉。

這些東西沒有一樣不是女人們最心愛的，平常的姑娘看見，只怕早已歡喜得暈了過去。

牛肉湯卻連正眼都沒有去看一眼，反而噘起了嘴，道：「九哥又不是不知道我不稀罕這些東西，爲什麼巴巴的叫你送來？」

木一牛笑道：「公主再看看這三口箱子裡面是什麼？」

他笑得彷彿很神秘，連陸小鳳都不禁動了好奇心，怎麼想也想不出，世上還有什麼能比珠寶首飾更能討女孩子歡心的東西。

等到這三口箱子打開，陸小鳳簡直忍不住要叫了起來。

箱子裡面裝的竟是人，一口箱子裡裝著一個人，三個人之中陸小鳳倒認得兩個。

第一個人頭髮花白，像貌威武，雖然被裝在箱子裡面關了很久，一站起來腰桿仍然筆直，竟是群英鏢局的總鏢頭「鐵掌金刀」司徒剛。這人的鐵砂掌力已練得頗有火候，一柄金背砍山刀，施展著五虎斷門刀法，江湖中更少有對手，怎麼會被人裝進箱子的？

第二個人精悍瘦削，兩邊太陽穴高高凸起，看來無疑也是個內外兼修的武林高手。

真正讓陸小鳳吃驚的，還是第三個人。

這人赤足草鞋，穿著件舊得發膩的破布袈裟，圓圓的臉居然還帶著微笑，赫然竟是「四大高僧」中名排第三的老實和尚。

誰也不知道這和尚究竟是真老實還是假老實，但是人人都知道，他武功之高，確是一點不假，若有什麼江湖匪類惹到了他，他雖然總是笑嘻嘻的一點都不生氣，可是這個人卻往往會在半夜裡不明不白的送掉性命。

所以近來江湖中敢惹這和尚的人已愈來愈少了，就連陸小鳳看見他也頭疼得很。

最近半年來他忽然蹤影不見，誰也不知道他幹什麼去了，卻想不到會在這口箱子裡忽然出現，能把他裝進箱子的這個人，武功之高，簡直已駭人聽聞，陸小鳳若非親眼看見，簡直無法相信。

老實和尚好像並沒有看見他，雙手合什，笑嘻嘻的看著牛肉湯。

看見這三個人，牛肉湯果然開心極了，也笑道：「怪事年年有，今年特別多，箱子裡怎麼會忽然鑽出個和尚！」

老實和尚道：「小姑娘受了氣，大和尚進箱子，阿彌勒佛！善哉善哉！」

木一半道：「九少爺知道這三個人得罪過公主，所以要小人趕緊送來，好讓公主出氣。」

他一口一聲公主，牛肉湯居然也受之無愧，就好像真的是公主一樣。

木一半又道：「卻不知公主想怎麼樣出氣？」

牛肉湯眨了眨眼睛，道：「我一時倒還沒有想起來，你替我出個主意怎麼樣？」

木一半道：「這就要看公主是想大出氣，還是小出氣了。」

牛肉湯彷彿覺得他這名詞用得很有趣，吃吃的笑道：「小出氣怎麼樣？」

木一半道：「脫下他們的褲子來，重重的打個七八十板，也就是了。」

牛肉湯道：「大出氣呢？」

木一半道：「割下他們的腦袋來，醃乾了賞給小人下酒。」

牛肉湯笑道：「好主意，真是好主意，難怪九哥喜歡你。」

木一半的主意確實陰毒，腦袋被割下倒也罷了，知道自己的腦袋被割下來還要被人醃乾下酒，已經很不是滋味，若是真的被脫掉褲子打屁股，那更是比死還難受。

高瘦精悍的黑衣人臉上已全無血色，老實和尚卻還是笑嘻嘻的滿不在乎。

司徒剛性如烈火，脾氣最剛，厲聲道：「我們既然已落在你手裡，要殺要剮，絕不皺一皺眉頭，你若是故意羞侮我，我……我死了也不饒你！」

司徒剛縱橫江湖，本不是那種輕易就會示弱認輸的人，可是這句「我死了也不饒你」，卻說得洩氣得很，顯然已自知他不是牛肉湯的對手，情願認命了。

牛肉湯嫣然道：「你活著也不能對我怎麼樣，死了又能怎麼樣不饒我？難道想變成個大頭鬼，半夜來扼我脖子？」

司徒剛咬緊牙齒，滿頭冷汗雨點般落下，忽然大吼一聲，反手一掌重重的向自己天靈拍下。

他的手五根手指幾乎同樣長短，指甲全禿，掌心隱隱發黑，鐵砂掌至少已練就到八成火候，這一掌拍下，雖然是拍在自己頭頂上，也同樣致命。

誰知牛肉湯身子一閃，纖長柔美的手指蘭花般輕輕一拂，司徒剛的手臂立刻垂了下去，連動都不能動了。

木一半立刻大聲喝采：「好功夫！」

牛肉湯淡淡道：「這只不過是如意蘭花手中最簡單的一著，算不了什麼好功夫！」

她說得輕描淡寫，陸小鳳聽了卻大吃一驚，這如意蘭花手名字雖美，卻是武林中最可怕的幾種功夫之一，分筋錯脈，傷人於無形，司徒剛現在看來好像傷得並不重，其實這條手臂已永遠廢了，一個對時後傷勢發作，更是疼苦不堪，除了把這條手臂齊根砍斷，絕沒有第二種解救的法子。

司徒剛面如死灰，大聲道：「你……你連死都不讓我死？」

他雖然在大聲呼喝，聲音還是不免發抖，顯見心裡恐懼已極。

牛肉湯嘆了口氣，道：「好死不如歹活，你爲什麼偏偏想死？就算你自知得罪了我，犯了死罪，也可以找個人來替你死的。」

司徒剛怔了怔，忍不住問道：「怎麼替我死？」

牛肉湯道：「這裡的人你可以隨便挑一個，只要能勝得了他一招半式，我就要他替你死。」

木一半道：「這裡的人我看他連一個都不敢找。」

牛肉湯笑道：「一個人他不敢找，半個人呢？」

木一半嘆了口氣，道：「我算來算去，他最多也只能找我這半個人。」

司徒剛大喝道：「不錯，我正是要找你。」

喝聲中他已出掌。

群英鏢局威名遠播，總鏢頭的年俸五萬石，幾乎已經跟當朝的一品大員差不多。

他的妻子溫柔賢慧，臨行的晚上還跟他親密宛如新婚。他的子女聰明孝順，長女已許配給他舅父中原大俠熊天健的長孫，門當戶對，親上加親。只要能活著，他當然不想死，他雖然右臂已不能動，幸好他練的本就是雙掌，這一掌擊出，招沉力猛，不愧是金刀百勝，鐵掌無敵。

木一半卻已只剩下半個人，身子斜斜一穿，脅下鐵枴斜刺，竟以這根鐵枴當作了長劍，一招「笑指天南」，正是嫡傳的海南派劍法。

海南劍術專走偏鋒，他只剩下半個人，恰巧將海南劍術的精髓發揮得淋漓盡致，只聽「嗤，嗤，嗤」三聲響，一聲慘呼，四尺長的鐵枴自司徒剛左脅刺入，右背穿出，一股鮮血箭一般標了出來，化做了滿天血雨。

牛肉湯拍手笑道：「好劍法。」

木一半笑道：「這只不過是天殘十三式中簡單的三招，算不了什麼好劍法。」

他學著牛肉湯剛才的口氣，故意說得輕描淡寫，陸小鳳卻又吃了一驚。

天殘十三式本是海南派鎮山劍法，可惜三十年前就已絕傳，連海南派當代的掌門人也只練成其中兩式，這半個人卻隨隨便便就使出了三招，將司徒剛立斃於劍下。

這半個人究竟是從哪裡來的？以他的武功劍法，為什麼要屈身為奴，做那位九少爺的隨從？

那高瘦精悍的黑衣人顯然也認出了他的劍法，正吃驚的看著他，目中充滿恐懼。

木一半笑道：「羅寨主的『燕子飛雲縱』和一著『飛燕去來』，縱橫天下，殺人無數，我也久仰得很了，卻不知羅寨主是否也看上了我這半個人？」

這黑衣人竟是十二連環塢第一寨的寨主黑燕子羅飛，此人以輕功成名，一招「飛燕去來」，的確是武林少見的殺手絕技。

他眼睛看著木一半，腳下卻在往後退，突然轉身掠起，向醉臥在九曲橋頭欄杆下的一個人撲了過去。這一招正是他的絕技「飛燕去來」，身法巧妙，姿勢優美，就算一擊不中，也可以全身而退。

欄杆下這個人卻已爛醉如泥，頭上一頂紫金冠也幾乎掉了下來，口水沿著嘴角往下直滴，看來簡直就像是個死人。死人當然比半個人更好對付，羅飛顯然早就看準了他。

陸小鳳在心裡嘆了口氣，不管怎麼樣，這位賀尚書剛才總算給了他一杯酒，現在若是糊裡糊塗的在醉夢中死了，他倒有些不忍。

只聽一聲慘呼，接著又是噗通一響，水花四濺，一個人落入池水中，蹤影不見，過了很久，才有一縷血水從荷花綠葉間浮起，一個人的臉就像是花瓣般在荷葉間露出，卻是羅飛。

賀尚書翻了個身，又睡著了，頭上的紫金冠終於落下。

木一半立刻走過去，恭恭敬敬的將這紫金冠又爲他戴在頭上，道：「醉臥流雲七殺手，唯有飲者得真傳，賀尚書真好功夫。」

牛肉湯笑道：「木一半真好眼力，連絕傳已八十年的醉中七殺手都能看得出。」

老實和尚嘆了口氣，道：「一殺就已要了命，又何必七殺？」

牛肉湯道：「和尚也想試試？」

老實和尚道：「和尚還清醒得很，爲什麼要去跟醉鬼糾纏？」

牛肉湯道：「你準備找誰？」

木一半道：「是不是想找我？」

老實和尚道：「和尚至少還是一個人，不跟半個人鬥。」

牛肉湯道：「我是一個人。」

老實和尚道：「和尚至少還是個大男人，不跟女人鬥。」

牛肉湯道：「我爹爹是個男人。」

老實和尚道：「和尚還年輕力壯，不跟老頭子鬥。」

那邊幾個人還在聚精會神的擲著骰子，這裡人已死了兩個，他們卻連看都沒有往這裡看過一眼，這種事他們好像早已司空見慣。別人的性命，在他們眼中看來，好像還不及一粒骰子重要。

牛肉湯道：「你看那幾個人怎麼樣？」

老實和尚道：「和尚四大皆空，看見賭鬼們就害怕。」

牛肉湯笑道：「你左挑右選都看不中，倒不如讓我來替你選一個。」

老實和尚道：「誰？」

牛肉湯隨手向前一指，道：「你看他怎麼樣？」

她的纖纖玉手，指著的正是陸小鳳。

陸小鳳的心一跳，老實和尚已回頭看著他，笑道：「和尚說老實話，和尚若是想活命，好像也只有選他了。」

牛肉湯大笑，道：「原來和尚的眼力也不差。」

陸小鳳立刻搖頭，大聲道：「差差，簡直差上十萬八千里。」

牛肉湯道：「差在哪裡？」

陸小鳳道：「我跟這和尚是朋友，他絕不會想要我的命，我也不想要他的命。」

老實和尚道：「和尚本來的確不想要你命的，可是現在……」

他嘆了口氣，道：「別人的性命再珍貴，總不如自己的性命重要，和尚這條命再不值錢，好歹總是和尚自己的。」

這確實也是老實話，老實和尚說的都是老實話。

陸小鳳道：「可是和尚既然四大皆空，若連朋友的命都要，豈非大錯特錯，大差特差？」

老實和尙道：「好死不如歹活，活狗也能咬死獅子幾口，到了性命交關時，就算差一點，也說不得了。」

陸小鳳嘆了口氣，道：「你爲什麼不去找別人，偏偏要找上我？」

老實和尙道：「因爲你差。」

陸小鳳道：「我差在哪裡？」

老實和尙道：「你既不會『天殘十三式』，又不會『如意蘭花手』，豈非大差特差？」

陸小鳳道：「可是我並不想要你的命。」

老實和尙道：「你不想要和尙的命，和尙卻想要你的命，所以你更差得厲害，非死不可。」

牛肉湯冷冷道：「他這樣的人，多死一個少一個，你還不動手？」

老實和尙道：「姑娘說的是，和尙這就動手。」

他居然說動手就動手，破布袈裟的大袖一捲，一股勁風直捲陸小鳳的面目。

原來陸小鳳那兩根手指他還是害怕的，生怕自己身上一樣東西被捏住，就算不被捏死，也是萬萬受不了的。

可是一隻破布袈裟的袖子，隨便他怎麼捏，都沒關係了，何況衣袖上真力貫注，利如刀鋒，能捏住他這一著的人，江湖中已不多。

小老頭一直袖手旁觀，忽然道：「陸小鳳，你是要替這和尙死，還是要替自己留著這條命，你可得仔細想清楚。」

其實這問題陸小鳳早已想過無數遍，他雖然不忍看著老實和尚死在這裡，卻也不願讓老實和尚看著他死。

小老頭這句話剛說完，只聽「嘶」的一聲，老實和尚一隻衣袖已被撕了下來，露出條比女人還白的手臂，顯然已多年沒有曬過太陽。

人影閃動間，彷彿有無數隻蝴蝶飛舞，他身上一件破布袈裟，轉眼間已被撕得七零八落。

陸小鳳大聲道：「和尚若是再不住手，小和尚只怕就要露出來了。」

這句話說得實在不雅，可是要想讓老實和尚住手，就只有說這種話讓他聽了難受。

誰知老實和尚居然一點也不在乎，嘴裡喃喃道：「小和尚露面，總比大和尚挺屍好。」

一句話沒說完，腳下忽然被司徒剛的屍體一絆，幾乎跌倒。

這正是陸小鳳的大好機會，陸小鳳卻似還在考慮，是不是應該乘機出手。

老實和尚卻不考慮，乘著這一絆之勢，忽然抱住了陸小鳳的腰，自己先在地上一滾，忽然間已壓到陸小鳳身上。

牛肉湯拍手笑道：「想不到和尚還會蒙古人摔跤的功夫。」

老實和尚道：「這不是蒙古摔跤，這是扶桑島上的柔道，除了和尚外，會的人倒真還不多，陸小鳳只怕連見都沒有見過，所以才會被和尚制住。」

這也是老實話，陸小鳳的確已被壓得死死的，連動都不能動。

小老頭卻道：「這句話不老實。」

「老實和尚從來不說不老實的話。」

小老頭道：「他就算沒見過這種功夫，本來也不會被你制住的，若不是因爲他不忍殺你，現在和尚只怕連老實話都不能說了。」

老實和尚想了想，道：「就算他真的讓了和尚一手，和尚也可以裝作不知道。」

小老頭嘆了口氣，道：「這倒真是老實話。」

陸小鳳伏在地上，腰眼被他膝蓋抵住，手臂也被反摔過去，想到自己剛才痛失良機，再聽見這種老實話，幾乎要被活活氣死。

真的被氣死倒也痛快，現在他還不知道自己要怎麼死法。

那邊的賭局終於散了，彷彿有人在問。

「我輸了七萬兩，你呢？」

「我比你只多不少。」

既然有人輸了這麼多，當然也有人要滿載而歸了。只可惜這個滿載而歸的並不是他。

他非但早已將自己的人輸了出去，連這條命都要賠上！

六　木頭人陣

一

幾個人從那邊走過來，只有一個人的腳步聲比較重，身上想必已裝滿了金珠銀票。

陸小鳳很想看看這人是誰，卻連頭都抬不起，只聽牛肉湯道：「你們都來見見九哥這位新收的隨從，他叫木一半，好像是海南孤雁的門下，九哥還特地要他帶了好多好多禮物回來給我。」

她的聲音中充滿歡悅，立刻就有人問：「這幾天老九又到哪裡去了？什麼時候回來？最近他身子可還安好？有沒有喝醉過？」

木一半立刻恭恭敬敬的一一答覆，可是這位九少爺的行蹤，卻連他都不清楚。

聽見九少爺歸期無定，大家都彷彿很失望，聽見他身體康健，大家又很開心。

對這個遠在天涯，行蹤不定的浪子，大家都顯得說不出的關懷；可是對這個剛剛還跟他們賭過錢，而此刻就躺在他們面前的陸小鳳，卻根本沒有人問。這個人的死活，他們根本就不放在心上。

就連沙曼也沒有看他一眼，牛肉湯正在問她：「九哥這次有沒有送你什麼？」

沙曼淡淡道：「他知道我對這些身外之物一向沒有興趣，又何必多此一舉？」

牛肉湯道：「你對他的身外之物沒興趣？是不是只對他的人有興趣？」

沙曼居然默認。

牛肉湯冷笑道：「只可惜他也絕不會把自己的人送給你的。」

兩個人言來語去，彷彿都帶著很濃厚的醋意，陸小鳳聽了更不是滋味。

他一向是江湖中的寵兒，認得他的人都以他爲榮，無論走到哪裡都極受歡迎，臥雲樓主人珍藏多年的名酒，只有他才能喝得到，就連孤僻高傲的苦瓜大師，看見他來了，都會親自下廚房燒幾樣素菜給他吃。

女孩子們見到他，簡直完全無法抗拒，連冰山都會溶化。

可是到了這裡，他卻好像忽然變得不值一文，連替那位九少爺擦鞋都不配。

一個人活到這種地步，倒真的不如死了算了，老實和尚卻偏偏還不動手。

牛肉湯似已不願再跟沙曼說話，回頭瞪著老實和尚，道：「你還不動手？」

老實和尚道：「動手幹什麼？」

牛肉湯道：「動手殺人。」

老實和尚道：「你們真的要殺他？」

牛肉湯道：「當然不假。」

老實和尚道：「好，你們隨便找個人來殺吧，和尚只要贏了一招半式就夠了，和尚不殺人。」

他拍了拍手，站起來就走，轉眼間就走出了九曲長橋，居然沒有人攔阻，看來這裡的人雖然行事詭秘，倒還都是言而有信的好漢。

牛肉湯冷笑道：「要找殺人的還不容易，你們誰殺了這個人，我給他一萬兩。」

陸小鳳躺在地上，索性連站都懶得站起來，要殺這麼一個人，看來並非難事，牛肉湯卻出手就是一萬兩，也不知是因爲她的銀子來得太容易，還是因爲在這裡要人殺人，本就得付這種價錢。

隨隨便便殺個人就有一萬兩，陸小鳳本來以爲會有很多人搶著動手。

誰知大家連一點反應都沒有。

沙曼冷冷道：「你要殺人，爲什麼不自己殺？難道你沒有殺過人？」

牛肉湯也不理她，瞪著那些抬箱子來的崑崙奴道：「你們辛辛苦苦抬幾天箱子，最多也只不過賺個百兒八十的，殺個人就有一萬兩，這種好事你們都不幹？」

一個個崑崙奴還是像木頭人般站在那裡，原來竟完全聽不懂她的話。

牛肉湯道：「木一半，你怎麼樣？」

木一半嘆了口氣，道：「我本來是想賺這一萬兩的，只可惜九少爺吩咐過我，每天最多只能殺一個人，我可不敢不聽九少爺的話。」

牛肉湯顯然也不敢不聽九少爺的話，冷冷道：「我知道你們嫌太少，我出五萬兩，先付後殺。」

陸小鳳忽然一躍而起，道：「我來。」

牛肉湯道：「你來幹什麼？」

陸小鳳道：「不管誰殺了我，你都肯先付他五萬兩？」

牛肉湯道：「不錯。」

陸小鳳道：「我來賺這五萬兩。」

牛肉湯道：「你要自己殺自己？」

陸小鳳道：「自己殺自己並不是難事，五萬兩銀子卻不是小數目。」

牛肉湯道：「你的人已死了，還要銀子幹什麼？」

陸小鳳道：「還債。」

他嘆了口氣，道：「現在我已欠了一屁股債，若不還清，死了做鬼也不安心。」

牛肉湯冷冷的看著他，忽然冷笑道：「好，這五萬兩讓你賺了。」

她隨隨便便從懷裡抓出一把銀票，面額最小的也有五千兩。

陸小鳳選了幾張，正好五萬兩，先交給小老頭一張，道：「這裡是一萬五千兩，一萬兩還給你，五千兩算利錢。」

小老頭喜笑顏開，道：「這利錢倒真不小。」

陸小鳳道：「所以你本該多借點給我的，我這人出手一向大方。」

小老頭嘆道：「實在大方，大方得要命。」

陸小鳳又在找沙曼，道：「這裡是五千五百兩，五百兩贖刀，五千兩算利錢！」

沙曼道：「五百兩的利錢也有五千兩？」

陸小鳳道：「反正五百兩和一萬兩都是一把就輸了，利錢當然一樣！」

沙曼看著他，冷漠的眼睛裡似有了笑意，道：「現在我才知道你為什麼這麼窮了，像你這麼樣花錢，怎麼會不窮！」

陸小鳳笑道：「反正這錢也來得容易，現在我才知道，天下間只怕再也沒有比殺人更容易賺錢的事。」

沙曼臉上又變得冰冰冷冷，全無表情，拿出了他那把夜壺刀，道：「你是不是準備用這把刀殺你自己？」

陸小鳳立刻搖頭，道：「這把刀不行，這把刀上有點騷氣。」

他看了看手上銀票，喃喃道：「還了兩萬零五百，還剩兩萬九千五，銀子還沒有花光，死了豈非冤枉？」

牛肉湯道：「那麼你就快花！」

陸小鳳想了想，又去找小老頭，道：「剛才你說這裡有天下最好的酒，只不過價錢很高？」

小老頭道：「我也說過，今天你是我的客人，喝酒免費。」

陸小鳳冷笑道：「你女兒出錢要殺我，我還喝你的酒？來，這九千五百兩拿去，我要最好的酒，能買多少就買多少。」

那小鬍子忽然笑了笑，道：「又花了九千五，好像還剩兩萬？」

陸小鳳道：「剛才你輸了多少？」

小鬍子道：「我是大贏家。」

陸小鳳道：「我們再來賭一把怎麼樣？索性輸光了反而痛快。」

小鬍子大笑道：「好，我就喜歡你這樣的痛快人。」

牛肉湯冷冷道：「他不但痛快，而且很快就要痛了，無論抹脖子還是砍腦袋，都很痛的。」

陸小鳳笑道：「我倒知道有種死法一點都不痛。」

牛肉湯道：「怎麼死？」

陸小鳳道：「輸死。」

骰子又擺在碗裡，酒也送來了，整整十大罈酒，有女兒紅，也有竹葉青。

九千五百兩買了十罈酒，價錢未免太貴了些，陸小鳳卻不在乎，先開了罈竹葉青，對著嘴灌下了小半罈，大聲道：「好酒。」

小鬍子笑道：「像這麼樣牛飲，居然還能分得出酒的好壞，倒真不容易。」

陸小鳳道：「其實我也未必真能分得出，只不過價錢貴的酒，總是好的，好酒無論喝多少，第二天頭都不會痛。」

牛肉湯冷冷道：「頭若是已經掉下來了，還管他痛不痛。」

陸小鳳不理她了，拿起骰子，在碗邊敲了敲，道：「你賭多少？」

小鬍子道：「一萬兩如何？」

陸小鳳道：「一萬太少，最好兩萬，咱們一把就見輸贏。」

小鬍子道：「好，就要這麼樣才痛快。」

他的銀票還沒有拿出來，陸小鳳的骰子已擲了下去，在碗裡只滾了兩滾，立刻停住，三粒骰子都是六點，莊家統吃，連趕的機會都沒有。

陸小鳳大笑道：「一個人快死的時候，總會轉運的。」

小鬍子手裡拿著銀票，大聲道：「可是我的賭注還沒有押下去。」

陸小鳳笑道：「沒關係，我信得過你，反正我已快死了，你當然絕不會賴死人賬的。」

小鬍子心裡雖然一萬個不願意，嘴裡卻連一個字都說不出。

陸小鳳接過他的銀票，又問：「還賭不賭？」

小鬍子道：「賭當然還要賭的，只不過這一把卻得讓我來做莊。」

陸小鳳道：「行，大家輪流做莊，只要你能擲出三個六，見錢就吃，用不著客氣。」

他將剛贏來的兩萬銀票也押了下去，笑道：「反正我看你也擲不出三個六來。」

小鬍子眼睛亮了，一把抓起骰子，卻回頭去問站在他身旁的白髮老學究：「你看我這把能不能擲得出三個六？」

白髮老人微笑道：「我看你是應該擲得出的，若是擲不出，就是怪事了。」

小鬍子精神抖擻，大喝一聲，骰子一落在碗裡，就已經看得出前面都是六點，誰知其中卻有粒骰子突然跳起，在空中打了個轉，又彈起好幾尺，落下來時，竟變成了一堆粉末。

碗裡的骰子已停下來，正是兩個六點。

陸小鳳忽然問沙曼：「兩個六點，再加上個一點，是幾點？」

沙曼道：「還是一點，因為最後一粒骰子的點數，才算真正的點數。」

陸小鳳道：「最後一粒骰子若是沒有點呢？」

沙曼道：「沒有點就是沒有點。」

陸小鳳道：「是沒有點大，還是一點大？」

沙曼道：「當然是一點大。」

陸小鳳道：「既然連一點都比沒有點大，莊家擲出個沒有點來怎麼辦？」

沙曼道：「莊家統賠。」

陸小鳳大笑，道：「三十年風水輪流轉，想不到你這次也擲出個沒有點來。」

小鬍子一句話都不說，立刻賠了他四萬兩，把碗推給了陸小鳳道：「這次又輪到你做莊，只希望你莫要再擲出個沒有點來。」

他嘴裡雖然這麼說，心裡卻在想：「這次你擲的不是沒有點才怪。」

別人的想法當然也跟他一樣，就算陸小鳳換上三粒鐵打的骰子，他們要捏毀其中一粒，也比捏倒隻螞蟻還方便。

賭錢弄鬼，本是偷偷摸摸，見不得人的事，現在卻好像已經變得光明正大。

那白髮蒼蒼的老學究搶著先押了三萬兩，道：「可惜莊家的賭本只有八萬。」

小鬍子道：「我是輸家，他賠完了我的，你們才有份。」

他已將身上銀票全部掏出來，一個人押的已不止八萬兩，這一把除非他沒有輸贏，才能輪得到別人，可是大家都看準陸小鳳是非輸不可的。

那老學究嘆了口氣，道：「看來我們這一把都只有喝湯了。」

輪到要賠自己時，莊家無錢可賠，就叫做喝湯，在賭徒們眼中看來，天下只怕再也沒有比喝湯更倒楣的事了。

他正想把三萬兩收回來，突然一個人道：「這一把我幫莊，有多少只管押上來，統殺統賠。」

說話的竟是那小老頭，將手裡拿著的一大疊銀票，「吧」的摔在陸小鳳面前，道：「這裡有百三十五萬兩，就算我借給你的，不夠我還有，要多少有多少。」

陸小鳳又驚又喜，道：「你幾時變得這麼大方的？」

小老頭笑道：「你借錢不但信用好，付的利息又高，我不借給你借給誰？」

陸小鳳道：「這一把我若輸了，人又死了，你到哪裡要債去？」

小老頭道：「無論做什麼生意，都得要擔些風險的！」

牛肉湯道：「這一次的風險未免太大些，只怕要血本無歸了。」

小老頭淡淡道：「我的銀子早已多得要發霉，就算真的血本無歸，也沒什麼關係。」

賭本驟然增加了一百三十五萬兩，不但陸小鳳精神大振，別的人更是眉開眼笑，就好像已經將這疊銀票看成了自己的囊中物，七八隻手一起伸出來，金珠銀票立刻押滿了一桌子，算算至少也已有百把萬兩。

旁邊一個紙匣裡，整整齊齊的擺著幾十粒還未用過的骰子。

陸小鳳抓起了三粒，正要擲下去，忽然又搖搖頭，喃喃自語：「這裡的骰子有點邪門，就像是跳蚤一樣，無緣無故的也會跳起來，再大的點子也禁不起它一跳，我可得想法子才好。」

他忽然從後面拿起個金杯，將杯中酒一飲而盡，右手的骰子擲下去，左手的金杯也蓋了下去，只聽骰子在金杯下骨碌碌的直響，陸小鳳道：「這次看你還跳不跳得起來？」

老學究、小鬍子，你看著我，我看著你，誰也沒有提防到他這一著。

等到金杯掀起，三粒骰子已停了下來，果然又是三個六點。

陸小鳳大笑，道：「三六一十八，統殺！」

七個字說完，桌上的金珠銀票已全都被他掃過去了。

小鬍子嘆了口氣，苦笑道：「這一次你倒真的統殺了，我連本帶利已被你殺得乾乾淨淨。」

陸小鳳道：「有賭不算輸，再來。」

小鬍子又嘆了口氣，道：「今天我們連賭本都沒有了，怎麼賭？」

他用眼角瞟著陸小鳳，嘆氣的聲音也特別重，雖然沒有說下去，意思卻已很明顯。

一個像陸小鳳這樣慷慨的人，在這種情況下，本該把贏的錢拿出來，每個人借一點，讓大家可以再繼續賭下去。

誰知陸小鳳卻完全不通氣，一把掃光了桌上的銀票，立刻就站起來，笑道：「今天不賭，還有明天，只要我不死，你們總有機會翻本的。」

小鬍子道：「你若死了呢？」

陸小鳳也嘆了口氣，道：「我若死了，這些銀票只怕就得跟我進棺材了。」

他先抽出一百四十萬兩，還給小老頭，算算自己還剩下九十多萬兩。

小老頭眉開眼笑，道：「一下子就賺了五萬兩，這種生意下次還可以做。」

陸小鳳把剩下的銀票又數了一遍，忽然問道：「你若有了九十三萬，還肯不肯為了五萬兩銀子殺人？」

小老頭道：「那就得看殺的是誰？」

陸小鳳道：「殺的若是你自己呢？」

小老頭道：「這種事誰也不會幹的。」

陸小鳳道：「所以我也不會幹！」

他又將已準備好的一張五萬兩銀票還給牛肉湯：「你還是另請高明吧！」

這句話還沒有說完，他的人已到了橋頭，大笑道：「不管你們是想要我的錢，還是想要我的命，隨時都可以找得到，反正我也跑不了的。」

這句話說完，他的人早已鑽入花叢裡，連看都看不見了。

大家眼睜睜的看著他揚長而去，居然都沒有阻攔。

夕陽滿天，百花燦爛。

陸小鳳心裡實在愉快得很，不管怎麼樣，今天他總算還是滿載而歸了。

至於以後別人是不是還會去找他？他是不是能跑得了？那已都是以後的事，就算吃烙餅還難免會被噎死的，以後的事誰管得了那麼多？

他本已看準了出路，可是在花叢中七轉八轉，轉了十來個圈子，還是沒有找到他進來的那條花徑，抬起頭一看，暮色卻已很深。

夕陽早已隱沒在西山後，山谷裡一片黑暗，連剛才那九曲橋都找不著。

他停下來，定定神，認準了一個方向，又走了半個時辰，還是在花叢裡，躍上花叢，四面一看，花叢外還是花，除了花之外，什麼都看不見，就連花影都已漸漸模糊。

山谷裡竟連一點燈光都沒有，也沒有星光月色，花氣襲人，雖然芬芳甜美，可是他已被薰得連頭都有點發暈。

這地方的人晚上難道都不點燈的？

如果就這麼樣從花叢中一路掠過去，那豈非等於盲人騎瞎馬，不知道什麼時候一下子掉進個陷阱去，死了也是白死。

無論誰都應該看得出這地方絕不是隨便讓人來去自如的。

他要走，別人就讓他走，那也許只不過因為別人早就算準他根本走不了。

這地方的人，除了那小老頭外，每個人都是身懷絕技的武林高手，卻偏偏都從來沒有在江湖中露過面。

就算他們在江湖中走動過，一定也沒有人能看出他們的武功來。

陸小鳳的眼力一向不錯，可是這一次他遇見牛肉湯的時候，就看走了眼。

那獨眼的老漁翁和那個馬臉的人，很可能都是死在牛肉湯手下的！

馬臉人死在海水裡之後，陸小鳳去洗澡的時候，牛肉湯豈非也正好在那裡洗澡？

老狐狸的船隨時都可能要走，船上的人就算有空下來溜溜，也絕不會在那種時候去洗澡的，除非她恰巧剛在海水裡殺過人。

那獨眼的老漁人淹死時，也恰巧只有牛肉湯有機會去殺人。

陸小鳳現在雖然總算已明白了很多事，卻還是有很多事不明白。

她爲什麼要殺那兩個人？那兩人爲什麼暗算岳洋？岳洋和她之間又有什麼關係？又怎麼會知道老狐狸那條船一定會翻？

陸小鳳嘆了一口氣，只覺得武當後山那柴房裡醃蘿蔔的味道，都比這裡的花香好嗅些。

他心裡已經開始有點後悔了，也許他真該聽岳洋的話，不要上老狐狸的船，那麼他現在很可能已經在扶桑島上，摟著那裡又溫柔、又聽話的女孩子們喝特級清酒了。

聽說那裡的「月桂冠」和「大名」這兩種酒都不錯，就像那裡的女孩子一樣，入口甜絲絲的，後勁卻很足。

陸小鳳又不禁嘆了口氣，正準備在花叢裡找個地方先睡一覺再說，忽然看見前面亮起了一盞燈。

在無邊無際的黑暗中，忽然亮起的一盞燈，實在比骰子上的六點還可愛得多。

陸小鳳立刻就像是隻飛蛾般朝燈光撲了過去，就算要被燈上的火燄燒死，他也不在乎。

能死在光明中，至少總比永遠活在黑暗裡好得多。

二

燈光是從一扇雕花的窗戶裡露出來的！

有窗戶，當然就有屋子。

一棟三明兩暗的花軒，朱欄迴廊，建築得極華美精緻。

一扇窗戶斜斜支起，遠遠看過去，就可以看見屋裡有九個人。

一個人坐著，八個人站著。

坐著的人白面微鬚，錦袍珠冠，正在燈下看一幅畫。

站著的八個人神態恭謹，肅立無聲，顯然是他的門下侍從。

這九個人剛才都不在那水閣裡，裝束風範，看來都比那裡的人高貴得多。

陸小鳳卻還是看不出他們的來歷，當然也不敢隨便闖進去。

院子有個水池，水清見底，燈光照過來，水波反映，池底竟似有個人動也不動的躺在那裡。

陸小鳳忍不住走過去看看，下面果然有個人，兩眼翻白，也在直乎乎的朝上看。

除了死魚外，誰也不會這麼樣看人的！

陸小鳳先吃了一驚，又鬆了口氣，這個人已是個死人！

「他是什麼人？怎麼會死在這裡的？」

陸小鳳想了想，忽然又發覺不對了，人死了之後，一定會浮起來，怎麼會一直沉在水底？

看來這地方的怪事實在不少。

「不管他是活人也好，是死人也好，跟我又有什麼關係？」

陸小鳳決定不管這件事，正準備走開，突聽噗通一聲，一樣東西遠遠飛過來，落入池水中，竟是條黑貓。

水花剛激起，池底下的人也突然游魚般竄起來，手裡竟拿著把薄刀，無聲無息的劃開水波。

刀光一閃，已刺入了黑貓的腹下。

這條貓「咪嗚」一聲還沒有叫出來，就已送了命，這個人又沉入池底，動也不動的躺著，看來又完全像是個死人！

殺條貓雖然並不是什麼了不起的事，可是這人的出手實在太快，而且行跡太怪異、太詭秘，看得陸小鳳都忍不住機伶伶打了個寒噤。

池水中一雙死魚般的眼睛又在瞪著他，好像也將他看成條黑貓。

陸小鳳忽然轉身，掠入窗戶。

不管怎麼樣，坐在燈下看畫的人，總比躺在池底等著殺貓的人可愛些。

燈光並不太亮，這個人還是聚精會神的坐在那裡，還是在看那幅畫！

陸小鳳實在也早就想去看看畫上究竟畫的是什麼，能讓一個人聚精會神看這麼久的畫，多少總有些看頭的。

他早已算準了部位，一掠進窗戶，凌空翻身，剛好落在這個人的案前。

他也早就想好了幾句讓人聽了愉快的客氣話，只希望這個人一高興起來，非但不趕他走，還拿出好酒來招待招待他。

誰知道這些話他連一句都沒有說出來，他根本沒有機會開口。

就在他身子落地的一刹那間，站著的八個人已同時向他撲了過來。

這八個人動作雖然並不十分敏捷，可是配合得卻天衣無縫，滴水不漏。

八個人有的揮拳，有的踢腿，有的劈掌，有的横臂，四面八方的撲過來，霎眼間就將陸小鳳圍在中央，八招齊擊，都是致命的殺手。

陸小鳳讓過了六招，接著了一拳一掌，正想解釋解釋，叫他們且慢動手。

可是他剛接住其中一個人的手掌，就發現無論怎麼解釋都一定沒有用的，因爲這八個人一定聽不見他的說話！

這八個人竟赫然全都是木頭人。

木人也有很多種，有一種木人甚至比人還可怕。

陸小鳳雖然沒有打過少林寺的木人巷，可是在木人巷中受傷殘廢的少林弟子，他卻是見過的，其中有的武功已練得很不錯。

他一直很奇怪，爲什麼活生生的人竟會傷在木人手裡？

若不是鐵肩大師再三勸阻，他早就想去少林寺領教領教那些木人的厲害。

現在他總算領教到了。

這八個人，無疑也是根據少林木人巷的原理造出來的，比諸葛征蠻時所用的木牛流馬更精巧，也更霸道，不但銅臂鐵骨，招猛力沉，而且機括一發動，竟施展出少林神拳，佈下了羅漢陣。

這種羅漢陣本就是少林的鎮山絕技，昔年魔教血神子獨上嵩山，連敗少林七大高僧，卻被困在羅漢陣中，苦鬥三日三夜都沒有闖出去，到最後竟筋疲力竭，被活活的累死。

自此之後，羅漢陣的威名天下皆知，江湖中也不再有人敢輕犯少林。

這種陣法在木人手中施展開來，威力甚至更大，因爲木人是打不死的，你就算打斷它一條手臂，拗斷它一條大腿，它也不會倒下去，對陣法也毫無損傷。

可是它一拳打在你身上，你卻是萬萬受不了的，所以它出拳發招之間，可以全無顧忌，你既難閃避，也不能硬拆硬拚，若想闖出去，更是難如登天。

陸小鳳忽然發現自己竟只有挨打的份，打死爲止。

你打它，它一點也不疼，它打你，你卻疼得要命，你打不死它，它卻可以打死你。

這種打法實在不是生意經，就好像強盜們打官司，有輸無贏。

何況他就算打贏了，也算不了什麼本事，就算把這八個木人都打得七零八落，劈成一片片做柴燒也沒有什麼意思。

這種愚蠢的事，陸小鳳一向不肯做的，只可惜現在他想不打都不行。

木人的拳風虎虎，桌上的燈火被震得閃爍不定，隨時都可能熄滅。

在黑暗中跟幾個木頭人拚命，更是愚蠢之極。

那錦袍珠冠的白面書生，一雙眼睛轉來轉去，好像也忍不住要笑出來了。

這人也是個木頭人，木頭人的眼珠子怎麼會轉來轉去？而且竟像是跟著它八個侍從的拳腳在轉，難道它也看得懂少林的拳法？

陸小鳳看得發呆，想得出神，一雙眼睛也不由自主跟著打轉，突聽「砰」的一聲，腦袋上已挨了一拳，幾乎連腦漿都被打了出來。

他腦漿雖然沒有被打出來，靈機卻被打了出來。

拳頭打在他頭上的時候，木頭書生的眼珠子竟停了一停，拳頭再動時，它眼珠子就又跟著動了。

這八個人的拳腳和它的眼珠之間，竟似有根看不見的線串連著。

陸小鳳忽然出手，用他的兩根手指，挾斷了木頭人的兩節手指。

只聽「嗤」的一聲，兩節木指從他手指上彈出去，「噗噗」兩響，已打在木頭書生的兩眼上。

木頭人當然不會叫痛的，它還是四平八穩的坐在那裡動也不動，另外八個木人卻忽然全都倒了下去。

陸小鳳掠出了窗戶。

八個木人稀裡嘩啦倒成一片，他卻絕不回頭去看一眼。

他並不想欣賞自己的輝煌戰績，就算打倒了八千八萬個木頭人，臉上也不會增半分光彩，只要能完完整整的走出這間屋子，已經是上上大吉了。

這一架打下來，他身上總算沒有缺少什麼，卻多了幾樣東西——肩頭背後多了幾塊青腫，頭上多了個大瘤。

除此之外，這件事還給了他一個很好的教訓——

就在他從窗口掠出來的這一瞬間，他已自己對自己發了幾百次誓，以後就算非跟人打架不可，至少也得先看清楚對方是什麼人才動手，若是活人，還可以招呼一陣，若是木頭人，就趕緊落荒而逃。

他心裡在想著這個教訓的時候，第二個教訓已跟著來了。

他忽然發現自己腳下就是那荷池。

被木頭人打得鼻青臉腫固然不好受，被人像殺貓一樣的一刀刺入胸膛豈非更冤枉？

他雖然沒有往下看，也可以感覺到那雙死魚般的眼睛正在瞪著他。

還有那柄比紙都薄的快刀。

一個人若是已經在往下墮，不管是身子往下墮，還是靈魂在往下墮，再想拔起來，都不是件容易事。

現在他一口氣已用完了，再換氣時一定已落入池水中。

就在他換氣的那一瞬間，那柄刀一定已刺入他肺葉裡。刀鋒拔出來時，他一定已像死貓般浮起，也就像那個獨眼的老漁翁和馬臉一樣，全身上下一定連一點血跡都沒有，別人一定還會以爲他是喝醉了掉下池塘淹死的。

這種死法雖然又快，又不痛，卻還是冤枉得很。

誰知他還沒有掉進水裡，水裡已先有個人冒了出來。手中寒光閃動，赫然正是一柄短刀，鋒薄如紙的短刀。

這個人不但出手迅速狠毒，而且可以動也不動的躺在水底瞪著眼睛看人，水性之好，可想而知。

若是在陸地上，陸小鳳也許還能對付他這把刀，到了水裡，陸小鳳就完全不行了。

只可惜他這次動作太快了些。

陸小鳳雖然沒法子再騰身躍起，要快點沉下去，沉得深些，就不是太困難的事了，只聽噗通一聲，他的人一落入水池，就沉了下去，在水中一個鯉魚打挺，用力抱住了這個人的腿。

這個人居然完全沒有掙扎，那把刀也沒有回手刺下來。

陸小鳳在水裡的動作雖然慢些，也不能算太慢，就在這瞬息間，已捏住了這個人雙腿關節上的穴道，將他拖入了水底。

燈光從水面上隱隱透下來，這個人的臉痙攣扭曲，眼睛凸起，竟早已被人活活的扼死。

剛才陸小鳳以爲他是個死人，誰知他卻是活的，現在陸小鳳以爲他是活人，誰知他卻已死了。

他花了這麼多力氣，對付的竟只不過是個死人，這實在令他有點哭笑不得。

幸好池下沒有別人看見，他趕緊放開了這個人的腿，一頭鑽出水面，突聽有人拍手大笑，道：「好功夫，居然連死人都被你淹死了，佩服佩服。」

一個人坐在池旁，光光的頭顱，赤著雙足，竟是老實和尚。

他光頭上還帶著水珠，破爛的僧衣也是濕淋淋的，顯然也剛從水底出來。

陸小鳳狠狠瞪了他一眼，道：「原來和尚也一樣會殺人的。」

老實和尚笑道：「和尚不殺人，只不過錯把他當做了一條魚，所以才失了手。」

陸小鳳道：「這也是老實話？」

老實和尚嘆了口氣，道：「好像不是的。」

陸小鳳也笑了，躍出水池，在他身旁坐下，問道：「和尚爲什麼還沒有走？」

老實和尚道：「你爲什麼還沒有走？」

陸小鳳道：「我走不了。」

老實和尚嘆道：「連你都走不了，和尚怎麼走得了？」

陸小鳳道：「和尚爲什麼要來？」

老實和尚道：「和尚不入地獄，誰入地獄！」

陸小鳳道：「你知道這裡是地獄？你是到地獄裡來幹什麼的？那位九少爺又是個什麼樣的人？怎麼會把你裝進箱子的？」

老實和尚不說話了。

陸小鳳道：「你既然知道，爲什麼不說？」

老實和尚搖著頭，喃喃道：「天機不可洩漏，佛云：不可說，不可說。」

陸小鳳急了，忽然跳起來，出手如電，捏住了他的鼻子，道：「你真的不說？」

老實和尚鼻子被捏住，既不能搖頭，也說不出話來，只有指著自己的鼻子喘氣。

陸小鳳冷笑道：「你貪生怕死，出賣朋友，做的本來就是些不要鼻子的事，我不如索性把你這鼻子捏下來算了。」

他嘴裡說得雖兇，手下卻留了情。老實和尚總算吐出口氣，苦笑道：「和尚雖然怕死，出賣朋友的事，卻不敢做的。」

陸小鳳道：「你爲什麼要我替你死？」

老實和尚道：「因爲我知道你一定死不了的。」

陸小鳳道：「爲什麼？」

老實和尚道：「我看得出大老闆已有心收你做女婿。」

陸小鳳道：「大老闆是誰？」

老實和尚道：「你看站在那邊的不是大老闆是誰？」

他隨手往前面一指，陸小鳳不由自主隨著他手指往前面看過去，他的人卻已箭一般往後竄出，凌空翻身，沒入黑暗中。

老實和尚的輕功，本就是江湖中數一數二的。

不過陸小鳳也不是省油的燈，一擰腰就追了過去。

夜色雖然很黑暗，他雖然遲了一步，可是依稀還能看得見老實和尚的人影在前面飛掠。

其實他也並不是真想捏老實和尚的鼻子，只不過在這種人地生疏的地方，能抓住個熟人在身旁總比較安心些，就像是掉下水裡的人，看見塊破木板，也要緊緊抓住。

老實和尚逃得雖快，他追得也不慢，兩個人之間的距離已愈來愈近。

前面居然又有了燈光。

燈光是從一棟很高大的屋子裡透出來的，高脊飛簷，像是廟宇道觀，又像是氣派很大的衙門。

這地方當然不會有衙門，老實和尙忽然一個飛燕投林，竟竄入了這廟宇中。

陸小鳳心裡好笑：「這下子你就真的跑了和尙，跑不了廟了。」

他不管三七二十一，也追了進去，院子裡冷冷清清，大殿裡燈火卻明亮，一個氣派很大的高官貴吏坐在一張氣派很大的桌子後，兩旁的肅靜牌下，垂手肅立著好幾個旗牌衛士，還有戴著紅纓帽，挎著鬼頭刀的捕快差役。

這地方竟不是廟宇，竟是衙門。

可是在這種地方怎麼會有朝廷的貴官駐紮？這衙門當然是假的，這些人當然也都是木頭人。

一看見木頭人，陸小鳳就已頭大如斗，不管老實和尙是不是躲在裡面，他都想溜了。

誰知公案後的那位高官卻忽然一拍驚堂木，大聲道：「陸小鳳，你既然來了，還想往哪裡走？」

兩旁的衛士差役也立刻吶喊助威：「你還想往哪裡走？」

原來這裡的人竟沒有一個是木頭人。

陸小鳳反而沉住了氣，在他看來，活人還是不及木頭人可怕的。

他居然真的不走了，大步走進去，仔細看了看，堂上的高官穿著身唐時的一品朝服，頭戴著紫金冠，竟是那位好酒貪杯的賀尚書。

只不過此刻他手裡拿著的已不是酒杯，而是塊驚堂木。

陸小鳳笑了：「原來是四明狂客賀先生，是不是又想請我喝酒？」

賀尚書的眼睛裡雖然還有醉意，但表情卻很嚴肅，板著臉道：「你到了刑部大堂，竟還敢如此放肆？」

陸小鳳道：「這裡是刑部大堂？」

賀尚書道：「不錯。」

陸小鳳笑道：「你不但錯了，而且大錯特錯。」

賀尚書道：「錯在哪裡？」

陸小鳳道：「賀知章是禮部尚書，怎麼會坐在刑部大堂裡？」

他對賀知章的事蹟本來也不太清楚，只不過想唬唬人而已，誰知竟歪打正著。

其實賀知章活著的時候，官職最高只做到禮部侍郎兼集賢院學士，後來又坐從工部，肅宗爲太子時，方遷賓客，授秘書監，老來時卻做了千秋觀的道士，連禮部尚書都是在他死後追贈的。

可是他一生未曾入過刑部，倒是千真萬確的事。

這位冒牌的賀尚書臉色果然已有些尷尬，竟惱羞成怒，重重的一拍驚堂木，道：「我這賀尚書就偏要坐在刑部大堂裡，你能怎麼樣？」

陸小鳳苦笑道：「我不能怎麼樣，你愛坐在哪裡，就坐在哪裡，跟我連一點關係都沒有。」

賀尚書道：「有關係！」

陸小鳳道：「跟我有什麼關係？」

賀尙書道：「我到這裡來，就是爲了要審問你！」

陸小鳳又笑了，道：「我又沒犯罪，你審什麼？問什麼？」

賀尙書又用力一拍驚堂木，厲聲道：「到了這裡，你還不認錯？」

陸小鳳道：「我只知道我唯一做錯的事，就是走錯了地方，交錯了朋友。」

賀尙書怒道：「你得人錢財，失約反悔，又聚賭行騙，拐款而逃，你難道還不知罪？」

陸小鳳想了想，道：「失約反悔的事，好像倒是有的。」

賀尙書道：「當然有，你收了別人五萬兩銀子，就該完成合約，這件事鐵證如山，你想賴也賴不了。」

陸小鳳道：「我倒也不想賴，只不過唆使殺人的罪，豈非比我的罪更大？你爲什麼不先把她抓來審問審問？」

賀尙書道：「我偏偏就要先審你，你能怎麼樣？」

陸小鳳苦笑道：「酒鬼坐刑堂，我當然是強盜打官司，有輸無贏的了。」

賀尙書道：「你失約反悔，是第一大罪，串賭行騙，是第二大罪，咆哮公堂，是第三大罪，現在三罪齊發，你是認打？還是認罰？」

陸小鳳道：「若是認打怎麼樣？」

賀尙書道：「若是認打，我就叫人重重的打，打死爲止。」

陸小鳳道：「若是認罰呢？」

賀尙書道：「那麼我就判你三十年苦役，我叫你幹什麼，你就得幹什麼！」

陸小鳳道：「若是既不想認打，也不想認罰呢？」

賀尙書怔了怔，好像想不到他居然會有這麼樣的一問。

陸小鳳卻替他下了判決：「若是這麼樣，我當然只有趕快腳底抹油，溜之大吉。」

私設公堂，自封尙書，這些本都是很滑稽的事。

但陸小鳳卻知道，在這地方無論多滑稽的事，都可能變得很嚴重的，你若以爲他們說要判你三十年苦役，只不過是說著玩的，你就錯了。

可是他也看得出這些活人並不見得比木頭人容易對付，這位四明狂客雖然有些裝瘋賣傻，無疑也是個身懷絕技的高手。

他唯一對付的法子，就是趕緊開溜，溜得愈快愈好，愈遠愈好。

陸小鳳的輕功，就連司空摘星都未必能比得上。在這方面，他也一向對自己很有信心。

幾個起落後，他已掠出了公堂，掠出了二三十丈，剛想停下來喘口氣，就聽見後面有人冷冷道：「你的輕功很不錯，只可惜你就算真的能長出雙翅膀來，也萬萬跑不了。」

他聽得出這是賀尙書的聲音。

賀尙書竟一直都像影子般貼在他身後，距離他還不到一丈。

這位瘋瘋癲癲的四明狂客，輕功竟遠比他想像中還要高得多。

他用盡身法，無論往哪裡走，賀尙書還是像影子般在跟著他。

前面水波如鏡，他忽然發現自己又回到了剛才那水池，水中的屍身卻已不見了，也不知那個人是不是又死而復活？還是根本就沒有死？

這地方的人，是活是死，是真是假，本來就不太容易分得清。

賀尙書忽然道：「就算你跳下水池去，我也一樣會追下去，就算你進入龍宮去，也一樣是逃不了的。」

陸小鳳本來並不想跳下水去的，水裡說不定又有個長雙魚眼的人，手裡拿著把薄刀在等著他。

可是聽了賀尙書這句話，他卻反而跳下去了，一個魚鷹入水式，就已沉入池底，等了半天，上面果然連一點反應都沒有。

兩個人吵架的時候，一個人若是說：「你有種就跟我打一架，看我怕不怕？」

那麼這個人心裡一定怕得要命，若是不怕，就早已動手了，就因爲怕，才會這麼說。

賀尙書若是不怕他跳下水去，也絕不會忽然說那句話的。

這道理陸小鳳當然明白得很。

他又等了半天，才敢伸頭出水換口氣，立刻就發現賀尙書還在池旁等著他，也不知從哪裡弄了瓶酒來，正在那裡喝得高興，嘴裡還在喃喃自語：「你泡在冷水裡，我坐在上面喝酒，隨便你想耗到什麼時候，我都奉陪的。」

等到陸小鳳第二次出水去換氣的時候，他居然又找了條釣竿來，坐在那裡一面喝酒，一面釣魚，實在是件很風雅的事。

陸小鳳雖然並不太有耐性，但是叫他坐在那裡喝酒釣魚，釣上個三天三夜，他也不反對的。

只可惜他並不是釣魚的人，而是條遲早要被人鈎上的魚。

更遺憾的是，他又偏偏不能像魚一樣在水裡呼吸。

等到他第三次出水換氣的時候，就有條帶著魚鈎的釣絲向他飛了過來，若不是他躲得快，就算不被鈎走，臉上的肉也要被鈎去一塊。

看來這位賀尚書不但輕功高明，內力也極深厚，竟能將真力貫注在釣絲上，傷人於百步之外。

這水池既不太深，又不太大，陸小鳳的頭無論從哪裡伸出去，釣絲都可能飛過來鈎住他。釣絲上的魚鈎閃閃發光，就等於是件極厲害的外門兵器。

這次他雖然躲了過去，下次就未必有這麼好的運氣了。

一個人若是只能將腦袋伸出水面，實在就像是個箭靶子一樣，因爲他整個人都在水裡，只有頭能動，隨便怎麼動都快不了的。

幸好他總算練過氣功，一口氣總憋得比別人長些，就在他又開始挺不住的時候，他忽然看見水池裡又多了一個人。

水面上一直沒有動靜，也沒有聽見落水的聲音，這個人絕不是從上面跳下來的。

那麼這個人是從哪裡來的？

陸小鳳躲在水池邊的一塊石塊後，這個人居然沒有看見他，好像也根本沒有想到水裡還會有別人，雙足一挺，已竄出水面，動作輕快，姿勢優美，看來也是水中的好手。

但是陸小鳳卻知道，只要他的頭一伸出去，就有苦頭吃了。

水波乍分，水面上果然立刻傳來一聲驚呼，這個游魚般生猛活躍的人，一雙腿忽然挺直，顯然已被釣絲勒住了脖子。

陸小鳳也沒工夫同情他，立刻向他出現的那個地方游了過去，果然找到了一個可以容人鑽進去的洞穴，洞穴上正有塊石板在往下沉。

石板一關，這洞穴就不見了。

洞穴裡究竟是什麼地方？為什麼做得如此隱秘？裡面是不是還有別的人？

陸小鳳也沒功夫去考慮，用盡平生之力，一下子竄了過去，鑽入了洞裡，只聽「格」的一聲響。

四面更黑暗，連自己的手都看不見了。

陸小鳳本來以為自己總算找到條出路，誰知他雖然出了龍潭，卻進了地獄。

現在他才真的後悔，只可惜現在後悔已太遲。

這地獄裡雖然沒有灼人的火燄，但四面卻是水，無論他往哪邊游，連換氣的地方都沒有，就這麼樣被活活的悶死在水裡，倒不如索性燒死反而痛快些。

他正在急得發瘋的時候，上面又是「格」的一響，一道亮光射下來，竟露出扇門戶。

就算這扇門是直達地獄的，他也不管了，一下子竄上去，上面竟是條用石板砌成的地道，連一滴水都沒有。

地道中雖然也很陰森可怖，在他說來，卻已無異到了天堂。

這一夜間他遇見的事，簡直就好像做夢一樣，他看見的死人是活人，活人卻是死人，真人是木頭人，木頭人卻是真人。

他簡直已暈頭轉向，現在才總算喘過一口氣來。

地道裡燃著燈，卻沒有人。

他擰乾了身上衣服，就開始往前走，走一步，算一步，不管走到哪裡去，他都已只有聽天由命。

地道的盡頭，是道鐵門。

門居然沒有鎖。

他試探著敲了敲門，沒有回應，他就用力拉開門走進去，裡面是間很寬闊的石室，竟堆了大大小小、各式各樣的佛像和木魚。

陸小鳳傻了。

這麼隱秘的地方，原來只不過是堆木魚，這種事說來有誰相信？

更令人難以相信，這些木魚和佛像，竟都是老狐狸那條船運來的，他全都見過，船沉了之後，木魚和佛像怎麼會都到了這裡？

陸小鳳長長吐了口氣，在心裡警告自己，最好趕快走，走得愈遠愈好，就當作從來也沒有到過這裡，從來也沒有看過這些木魚。

他已看出這些木魚和佛像中，必定隱藏著一個極大的秘密。

他本來也許還能想法子活下去，別人若是知道他已發覺了這秘密，也許就不會再讓他有開口說話的機會了。

他的想法很正確，只可惜他現在根本無路可退，何況他的好奇心早已被引起，叫他就這麼樣退出去，他實在也有點不甘心的。

木魚裡究竟有什麼秘密？

他知道木魚裡面都是空的，他也曾從沙灘上撿過好幾個，都被他剖成了兩半，改成了木碗和木杓子。

可是只要有點頭腦的人，都絕不會辛辛苦苦的從沉船中撈起這些空木魚，再辛辛苦苦運來這裡，藏到如此隱秘的地方，還派個人睜大眼睛躲在外面的水池裡看守著，無論是人是貓，只要一進水池，就給他一刀。

這地方的人，看來都是很有頭腦的人，為什麼會做這種事？

陸小鳳忍不住拾起個木魚，敲了敲，裡面也是空的，再搖了搖，這個木魚竟好像發出了一連串很悅耳的響聲。

那把夜壺刀還在他身上，他立刻掏出來，將這木魚剖成兩半。

只聽嘩啦啦的一聲響，十幾樣東西從木魚裡掉下來，竟都是光華奪目的寶石和碧玉。

陸小鳳又傻了。

他一向識貨，當然看得出這些寶石和碧玉都是價值不菲的上等貨色。

你隨便從裡面挑一塊，隨便送給哪個女孩子，她一定都會變得很聽話的——像牛肉湯那種不喜歡珠寶的女孩子，世上畢竟不多。

他再剖開一個木魚，裡面竟全都是小指那麼大的珍珠。

石室中至少有三四百個木魚，裡面若都是寶石珠玉，一共能值多少銀子？

陸小鳳簡直連算都不敢去算。

他並不是財迷，可是這麼大筆財富忽然到了自己面前，無論誰都難免會覺得有點心慌意亂的。

木魚裡是珠寶，佛像裡是什麼？

佛像也是空的，他找了個比人還大的佛像，先用他的夜壺刀將中間的合縫處撬開，心裡只希望裡面真是空的。

這麼一尊佛像裡，如果也裝滿了珠寶，那簡直就比最荒唐的夢還荒唐了。

「格」的一聲，佛像已被他扳開了一條縫，裡面並沒有珠寶漏出來。

他嘆了口氣，也不知是慶幸？還是失望？

忽然聽見佛像裡彷彿也有人嘆了一口氣。

這佛像是木頭做的，怎麼會有人嘆氣？

今天一夜間他遇見的怪事雖然已比別人八十年遇見的還要多，聽見了這聲嘆息，他還是不免大吃一驚。

就在這時，佛像中已有個人撲了出來，一下子扼住了他咽喉，一雙手冰冰冷冷，也不知是妖怪，還是殭屍？

陸小鳳就算有天大膽子，也幾乎被嚇得暈了過去。

他沒有暈過去，只因爲這雙手剛扼住他咽喉，就變得軟軟綿綿的，一點力氣都沒有。

他定定神，張開眼，就看見面前也有一雙眼睛在看著他。

眼睛下面當然還有鼻子，鼻子下面當然還有嘴。

這個人的嘴唇動了動，忽然說了三個字：「陸小鳳。」

佛像裡居然藏著個人，已經是不可思議的怪事。

這尊佛像被裝上老狐狸的船，等到船沉，再被運到這裡來，前後至少已有三四十天。

佛像裡藏著這個人，居然還沒有死，居然還能夠說話，居然還認得他就是陸小鳳！

陸小鳳這一夜間遇見的怪事，加起來也沒有這一件奇怪。

更奇怪的是，他居然也認得這個人。

這個人竟是鏢局業中資格比「鐵掌金刀」司徒剛更老、實力更大、名氣也更響的大通鏢局的總鏢頭「大力神鷹」葛通。

淮南鷹爪的大力鷹爪功從來不傳外姓，葛通卻是唯一的例外。

七 原來如此

一

因爲他不但是第三代鷹爪王的義子，也是王家的乘龍快婿，爲人誠懇樸實，做事循規蹈矩，十八歲入大通鏢局，三十一歲已升爲總鏢頭，在他手裡接下的鏢，從來沒有一次差錯。

「只要找到葛通，條條大路都通。」

有些人情願多一倍價錢，也非要找葛通保鏢不可。

陸小鳳連做夢也想不到，這麼樣一個人竟會藏在佛像裡。

葛通看見他卻更吃驚，嘴唇動了好幾次，彷彿有很多話說，怎奈體力太虛弱，嘴唇也已乾裂，連一個字都沒有說出來。

陸小鳳也有很多話要問他。

被人藏在佛像裡，爲的是什麼？

這些疑問陸小鳳也連一句都沒有說出來，因爲葛通已完全虛脫。

雖然只要一大碗營養豐富，煮得濃濃的牛肉湯，就可讓他元氣恢復，可是此時此刻，要找一碗牛肉湯，也難如登天。

陸小鳳看著他發了半天怔，心裡忽又想到一件可怕的事。

這裡至少有一百多尊佛像，假如每尊佛像裡都藏著一個人，那怎麼辦？

這問題陸小鳳連想都不敢想，再也沒有勇氣去看第二尊佛像。

就在這時，地道中忽然響起一陣很輕的腳步聲，陸小鳳一顆心又吊了起來。

來的人是誰？

他濕淋淋地走進來，地道中的足跡還沒有乾，不管來的是誰，想必都已發現這裡有了不速之客，賀尚書當然知道這不速之客是誰。

這個人既然敢進來，當然已有了對付他的法子。

陸小鳳嘆了口氣，索性坐下來等著。

腳步聲漸近，一個人端著一大鍋熱氣騰騰的牛肉湯進來，赫然是牛肉湯。

二

鍋裡的牛肉湯雖熱，端著鍋的牛肉湯臉上卻冷冰冰的全無表情。

現在她非但好像完全不認得陸小鳳，而且竟像是根本沒看見石室中還有陸小鳳這麼一個人，慢慢的走進來，將一鍋湯擺在地上，用一把長湯匙舀起了一杓，慢慢的倒入一尊伏虎羅漢的嘴裡。

木頭做的佛像居然也會喝牛肉湯！

牛肉湯喃喃道：「牛肉湯不但好味，而且滋補，你乖乖的喝下，就可以多活些時候。」

一杓牛肉湯倒下去，佛像中竟發出了一聲輕輕的呻吟。

牛肉湯道：「我知道你嫌少，可是牛肉湯只有一鍋，剛好每人一杓，連大肚的彌勒佛也只能分到一杓。」

剛好每人一杓，難道每一尊佛像裡都有人麼？

現在他當然已看出，佛像裡活人的嘴，剛巧就對著佛像的嘴，所以不但能喝湯，還能呼吸。

這些人能夠活到現在，就靠這每天一杓牛肉湯。

他們整個人都緊緊的被關在一尊釘得死死的佛像裡，連一根小指都不能動，每天只靠一杓牛肉湯維持活命。這麼樣的日子，他們竟過了三四十天，想到他們受的這種罪，陸小鳳再也忍耐不得，忽然跳起來衝過去，閃電般出手。

他實在很想將牛肉湯也關在佛像裡去，讓她也受這種罪。

牛肉湯沒有回頭，也沒有閃避，突聽「嗤」的一響，風聲破空，一根帶著魚鈎的釣絲從外面飛進來，閃閃發光的魚鈎飛向他的眼睛，好像想把他的眼珠子一下鈎出來。

幸好陸小鳳此刻並不在水裡，幸好他的手已經能夠動。

他忽然回身，伸出兩根手指一挾，就挾住了魚鈎。

牛肉湯冷冷道：「這兩根手指果然有點門道，我也賞你一杓牛肉湯吧！」

一柄長匙忽然已到了陸小鳳嘴前，直打他唇上鼻下的「迎香穴」，匙中的牛肉湯已先激起，潑向陸小鳳的臉。

這一著她輕描淡寫的使出來，其實卻毒辣得很，不但湯匙打穴，匙中的湯汁也變成一種極厲害的暗器，陸小鳳要想避開已很難。

何況他雖然挾住了魚鈎，卻沒有挾住賀尙書的手，眼前人影一閃，賀尙書已撤開釣竿，輕飄飄的掠了過來。

那賀尙書的輕功身法如鬼魅，出手卻奇重，一掌拍向陸小鳳的肩頭，他用的竟是密宗大手印的功夫。

陸小鳳兩方受敵，眼見就要遭殃，誰知他忽然張口一吸，將濺起的牛肉湯吸進嘴裡，一下子咬住了湯匙。

賀尙書一掌拍下，突見一樣閃閃發光的東西劃向脈門，竟是他自己剛才用來鈎陸小鳳眼珠子的魚鈎。

這一著連消帶打，機靈跳脫，除了陸小鳳外，真還沒有別人能使得出來。

可惜他的牙齒只不過咬住了湯匙，並沒有咬著牛肉湯的手。

她一隻蘭花般的纖纖玉手，已經向陸小鳳左耳拂了過去。

如意蘭花手分筋錯脈，不但陰勁狠毒，手法的變化更詭秘飄忽。

陸小鳳一擰腰，她的手忽然已到了他腦後的「玉枕穴」上。

「玉枕穴」本是人身最重要的死穴要害，就算被普通人一拳打中，也是受不了的，陸小鳳暗中嘆了一口氣，勁力貫注雙臂，已準備使出只有在準備和人同歸於盡時才用得上的致命殺手。

誰知就在這間不容髮的瞬息之間，牛肉湯忽然一聲驚呼，整個人都飛了出去，撞上石壁，賀尚書的人竟飛出門外，過了半晌，才聽見砰的一響，顯然也撞在石壁上，撞得更重。

陸小鳳面前已換了一個人，笑容親切慈祥，赫然竟是那小老頭。

剛才他用的究竟是什麼手法，竟在一瞬間就將賀尚書和牛肉湯這樣的高手摔了出去，竟連陸小鳳這樣好眼力都沒有看清楚。

直到現在他才知道，這小老頭竟是他平生未遇的高手。

牛肉湯已站直了，顯得驚訝而憤怒。

小老頭微笑著，柔聲問道：「你跌疼了沒有？」

牛肉湯搖搖頭。

小老頭道：「那麼你一定也像賀尚書一樣，喝得太醉了，否則怎麼會忘記我說的話。」

他的聲音更溫柔，牛肉湯目中卻忽然露出了恐懼之色。

小老頭道：「喝醉了的人，本該躺在床上睡覺的，你也該去睡了。」

牛肉湯立刻垂著頭走出去，走過陸小鳳面前時，忽然笑了笑，笑得很甜。

無論誰看見她這種笑容，都絕對想不到她就是剛才一心要將陸小鳳置之於死地的人。

陸小鳳也想不到。

看著她走出去，小老頭忽又問道：「你知不知道她的外號是什麼？」

陸小鳳不知道。她的外號當然不叫牛肉湯。

小老頭道：「她叫蜜蜂！」

陸小鳳道：「蜜蜂？」

小老頭道：「就是那種和雄蜂交配過後，就要將情人吞到肚裡去的蜜蜂。」

陸小鳳的臉紅了。

小老頭卻還是笑得很愉快，道：「我也知道一個做父親的人，本不該用這種話來批評女兒的，可是我一定要讓你知道，她爲什麼一定要殺你。」

他拍了拍陸小鳳的肩道：「現在你當然已明白這並不是我的意思。」

陸小鳳試探著問道：「就因爲這不是你的意思，所以我才能活到現在？」

小老頭並不否認，微笑道：「殺人並不是一件困難的事，但是如果要殺得很技巧，那就很不容易了。」

他的手輕按石壁，立刻又出現了一道門，裡面的密室佈置得精雅而優美。

他帶著陸小鳳走進去，從壁櫃中取出個水晶酒樽，悠然道：「葡萄美酒夜光杯，這就是我特地叫人從波斯帶來的葡萄酒，你喝一點。」

他又拿出平底的方樽，裡面裝著一種暗黑的醬，微笑道：「這是蝶鯊的卵，在崑崙以北，有很多人都稱之爲『卡維亞』，意思就是用魚子做成的醬，用來佐酒，風味絕佳。」

陸小鳳忍不住嚐了一點，只覺得腥鹹滿口，並沒有什麼好吃的地方。

小老頭道：「蝶鯊就是鱆，盛產於千萬年前，近來卻已絕跡，毛詩義疏中曾說起：『大者王鮪，小者未鮪，今宜都郡自京門以上江中通出鱆之魚。』本草綱目和呂氏春秋上也有關此魚的記載，你再嚐嚐就知道它的異味了。」

看來這小老頭不但飲食極講究精美，而且還是個飽讀詩書的風雅之士。

陸小鳳忍不住又嚐了一點，果然覺得在鹹腥之外，另有種無法形容的風味，鮮美絕倫。

小老頭道：「這還是我自己上次到扶桑去時帶回來的，剩下的已不多，看來我不久又必有扶桑之行了。」

陸小鳳道：「你常到那裡去？」

小老頭點點道：「現在扶桑國中是豐臣秀吉當政，此人一代梟雄，野心極大，對我國和朝鮮都久有染指之意。」他笑得更愉快，又道：「外面的那批珠寶，本是朝中一位要人特地去送給他的，卻被我半途接受了過來。」

陸小鳳道：「老狐狸那條船是你作翻的麼？」

小老頭正色道：「我怎會做那種粗魯事！我只不過湊巧知道那時海上會有風暴而已。」

海上的風暴，本就可以預測，這小老頭對於天文氣象之學，顯然也極有研究。

陸小鳳愈來愈覺得這個人實在是不世奇才，武功文才都深不可測，忍不住又試探著問道：「所以你就故意延阻老狐狸裝貨的速度，好讓他的船恰巧能遇上那場風暴？」

小老頭道：「只可惜我還是算錯了半天，所以不得不想法子叫他再回去裝一次水。」

老狐狸船上的船伕，都是經驗豐富的老手，怎麼會將食水那麼重要的東西忘記裝載？

陸小鳳到現在才明白其中蹊蹺。

小老頭道：「最難的一點是，要恰巧讓那條船在一股新生的暖流中遇難。」

陸小鳳道：「爲什麼？」

小老頭道：「因爲這股暖流是流向本島的，風暴之後，就會將覆船中的貨物載到這裡來，根本用不著我們動手。」他微笑著，又道：「也就因爲這股暖流，所以你才會到這裡來。」

陸小鳳道：「你爲什麼要費這麼多事？自己劫船豈非反而方便些？」

小老頭淡淡道：「因爲我不是強盜。劫貨越船，乃市井匹夫所爲，我還不屑去做。」

陸小鳳嘆了口氣，這件本來彷彿絕對無法解釋的事，現在他總算明白了一半。

岳洋當然也是他的門下，早已知道那條船會遇險，所以再三攔阻他，不讓他乘坐那條船，甚至不惜將他打下船去。

小老頭又笑道：「這批珠寶若是運到扶桑，我國中土必將有一場大亂，我雖然久居化外，可是心存故國，做這件事，倒也並不是完全爲了自己。」

陸小鳳道：「你怎麼會知道這件事的？要勾結豐臣秀吉的朝中要員是誰？」

小老頭淺淺的啜了口酒，又嚐了點蝶鯊的卵子，才緩緩道：「在我們這行業中，有四個字是絕不可忘記！」

陸小鳳道：「哪四個字？」

小老頭道：「守口如瓶。」

陸小鳳終於問出句他一直想問的話：「你做的是哪一行？」

小老頭道：「殺人！」

他說得輕鬆平淡，陸小鳳雖然已隱約猜出，卻還是不免吃了一驚。

小老頭道：「這本是世上第二古老的行業，卻遠比最古老的那一種更刺激，更多姿多采，更令人興奮！」他笑了笑，又道：「這一行的收入當然也比較好些。」

陸小鳳道：「最古老的是哪一行？」

小老頭道：「賣淫。」他微笑著又道：「自從遠古以來，女人就學會了賣淫，用各式各樣的方法賣淫，可是殺人的方法卻只有一種。」

陸小鳳道：「只有一種？」

小老頭道：「絕對只有一種。」

陸小鳳道：「哪一種？」

小老頭道：「絕對安全的一種。」他又補充著道：「殺人之後，不但絕對能全身而退，而且要絕對不留痕跡，所以殺人工具雖多，正確的方法卻絕對只有一種。」

他一連用了三次「絕對」來強調這件事的精確，然後才接道：「這不但需要極大的技巧，還得要有極精密的計劃、極大的智慧和耐心，所以近年來夠資格加入這行業的人已愈來愈少了。」

陸小鳳道：「要怎麼樣才算夠資格？」

小老頭道：「第一要身世清白。」

陸小鳳道：「殺人的人，爲什麼要身世清白？」

小老頭道：「因爲他只要在人們心目中留下了一點不良的記載，出手的前後，就可能有人懷疑到他。萬一他的行動被人查出來，我們就難免受到牽累。」

陸小鳳嘆了一口氣，道：「有道理。」

直到現在他才知道，原來只有身世清白的人才夠資格殺人。

小老頭道：「第二當然要有智慧和耐心，第三要能刻苦耐勞，忍辱負重，喜歡出風頭的人，是萬萬不能做這一行的。」

陸小鳳道：「所以做這一行的人，都一定是無名的人。」

小老頭道：「不但要是無名的人，而且還得是隱形的人。」

陸小鳳動容道：「隱形的人，人怎麼能隱形？」

小老頭道：「隱形的法子有很多種，並不是妖術。」

陸小鳳道：「我不懂。」

小老頭舉起酒杯，道：「你看不看得見這杯中是什麼？」

陸小鳳道：「是一杯酒。」

他當然看得見這是一杯酒。

小老頭道：「你若已看不見，這杯酒豈非就已隱形了？」

陸小鳳思索著，這道理他彷彿已有些明白，卻又不完全明白。

小老頭道：「泡沫沒入大海，杯酒傾入酒樽，就等於已隱形了，因爲別人已看不到它，更找不出它，有些人也一樣。」他微笑著道：「這些人只要一到人海裡，就好像一粒米混入了一石米中，無論誰要想把他找出來，都困難得很，他不是也已等於隱形了？」

陸小鳳吐出口氣，苦笑道：「平時你就算在我面前走來走去，我也絕不會看出你有什麼特別的地方。」

小老頭撫掌道：「正是這道理，我就知道你一定會明白的。」

陸小鳳道：「除此之外，還有一種法子。」

小老頭道：「哦？」

陸小鳳道：「如果你有另外一種身分，譬如說，如果你就是江南大俠，那麼你也等於隱形了，因爲別人只看見你是大俠的身分，卻看不見你是殺人的刺客。」

小老頭道：「舉一反三，孺子果然可教！」他接著又道：「可是一個人就算完全具備這些條件，也還不夠。」

陸小鳳道：「還得要什麼條件？」

小老頭道：「要做這一行，還得要有一種野獸般的奇異本能，要反應奇快，真正的危險還沒有來到，他已經有了準備，所以我看中一個人之後，還得考驗他是不是有這種本事。」

陸小鳳道：「怎麼考驗？」

小老頭道：「一個人只有在生死關頭中，才能將潛力完全發揮，所以我一定要讓他遭受到各式各樣的危險。」

陸小鳳道：「你的意思是不是說，你還要叫各式各樣的人去暗算他？」

小老頭道：「不錯。」

陸小鳳終於明白了，道：「去暗算岳洋那些人，就是你派去考驗他的？」

小老頭道：「是的。」

陸小鳳道：「他若經不起考驗，豈非就要死在那些人手裡？」

小老頭淡淡道：「他若經不起那些考驗，以後行動時還是要死，倒不如早些死了，也免得連累別人。」

陸小鳳道：「那個獨眼的老漁翁，和那個馬臉的人都是你門下？」

小老頭道：「他們不過是核桃外面的殼，果子外面的皮，永遠也無法接觸到核心的。」

陸小鳳道：「你女兒殺了他們，只因為他們已在我面前洩露了身分？」

小老頭嘆了口氣，道：「小女是個天才，唯一的毛病就是太喜歡殺人。」

陸小鳳道：「賀尚書呢？」

小老頭道：「我說過，她是個天才，尤其是對付男人。」

陸小鳳終於明白，賀尚書要殺他，只不過為了討好牛肉湯。

小老頭苦笑道：「只不過這種才能純粹是天生的，有些地方她並不像我。」

陸小鳳道：「但她的『如意蘭花手』卻絕不會是天生的。」

如意蘭花手，和化骨棉掌一樣，都是久已絕傳的武功秘技，近來江湖中非但沒有人能使用，連看都沒有人看見過。

小老頭又啜了一口酒，悠然道：「她練武的資質不錯，只不過身子太弱了些，所以我只教了她這一兩種功夫。」

陸小鳳動容道：「如意蘭花手是你教給她的？」

小老頭微笑道：「這種功夫並不難，有些人雖然永遠也練不成，可是只要懂得訣竅，再加上一點聰明和耐性，最多五年就可以練成了。」

陸小鳳失聲道：「只要五年就練得成？」

小老頭道：「昔年和化骨仙人齊名的如意仙子練這功夫時，只花了三年工夫，小女好逸惡勞，也只練了五年。」

如意仙子本是武林中不世的才女，無論哪一門哪一派的武功，只要被她看過兩遍，她就能使得上手，但是她的女兒練這如意蘭花手，卻整整練了三十年，最後竟心力交瘁，嘔血而死。

牛肉湯只練了五年就練成了，已經可算是奇蹟。

陸小鳳忍不住問道：「你自己練這種功夫時，練了多久？」

小老頭道：「我比較快一點。」

陸小鳳道：「快多少？」

小老頭遲疑著，彷彿不願意說出來，怎奈陸小鳳卻是不死心，偏要打破砂鍋問到底，他只有笑了笑，道：「我只練了三個月。」

陸小鳳傻了。

小老頭道：「化骨棉掌就難得多了，我也練了一年多才小有所成，指刀和混元氣功力也不容易，至於那些以招式變化取勝的武功，就完全都是孩子們玩的把戲了。」

他輕描淡寫的說出來，陸小鳳已聽得目定口呆。

一個人若真的能精通這些武功，簡直是奇蹟中的奇蹟，簡直是令人不可思議。

陸小鳳又忍不住道：「你自己說的這些武功，你自己全都已練成了？」

小老頭道：「也說不上成不成，只不過略知一二而已。」

陸小鳳道：「賀尚書和小鬍子他們的功夫，都是你教出來的？」

小老頭道：「他們只不過略略得到一點皮毛，更算不了什麼。」

陸小鳳嘆了口氣，苦笑道：「他們的功夫我見過，無論哪一個在江湖中都已是絕頂高手，若是連他們也算不了什麼，江湖中那些成名的英雄豈非都變成了廢物？」

小老頭淡淡的道：「那些人本來就是廢物了。」

這句話若是從別人嘴裡說出來，陸小鳳一定會以為他是個自大的瘋子，可是從這小老頭嘴裡說出來，陸小鳳只有閉著嘴。

小老頭又替他斟了杯酒，道：「我知道你成名極早，現在更是已名滿天下，有句話我一直想問你。」

陸小鳳道：「我有問必答。」

小老頭道：「在你看來，一個人若是只想成名，是不是很困難？」

陸小鳳想也不想，立刻道：「不難。」

小老頭道：「一個像你我這樣的人，若是想永遠無名呢？」

陸小鳳道：「那就很難了。」

名聲有時就像疾病一樣，它要來的時候，誰也抵不住的。

小老頭笑了笑，道：「你是個聰明人，所以你才會這樣說，求名的確不難，我若有此意，十六歲之前就可以名動天下。」陸小鳳只有聽著，他知道這不是假話。

小老頭凝視著他：「現在你當然也已明白我為什麼要告訴你這些事。」

陸小鳳深深吸了口氣，道：「你想要我加入你這一行？」

小老頭的回答很乾脆。「是的。」

陸小鳳苦笑：「可是我不幸已經是個很有名的人。」

小老頭道：「你的名氣，正好做你的掩護，正如你所說，別人只看得見你是陸小鳳，就看不見你殺人了。」他不讓陸小鳳開口，又道：「我要殺的人，都必定有他的取死之道，絕不會讓他覺得問心有愧，你的才能和智慧，都遠在岳洋之上，我正好需要你這樣的人，可是我絕不願勉強你。」

陸小鳳吐出口氣，道：「我是不是還有選擇的餘地？」

小老頭道：「你當然可以選擇，而且還不妨多考慮考慮，想通了之後再答覆我。」他微笑著，又道：「現在你已是個很有錢的人，在這裡一定可以過得很愉快，我可以保證，從此之後，絕不會有人再麻煩你。」

陸小鳳道：「隨便我考慮多久都行？」

小老頭道：「當然隨便你，我絕不限制你的時間，也不限制你的行動，你無論要幹什麼，無論到哪裡去都行。」他站起來，忽又笑道：「只不過我還要提醒你一件事。」

陸小鳳道：「什麼事？」

小老頭道：「小心蜜蜂。」

八　美人青睞

一

六月初八，夜。

十二連環塢總舵的大廳裡燈火輝煌，大廳外卻警衛森嚴。

經過五月端陽的那次事之後，這裡的警衛和暗卡都已增加了一倍，尤其是今天，分頭去查訪的三批人都已回來，正集中在大廳裡，分別報告他們查訪的結果。

第一個站起來的是熊天健。

他率領第一批人再回到太行山下那小鎮去，經過了三十三天的明查暗訪，得到的結果是：

「鏢師們投宿的那客棧叫悅來，因為地方偏僻，土地不值錢，所以客棧建造得很寬闊，一共有三十九間客房。」

「我們已將三十九間客房內每一寸的地方都仔細搜查過，並沒有血跡，也沒有兵刃暗器留下來的痕跡，可以說完全沒有可疑之處。」

「當地一共有一百七十八戶人家，大多是土生土長的，每一家我們都去問過，出事前後幾天，附近都沒有看見過可疑的人。」

「唯一可疑的地方是，出事前的那天早上，有一批木匠到過那裡，帶著幾大車木材，據說是爲了要做佛像和木魚用的。」

「可是這些人在當天晚上就已走了，我們根據這條線索追下去，發現他們原來都是太平王府的木匠，也完全沒有可疑之處。」

所以這次查訪的結果，還是完全沒有結果。

由葉星士率領的第二批人也一樣，江湖中所有善於使刀的名家，在端陽正午前那兩個時辰中，都沒有到過十二連環塢附近五百里的地面之內，而且，每個人都有人證。

王毅率領的第三批人總算比較有些收穫，可是距離三千五百萬兩的目標仍很遠。

所以大家的希望都寄託在鷹眼老七身上，現在距離世子的限期已只有七天。

鷹眼老七的回答卻更令人洩氣：「陸小鳳已出海遠行，只怕永遠不會回來了。」

他離開臥雲樓之後，就立刻趕到沿海一帶的港口去查問。

他居然找到了狐狸窩。

可是這個遠近馳名的風月地，在他去的那一天，卻是冷冷清清的。

因爲他們老闆的那條船沉沒的消息已經傳來，據說船上的人已全部遇難，連一個活口都沒有。

鷹眼老七卻還不死心，又問：「你們有沒有看見過一個長著四條眉毛的人？」

他們看見過，而且記得。

鬍子長得和眉毛一樣的人並不多，陸小鳳一向是很容易就會讓人留下深刻印象的人。

「那個人也在我們老闆的那條船。」

「就是遇難沉沒的那條船？」

「是的。」

三批人得到的結果，竟同樣都是完全沒有結果。

那一百零三個精明幹練的鏢客，價值三千五百萬兩的鏢銀，也正如石沉大海，無影無蹤。

七天的限期霎眼就過，大家面面相覷，也不知應該怎麼辦。

鷹眼老七忽然道：「我們有個法子。」

大家立刻問：「什麼法子？」

鷹眼老七站起來，看著大廳外的石柱，緩緩道：「大家都在這裡一頭撞死。」

二

陸小鳳從小老頭的密室中出來時，正是六月初八的清晨。

天氣晴朗，陽光燦爛，海風雖然被四面山峰所阻，氣候還是涼爽怡人。

他並不是從原來那條路出來的。

所以並沒有經過那堆滿木魚的地方，也不必再鑽水池。

這條地道的出口處，就在那九曲橋下的荷塘附近，他出來之後，才想起剛才忘記問小老頭一件事：「假如我要睡覺，應該到哪裡去睡？」

小老頭顯然認爲這種事他一定可以解決的，所以也沒有提，卻不知睡覺正如吃飯一樣，都是人生中最重要的大事。

現在陸小鳳只希望能找到岳洋。

岳洋就算不會找地方給他睡覺，至少也會帶他回到那小茅棚去。

金窩銀窩，也不如自己的狗窩，何況那裡還有個笑口常開的老朋友等著他。

想到這個老朋友，他忽然又想起了一件事：「老朋友那大肚子裡，是不是也有個人？這個人沒有牛肉湯喝，是不是已經死了？」

想到這一點，陸小鳳更想趕快回去。

他居然在想家了，這連他自己也覺得滑稽。

只可惜他找不到岳洋，卻看見了沙曼。

百花盛開，在陽光下看來更艷麗了，沙曼就站在花叢中，穿著件輕輕飄飄的袍，臉上不著脂粉，百花在她身畔卻已都失去了顏色。

她就這麼樣隨隨便便的站在那裡，既沒有動，也沒有開口。

陸小鳳卻情不自禁走了過去。

她忽然轉身走了，陸小鳳也不由自主跟著她走，走過條鋪滿朱石的花徑，前面一叢月季花掩映中有棟小小的屋子。

她就推開門走了進去，這棟小屋無疑的就是住的地方。

陸小鳳忽然想到了幽靈山莊。

看起來，這裡的確有很多地方都和幽靈山莊相像，可是實質上卻完全不同，陸小鳳的遭遇也不一樣。

到幽靈山莊去，他心裡早已有了準備，早已知道那是個什麼樣的地方。

幽靈山莊中的人，都是死過一次，再隱姓埋名的。

這裡的人根本就是無名的人。

老刀把子雖然是個了不起的角色，這小老頭卻更是個不世的奇人，驚才絕艷，深不可測，老刀把子跟他比來，只不過是海洋旁的一條小溪而已。

小屋的門還開著，屋裡寂無人聲。

陸小鳳終於還是忍不住走了進去，沙曼就在門後，掩起了門，擁抱住他。

她的嘴唇灼熱，身子火燙。

陸小鳳醒來時，已近黃昏。

她正站在窗口，背著他，纖細的腰肢伸展為豐盈的臀部，雙腿修長筆直。

陸小鳳幾乎看得癡了。

這又像是一場夢，荒唐而甜蜜，他永遠想不到她為什麼會這樣對他。

他想坐起來，走去再次擁抱她，可是四肢痠軟無力，連動都懶得動。

她沒有回頭，卻已知道他醒來，忽然問了句很奇怪的話：「你殺了飛天玉虎？」

此時此刻，無論誰也想不到她會忽然問起這句話。

飛天玉虎狡猾殘酷，在銀鈎賭坊那役中，陸小鳳幾乎死在他手裡。

陸小鳳也想不到她會提起這個人，忍不住問道：「你認得他？」

沙曼還是沒有回頭，可是肩頭顫抖，心情彷彿很激動。

過了很久，她才緩緩道：「他的真名叫江玉飛，我本來叫江沙曼。」

陸小鳳吃了一驚，道：「你們是兄妹麼？」

沙曼應道：「是的。」

陸小鳳的心沉了下去，忽然明白她爲什麼會這樣對他了。

原來她是爲了要替兄長復仇。

可是她沒有把握能對付陸小鳳，她只有用女人最原始的一種武器。

這種武器一向很有效。

現在他四肢痠軟，想必已在銷魂的睡夢中遭了她的毒手。

陸小鳳只有在心裡安慰自己：「我能夠活到現在，已經是運氣，能夠死在這樣的女人手裡，也算是運氣，我還有什麼好埋怨的？」

一個人只要能想得開，這世上本就沒有什麼值得苦惱埋怨的事。

陸小鳳忽然笑了笑，道：「我雖然沒有親手殺死他，他卻是因我而死的，假如我有第二次機會，說不定會親手殺了他。」

沙曼又沉默了很久，才緩緩道：「我曾經不止一次發過誓，無論誰殺了他，我都要將自己的身體作爲酬謝，我已沒有什麼別的法子能表達我的感激。」

她的聲音裡充滿了悲哀和怨恨。

陸小鳳又吃了一驚：「爲什麼？」

沙曼的身子在顫抖，道：「他雖然是我的哥哥，卻害了我一生。」

陸小鳳沒有再追問下去。

他了解這種情形，像飛天玉虎那樣的人，無論多卑鄙可恥的事，都能做得出的。

沙曼仍然沒有回頭，又道：「我答應過自己的事，現在我做到了，你也可以走了。」

陸小鳳道：「我不走。」

沙曼忽然轉身，蒼白的臉上淚痕未乾，美麗的眼睛卻已因憤怒而變得利如刀鋒，冷冷道：「你還要什麼？難道還要一次？」

這句話也說得利如刀鋒。

陸小鳳知道自己現在若是走了，以後再相見一定相逢如陌路，若是再去擁抱她，她縱然不會拒絕自己，以後只怕連見面的機會都沒有。

若是既不走也不去擁抱她，卻又怎麼能在這裡耽得下去？

他又傻了，真的傻了。

沙曼看著他，目光漸漸溫柔。

他若真的是傳說中那樣的薄倖登徒子，現在就算不走，也未必會乘機再擁抱她一次。

反正他已得到她，爲什麼還要再留以後相見的機會？

她看得到他心裡多情軟弱的一面，但是她一定要讓他走。

外面忽然有人在高呼：「九少爺回來了，九少爺回來了。」

沙曼的臉上立刻起了種奇怪的變化，就像是個做錯了事的孩子忽然被父母抓住。

陸小鳳卻笑了笑，道：「你不妨先走，我很快就會走的，今天的事，我一定也很快就會忘記。」

他在笑，只不過無論誰都應該看得出，他的笑是多麼勉強。

沙曼沒有走，反而坐了下來，坐在他的床頭。

陸小鳳道：「你一定要我先走？」

沙曼道：「你可以不必走。」

陸小鳳道：「你……」

沙曼臉上的表情更奇怪，道：「我做的事並不怕別人知道，你隨便在這裡耽多久都沒關係。」

陸小鳳看著她，輕輕握了握她的手，人卻已下了床，披上了衣服，忽又笑道：「我有樣東西送給你，不知道你肯不肯要？」

沙曼道：「你要送的是什麼？」

陸小鳳道：「我的夜壺刀。」

沙曼又在看著他，美麗的眼睛中有了笑意，終於真的笑了。

陸小鳳從沒有看過她笑。

她的笑容就像是冰河解凍，春回大地，新生的花蕾在陽光下開放。

陸小鳳也笑了，兩個人同時在笑，也不知笑了多久，忽然間，兩滴晶瑩的淚珠從她眼睛裡流了下來，流過她蒼白美麗的面頰。

她忽然也站了起來，用力拉住陸小鳳的手，輕輕道：「你不要走。」

陸小鳳的聲音已嘶啞，道：「爲什麼？」

沙曼道：「因爲我……我不要你走。」

她又擁抱住他。

她的嘴唇冰冷，卻柔軟芬芳甜蜜如花蕾。

這一次他們已沒有火燄般的慾望，卻有一股柔情，溫柔如水。

——很久很久以前就有位智者說過句令人永遠難忘的話。

這位智者說：友情是累積的，愛情卻是突然的，友情必定要經得起時間的考驗，愛情卻往往在一瞬間發生。

這一瞬間是多麼輝煌，多麼榮耀，多麼美麗。

這一瞬間已是永恆。

風在窗外輕輕的吹，暮色已降臨大地。

仲夏日的黃昏，又明亮，又朦朧，又濃烈……

多麼奇妙的人生，多麼奇妙的感情。

也不知是門沒有門，還是窗沒有掩，一個人輕雲般飄進來，又輕雲般飄出去。

他們卻沒有看見他，也沒有發覺到已有人來了又去了。

可是他們卻看到了他留下的一朵花。

一朵冰花。

現在正是仲夏，這朵花卻是用冰雕成的，透明的花瓣還沒有開始溶化。

要在多麼遙遠的地方才有窖藏的冬冰？

要費多麼大的苦心才能將這朵冰花完完整整的運到這裡來？

雖然是一朵小小的冰花，可是它的價值有誰能估計？

又有誰知道其中含蘊著多少柔情？多少愛心？

除了那神龍般的九公子外，還有誰能做得出這種事來？

他知道她從來不看重身外之物。

他知道她怕熱，在這南海中的島嶼上，卻終年看不見冰雪。

所以他特地將這朵冰花帶回來，親自來送給他心愛的人。

可是他來的時候，她卻在別人的懷抱裡，他只留下朵冰花，悄悄的走了。

九　慘遭暗算

一

陸小鳳看著這朵冰花，心裡忽然有種說不出的酸楚，卻不知是爲了這孤高而又多情的人？還是爲了自己？

他沒有去看她臉上的表情。

他不敢去看。

可是他卻忍不住問道：「是他？」

沙曼慢慢的點了點頭，蒼白的臉上竟連一點表情都沒有。

陸小鳳道：「他究竟是個什麼樣的人？」

沙曼淡淡道：「我們爲什麼一定要說別人的事？你爲什麼不說你自己？」

她替陸小鳳扣起了衣襟的鈕子，嫣然一笑，道：「後面有個小小的廚房，我去燒點菜給你吃，櫃子裡還有點酒，我可以陪你喝兩杯。」

陸小鳳看著她，不但看見了她的美，也看見了她對他的感情。

他自己的心彷彿已將因太多的情感而爆裂，他忍不住又要去擁抱她。

外面卻忽然響起了敲門的聲音，有人輕輕的說道：「我是小玉，九少爺特地叫我來請曼姑娘去吃飯。」

沙曼臉上的笑容立刻不見了，冷冷道：「我不去，我沒空。」

小玉還不肯走，還在門外哀求：「曼姑娘不去，九少爺會罵我的。」

沙曼忽然衝過去拉開門，道：「你沒有看見我這裡有客人？」

小玉抬起頭，吃驚的看著陸小鳳，囁嚅著道：「我……我……」

沙曼沉著臉，道：「你應該看得見的，其實他自己也看見了，他若真的要請我吃飯，剛才爲什麼不自己告訴我？」

小玉不敢說話，垂著頭，悄悄的走了，臨走時又忍不住偷偷看了陸小鳳一眼，顯得又驚訝，又好奇，好像從來也想不到會在曼姑娘的屋裡看見別的男人。

可是沙曼做事，卻真的不怕別人看見，也不怕別人知道的。

如果沙曼決心要做一件事，別人的想法和看法，她根本不在乎。

門掩上，她忽然轉身問陸小鳳：「你能不能在這裡等等我，我出去一次，很快就會回來的。」

陸小鳳點點頭。

——她本該去的，他們畢竟是多年的感情，何況他又剛從遠方回來。

沙曼看得出他的心意，又道：「我並不是去吃飯，可是有些話我一定要對他說。」

她很快的穿好衣服，拿起那朵已將溶化的冰花，走出房門，又回頭向陸小鳳道：「你一定要在這裡等著。」

陸小鳳在櫃子中找到了酒，一個人坐下來，卻連酒都喝不下去。

他只覺得這精雅的屋子，忽然已變得說不出的空虛寂寞，使得他忍不住要問自己。

「我究竟是個什麼樣的人？我這樣做是不是在害人害己？」

小老頭雖然說什麼事都讓自己決定，其實他的命運已完全被別人操縱在手裡，現在他連保護自己的力量都沒有，又怎麼能保護她？

但是現在他一定已讓她陷入困境，那位九公子在這裡一定有操縱別人命運的權力。

他想走，又不忍走，站起來，又坐下，剛倒了杯酒想喝，突聽一個人帶著笑道：「一個人喝酒多沒意思？爲什麼不替我也倒一杯？」

他雖然已很久沒有聽見過她笑了，她的笑聲他還是聽得出的。

牛肉湯已銀鈴般嬌笑著走進來，笑容煥發，她笑的時候實在比不笑時迷人得多。

陸小鳳卻只冷冷的看了她一眼，淡淡道：「你幾時又變得認識我了？」

牛肉湯道：「你就算燒成灰，我也認得你的，只不過有別人在的時候，我怎麼好意思跟你人親熱呢？」

她搶過陸小鳳手裡的酒杯，一下子就坐到了他大腿上，柔聲道：「可是現在我們就可以親熱了，隨便你怎麼親熱都行。」

陸小鳳道：「你的九哥已回來，你爲什麼不陪他喝酒去？」

牛肉湯又笑了：「你在吃醋？你知不知道他是我的什麼人？他是我嫡親的哥哥。」

陸小鳳顯然也有點意外，忍不住問道：「他究竟是個什麼樣的人？」

這句話他已問過老實和尚，也問過沙曼，他們都沒有說。

牛肉湯輕嘆了口氣，道：「其實我也說不出他究竟是個什麼樣的人。」

陸小鳳道：「為什麼？」

牛肉湯道：「因為他這個人實在太複雜，太奇怪，可是連我那寶貝的爸爸都說他是個了不起的天才。」

提起了這個人，她眼睛裡立刻發出了光，又道：「他有時看來很笨，常常會迷路，甚至連方向都分不清，你若問他一百個人中若是死了十七個還剩幾個？他說不定會去找一百個人來，殺掉十七個，再將剩下來的人數一遍，才能回答得出。」

她接著道：「可是無論多難練的武功，他全都一學就會，無論警衛多森嚴的地方，他都可以來去自如，你心裡想的事，還沒有說出來他就已經知道，假如你要他去殺一個人，不管那個人躲在什麼地方，不管有多少人在保護，他都絕不會失手。」

陸小鳳道：「絕不會？」

牛肉湯笑了笑，道：「也許你不相信，老實和尚卻一定知道。」

陸小鳳道：「他們交過手？」

牛肉湯道：「像老實和尚那樣的武功，在他手下根本走不出三招。」

陸小鳳不說話了。

他知道這並不完全是吹牛，老實和尚從箱子出來的情況，他是親眼看見的。

牛肉湯道：「他不賭錢，不喝酒，男人們喜歡的事他不喜歡。」

陸小鳳冷冷道：「除了殺人外，他還幹什麼？」

牛肉湯道：「沒事的時候，他就一個人坐在海邊發呆，有時兩三天都不說一句話，有時他在海邊坐了三天，非但沒吃過一點東西，連一滴水都沒有喝。」

陸小鳳道：「也許他偷偷吃了幾條魚，只不過你們沒看見而已。」

牛肉湯道：「也許你不會相信，可是他的忍耐力的確是任何人都做不到的，他可以在海底耽一天一夜不出來。」

陸小鳳道：「難道他是魚，可以在水裡呼吸？」

牛肉湯道：「他簡直好像可以不必呼吸一樣，有次老頭子也不知道爲什麼生了氣，把他釘在棺材裡，埋在地下埋了四五天，後來別人忍不住偷偷的把棺材挖出來，打開棺材蓋一看。」

她看著陸小鳳道：「你猜他怎麼樣？」

陸小鳳板著臉道：「他已經變成了殭屍，也許他一直都是個殭屍。」

牛肉湯笑道：「他居然站起來拍拍衣裳就走了，連一點事都沒有。」

陸小鳳嘴裡雖然說得尖酸刻薄，其實心裡也不禁對這個人佩服得很。

他也知道這並不是神話，一個人若是將天竺瑜珈術練好了，本來就可以做出一些令人不可思議的事。

他自己就親眼看見過一個天竺的苦行僧被人裝進鐵箱，沉入海底，三天之後居然自己從鐵箱裡活生生的走了出來。

牛肉湯道：「他雖然又古怪，又孤僻，可是每個人都很喜歡他，因爲他常常會爲別人做很多事，自己卻一無所求，對於錢財，他更沒有看在眼裡，你只要向他開口，只要他有，不管你要多少他都拿給你。」

她又道：「女孩子便沒法子不爲他著迷，只可惜除了我那位未來嫂子外，他從來也沒有將別的女人看在眼裡。」

陸小鳳道：「你未來的嫂子是誰？」

牛肉湯道：「就是剛才跟你抱在一起的那個女人。」

陸小鳳怔住，過了很久，才忍不住問道：「他們已訂了親麼？」

牛肉湯點點頭，道：「你猜我哥哥是從什麼地方把她救出來的？」

陸小鳳不願猜。

牛肉湯道：「從一家見不得人的妓院。」

她輕輕嘆了口氣，又道：「那時她剛被她自己的哥哥賣到那家妓院裡，若不是我哥哥，現在她不知已被糟蹋成什麼樣子了。」

陸小鳳只覺胃在收縮，幾乎忍不住要嘔吐。

牛肉湯道：「我哥哥這樣對她，她至少也應該表示點感激才對，誰知她反而總是給氣讓我哥哥受，像我哥哥那樣的男人，竟然會喜歡這麼樣一個女人，你說奇怪不奇怪？」

陸小鳳道：「不奇怪。」

牛肉湯瞪大了眼睛，看著他。

陸小鳳冷冷道：「她本來就是個可愛的女人，她至少不會在背後說人的壞話。」

牛肉湯嘆了一口氣，道：「原來你也喜歡她，這就有點麻煩了，我本來以爲你一心只想回去的，所以偷偷的替你找了條船。」

陸小鳳叫了起來：「你說什麼？」

牛肉湯淡淡道：「現在你既然喜歡她，當然一定會留在這裡，我又何必再說什麼？」

她慢慢的站起來，居然要走。

陸小鳳一把拉住了她，道：「你……你真的替我找了條船？」

牛肉湯道：「那也不是多大的一條船，也沒有什麼了不起，只不過……」

陸小鳳道：「只不過怎麼樣？」

牛肉湯道：「只不過像你這樣的人，就算有二三十個，那條船也能把你們送得回去。」

陸小鳳道：「船在哪裡？」

牛肉湯道：「你既然不想走，又何必問？」

陸小鳳道：「我……」

牛肉湯道：「你既然喜歡她，又何必走？」

她掙脫陸小鳳的手，冷冷道：「可是我卻要走了，也免得別人回來看見吃醋。」

陸小鳳只覺得滿嘴又酸又苦，看著她已將走出門，忍不住又衝過去拉住她。

牛肉湯板著臉道：「一個大男人，要留就留，要走就走，拉拉扯扯的幹什麼？」

陸小鳳道：「好，我跟你走！」

這句話說完，他抬起頭，就看見沙曼正在門外看著他。

二

夜色已深了，花影朦朧。

她靜靜的站在花叢中，蒼白的臉彷彿已白得透明，美麗的眼睛裡充滿悲傷。

等到陸小鳳看見她時，她就垂下頭，從他們身旁走過，走進她自己的房子，連看都不再看陸小鳳一眼。

她沒有說話，連一句話都沒有說。

陸小鳳能說什麼？

牛肉湯看著他們，道：「你既然要走，爲什麼還不走？」

陸小鳳忽然衝過去，拉住沙曼的手，大聲道：「走，我帶你一起走！」

沙曼背對著他，沒有回頭，他卻已能感覺到她的身子又在顫抖，忽然冷冷道：「你走吧，快走，我……我明天就要成親了，本就不能再見你。」

陸小鳳的手忽然冰冷，過了很久，才慢慢的放開她的手，忽然大笑，道：「這是喜事，恭喜你，只可惜我已喝不到你們的喜酒了。」

他將身上的銀票全都掏出來，放在桌上：「這點小意思，就算我送給你們的賀禮。」

沙曼道：「謝謝你。」

謝謝你！

妙，妙極了。

一個剛剛已願意將一切都交給你的人，現在卻爲了你送給她成親的賀禮而謝謝你。

而你送給她的，正好是她平常從來也沒有看在眼裡的。

你說這是不是很妙，妙得簡直可以讓你一頭活活的撞死。

陸小鳳沒有撞死。

他跟牛肉湯來到海邊。

這一次牛肉湯居然沒有騙他。

海邊果然有條船，船上還有六七個船伕。

牛肉湯拉住他的手，道：「你知不知道我爲什麼讓你走？」

陸小鳳道：「不知道。」

牛肉湯道：「我本來不想讓你走的，可是現在卻不能不讓你走了。」

陸小鳳道：「我知道。」

牛肉湯道：「你究竟是知道？還是不知道？」

陸小鳳道：「我又知道，又不知道。」

牛肉湯嘆了口氣道：「其實我是知道的。」

陸小鳳道：「你知道什麼？」

牛肉湯道：「我知道你心裡一定很難受，可是你若一直耽在這裡，總有一天，你一定會死在我九哥手裡。」

陸小鳳道：「我知道。」

牛肉湯道：「回去之後，你就想法子打發點賞錢給船伕，他們都是很可靠的人。」

陸小鳳道：「我知道。」

牛肉湯道：「老頭子若是知道我讓你走了，一定會生氣的，說不定會活埋我，可是……」

她嘆了口氣，又道：「可是我們總算有過一段感情，如果是我殺了你，我倒也甘心，如果是別人殺了你，我就一定會很傷心的。」

陸小鳳道：「我知道。」

牛肉湯笑了：「現在你好像什麼都知道了。」

陸小鳳道：「其實我什麼都不知道。」

他真的什麼都不知道。

因爲他的心已亂了，完全亂了。

他聰明，灑脫，勇敢，堅強，果斷。

他熱愛生命，喜歡冒險。

他並不是別人想像中那種混蛋，可是他有個最大的缺點。

他的心太軟。

——爲什麼性格愈堅強的人，心反而會愈軟？

爲什麼愈聰明的人，反而愈容易做出笨事來呢？

三

現在陸小鳳又到了海上。

遼闊壯觀的海洋，總是會讓人忘記一切憂愁煩惱的。

可是陸小鳳並沒有忘記。

現在正是夜最深的時候，幾乎已接近黎明，但是他卻想起了黃昏。

那個令他永遠也忘不了的黃昏。

她爲什麼會那樣對他？爲什麼先要他走，又不要他走，又讓他走了？

一個人的情感竟真的如此容易變化？

如果真情都如此不可信賴，那麼世上還有什麼可以讓人信賴的事？

能回去，當然是件不可抗拒的誘惑。

回去之後，他又是名滿天下的陸小鳳了。

在那荒島上，他算得了什麼？

回去之後，他立刻會受到很多人的歡迎，不肯爲別人開的名酒也會爲他而開，別人做不到的事，他都能做到。

可是回去之後，他是不是真的愉快？

這麼多年來，他的榮耀已經太多了，無論誰提起那個長著四條眉毛的陸小鳳，都會變得又佩服，又羨慕，又妒忌。

他是不是真的快樂，只有自己知道。

一個人若是不能和自己真心喜愛的人在一起，那麼就算將世上所有的榮耀和財富都給了他，等到夜深夢迴，無法成眠的時候，他也同樣會流淚。

即使他眼睛裡沒有流淚，心裡也會流淚。

一個人若是能夠和自己真心喜愛的人在一起，就算住在斗室裡，也勝過廣廈千萬間。

這種情感絕不是那種聰明人能了解的。

這種情感你若是說給那些聰明人聽，他一定會笑你是呆子，是混蛋，爲什麼要爲了一個女孩子放棄一切？

他們卻不知道，有時一個女孩子就是一個男人的一切。

就算世上所有的珍寶、財富、權力和榮耀，也比不上真心歡悅。

這種情感只有真正有真情真性的人才會了解，只要他能了解，就算別人辱罵譏笑他，說他是呆子，是混蛋，他也不在乎。

陸小鳳就是這種呆子。

陸小鳳就是這種混蛋。

夜色淒迷，大海茫茫，他卻忽然噗通一聲跳入了海水裡。

不管怎麼樣，他一定要再回去見她一次。就算見了之後他再悄悄的走，他也心甘情願。

就算他已走不了，他也心甘情願。

一個並不笨的人，一個沒有根的浪子，一個沉著而冷靜的俠客，一個揮金如土，玩世不恭的花花公子，一個已擁有別人夢想不到的財富名聲和權力的成功者，爲什麼會做這種事？

因爲他是陸小鳳。

他若不這麼做，他就不是陸小鳳。

他就是個死人！

海水冰冷。

他跳下船之後，又游出了很遠，才想起了一件事，一件要命的事。

開船時正夜深，現在已將黎明，船走了至少已有一個多時辰，他若要游回去，就不知道要游多久了，可能要三五個時辰，也可能永遠游不回去。

若是回頭再去追那條船，可能很快就追上，也可能永遠追不上。

他忽然發現自己竟已被吊在半空中，進也是要命，退也是要命。

就在這時，突聽「轟」的一聲響，他回頭的時候，一股青藍色的火苗正從那條船上冒起來，忽然間就變成漫天火燄。

海水冰冷，他的人卻已變得比海水更冷，然後就只有看著那條船慢慢的沉下去。

如果他還在那條船上，只怕早已被炸成了飛灰，這一次他又死裡逃生。

只可惜現在的情況也好不了多少，現在他就算想再回到那島上，也難如登天，若是想沉入海底，就容易得多了。

以現在的情況看來，他好像遲早都要沉下去的。

他坐過的船也好像遲早都要沉的。

牛肉湯的方法，顯然比她父親粗魯激烈得多。

陸小鳳嘆了口氣，忽然又覺得自己有另一個弱點。他總是太容易相信別人，總是將別人看得太善良了些，總不相信這世上有真正不可救藥的惡人，卻忘了一個做父親的當然比任何人都了解自己的女兒。

他以爲牛肉湯只要把他趕走就已心滿意足，想不到她卻一定要他死。

漫漫長夜已過去，東方已現出一輪紅日，海面金波萬道，綺麗壯觀。

他是不是還能看見明天的太陽？陸小鳳自己也一點把握都沒有。

他盡量放鬆四肢，半沉半浮的隨著海水漂流，只希望海潮能將他送回那島嶼，他從來也沒有夢想到此時還會有船經過這裡。

誰知海面上卻偏偏有條船，正是條他上次落海時，岳洋拋給他的那種救生小艇，小艇上有個人正在用力划槳，顯然也夢想不到海水裡還有活人。

陸小鳳一下子從海水中竄出來，竄上了小艇，這人駭極大呼，就像是忽然看見魔鬼一樣。

他看來還是個孩子，膽子當然不大，青衣垂髫，正是那條船上打雜的小廝。

陸小鳳上船的時候就覺得這小廝行動好像有點鬼祟，樣子好像有點面熟。

只不過那時自己也有點六神無主，根本沒有注意這件事。

這小廝的臉白淨秀氣，看來並不像做慣粗事的人，船沉了之後，他居然還能找到條救生小艇，運氣實在不錯。

這小廝吃驚的看著陸小鳳，連嘴唇都嚇白了，道：「你……你還沒有死？」

陸小鳳道：「我已經死了，我是來找替死鬼的。」

這小廝半信半疑，心裡還是害怕，道：「你爲什麼要找上我？」

陸小鳳道：「因爲那條船是你弄沉的。」

這小廝立刻大聲否認，道：「我不是，我什麼事都不知道。」

陸小鳳笑了笑，忽然一把將他抱了過來，拉開了他的衣襟，露出晶瑩白嫩的胸膛，是一雙小小的乳房，這孩子竟是昨天晚上替九少爺去找過沙曼的小玉。

她當然已不是孩子，已到了初解風情的年紀，忽然被一個強壯的男人解開衣服抱在懷裡，全身都軟了，心裡又驚、又怒、又羞、又急，顫聲道：「你……你……你想幹什麼？」

陸小鳳悠聲道：「我也不想幹什麼，只不過我一向是個出名的色狼，大家都知道的。」

小玉簡直嚇得快暈過去了，心裡卻偏偏又有種說不出的奇妙滋味，偏偏沒有暈過去。

陸小鳳道：「我最喜歡會說謊的小姑娘，不知道你會不會說謊。」

他故意瞇起眼睛，露出牙齒，做出副大色狼的樣子，好像要一口把她吞下去。

小玉立刻搖頭，道：「我不會說謊，我從來不說謊。」

陸小鳳道：「你真的不說謊？好，我來試試，我問你，船是怎麼會燒起來的？」

小玉看著他的手，他的手並不像很規矩的樣子，他的表情實在叫人心慌。

她終於嘆了口氣，道：「船艙底下有桶江南霹靂堂的霹靂子，還有幾桶黑油，只要把霹靂子的引線點著，船就燒起來了。」

陸小鳳道：「引線是誰點著的？」

小玉道：「不是……」

陸小鳳道：「不是你？」

他的手忽然做了件很可怕的事，小玉身子更軟了，輕輕道：「不是別人。」

陸小鳳好像不太明白，道：「不是別人？難道是你？」

小玉咬著嘴唇，終於點了點頭。

陸小鳳道：「是誰叫你做這種事的，是不是你的九公子？」

小玉道：「不是，是公主。」

陸小鳳道：「她老子又不是皇帝，你們爲什麼叫她公主？」

小玉道：「不是公主，是宮主，皇宮的宮。」

陸小鳳道：「她爲什麼叫宮主？」

小玉道：「因爲她本來就姓宮，叫宮主。」

陸小鳳笑了，道：「以前我認得一個小老頭，你猜他叫什麼？」

小玉道：「他叫什麼？」

陸小鳳道：「他就叫老頭子，因爲他本來就姓老，叫頭子。」

十 已知將死

一

小玉笑了，彷彿已忘記了他那雙可怕的手。

陸小鳳卻放開了她，故意板起臉，道：「你果然不會說謊，我不喜歡你。」

小玉看著他，眼珠子轉了轉，忽然道：「你以爲我真的怕你喜歡我？」

陸小鳳道：「你不怕？」

小玉搖了搖頭，悠然道：「我告訴你這些事，只不過因爲我本來就不會說謊而已。」

陸小鳳大笑。

這時陽光剛昇起，照著她蘋果般的臉，也照著她那發育得很好的胸膛。

陸小鳳笑道：「不管你爲什麼說了老實話，現在你可以穿好衣裳了。」

小玉眨了眨眼，道：「我反正已被你看過了，爲什麼還要穿好衣裳？」

她解開頭上的青巾，讓烏黑柔亮的長髮披散下來，轉身迎著陽光，道：「我這裡從來也沒有曬過太陽，我真想把全身衣服都脫光了曬一曬。」

陽光燦爛，海水湛藍，能夠赤裸著曬曬太陽，的確是件很愉快的事。

陸小鳳卻大聲道：「你千萬不能這麼做！」

小玉道：「爲什麼？」

陸小鳳道：「因爲……因爲我是個色狼。」

小玉嫣然道：「我不怕色狼，難道色狼反而怕我了？」

陸小鳳嘆了口氣：「色狼也不怕，色狼只不過怕他自己會……」

這句話還沒有說完，他的臉色忽然變了，他忽然發現船底已進了水。

陸小鳳道：「你會不會游水？」

小玉道：「不會。」

陸小鳳道：「這下子真的完了。」

小玉道：「什麼事完了？」

陸小鳳道：「你那位宮主不但要殺我，還要將你也一起殺了滅口。」

小玉淡淡道：「我知道。」

陸小鳳道：「你知道？」

小玉道：「她在這小船底下打了兩個洞，用蠟封住，被海水一泡，蠟就會溶，海水湧進來，這條船就要沉了。」

陸小鳳叫了起來，道：「你既然早就知道，爲什麼還要坐這條船？」

小玉道：「因爲我早就想嚐嚐被淹死是什麼滋味的。」

陸小鳳傻了。他想不到這看來很聰明伶俐的小姑娘，竟是個糊裡糊塗的小混蛋。

小玉道：「我知道你心裡一定在罵我是個小混蛋，其實，你若不遇見我，也一樣是會被淹死的，現在多了個人陪你，有什麼不好？」

陸小鳳苦笑道：「我只不過有點後悔。」

小玉道：「後悔什麼？」

陸小鳳道：「後悔剛才沒有真的喜歡你。」

小玉臉一紅，卻又忍不住吃吃的笑了起來。

陸小鳳瞪眼道：「你笑什麼？」

小玉也不回話，卻從船頭下找出了一大塊黃蠟，然後分成兩半，用手揉軟，將船底的兩個洞塞了起來，喃喃道：「這塊蠟溶開怎麼辦？」

陸小鳳道：「我不知道。」

小玉道：「我知道，這樣的蠟我已準備了十七八塊。」

陸小鳳又驚又喜，道：「原來你不是小混蛋，卻是條小狐狸。」

小玉故意嘆了口氣，道：「我雖然很想嚐嚐被淹死的滋味，可是還沒有被人真的喜歡過就糊裡糊塗的死了，豈非有點冤枉？」

陸小鳳大笑，道：「你那位宮主看到你活生生的回去了，不知道會不會被嚇死？」

小玉道：「她不會。」

陸小鳳道：「你怎麼知道不會？」

小玉道：「因爲她每次要我做事，總是想把我也一起殺了滅口，只可惜每次我都沒有死，每次她看到我活著回去，反而好像很高興，因爲她知道我以後又可以替她做事了。」

陸小鳳道：「你既然知道她要害你，爲什麼還要替她做事？」

小玉嘆了口氣，道：「因爲我若不做，就真的要死了，死得很快。」

陸小鳳也不禁嘆了口氣，跟那隻蜜蜂在一起，要活下去的確不容易。

他知道自己這次回去後，那隻蜜蜂還會來找他的。他連躲都沒法子躲。

小玉看著他，忽然道：「你是個好人。」

陸小鳳笑了，道：「你眼光總算不錯。」

小玉道：「你這兩條像眉毛一樣的鬍子，雖然有點討厭，可是你這人倒不算難看。」

陸小鳳道：「等你再長大一點，你說不定就會喜歡我這鬍子了。」

小玉又嘆了口氣，道：「只可惜你是陸小鳳。」

陸小鳳道：「這又有什麼可惜？」

小玉道：「你若不是陸小鳳，我就一定會嫁給你，就算做小老婆都沒關係。」

陸小鳳道：「我是陸小鳳，你爲什麼不能嫁給我？」

小玉道：「因爲我不想做寡婦。」

陸小鳳道：「嫁給陸小鳳就會做寡婦？」

小玉嘆道：「我那位宮主一心想要你的命，九少爺也未必喜歡你活下去，我若嫁給你，也許不出三天就要做寡婦的。」

二

正午。

小艇終於已靠岸，兩個人都已累得筋疲力竭，像死人一般躺在沙灘上。

也不知過了多久，小玉忽然道：「做寡婦好像也是很好玩的事。」

陸小鳳道：「不好玩，一點也不好玩。」

小玉道：「好玩，一定很好玩。」

陸小鳳道：「爲什麼？」

小玉道：「女人遲早都要嫁人的，嫁了人就有丈夫，寡婦卻沒有，一個人自由自在的，也沒有人管，還可以去偷別人的丈夫，豈非好玩得很？」

陸小鳳又傻了。他實在猜不透這小姑娘怎麼會有這種想法的，做寡婦居然是件很好玩的事，這個連他都是第一次聽見。

小玉道：「你爲什麼不說話，是不是覺得我說得很有道理？」

陸小鳳苦笑道：「原來你不僅是小狐狸，你還是小混蛋。」

小玉笑了，道：「只不過你儘管放心，我這小混蛋，還不想嫁給你這大混蛋。」

她一下跳了起來，又道：「我要回去了，你呢？」

陸小鳳道：「我……」

他沒有說下去，因爲他實在不知道應該到哪裡去。他並不是怕別人害他，這種事他早已很習慣，可是今天就是沙曼成親的日子，要他眼看著沙曼去嫁給別人，他實在受不了。

一陣陣浪濤捲來，他忽然發現這裡就是他上一次上岸的地方。

小玉又問道：「你究竟回不回去？」

陸小鳳道：「我有棟很漂亮的房子，就在這附近，你想不想去看看？」

小玉道：「你說謊，我可不喜歡會說謊的男人。」

陸小鳳道：「我那間屋裡還有個朋友在等著我，他肚子大大的，不但好玩極了，而且他從來不說謊話。」

小玉笑得彎下了腰，道：「原來你不但會說謊，還會吹牛。世界上什麼樣的人都有，從來不說謊的人我倒還沒有見過。」

陸小鳳道：「你若不信，爲什麼不自己去看看？」

小玉道：「去就去，有什麼了不起，反正……」

她抿嘴一笑，又道：「反正我又不怕你，是你怕我。」

泉水依然不停的流，他那小草棚也依然無恙，這世上本就有很多事是永遠都不會改變的。

小玉又笑得彎下了腰，道：「這就是你的漂亮房子？」

陸小鳳道：「這房子又涼快，又通風，你說有哪點不好？」

小玉道：「好……好……好不要臉。」

陸小鳳大笑，拉著她的手進去，大肚子的彌勒佛也躺在那裡，笑口常開。

小玉道：「這就是你的朋友？」

陸小鳳道：「你看他會不會說謊？」

小玉只有承認：「不會。」

陸小鳳道：「所以我也沒有說謊。」他彎下腰，拍了拍彌勒佛的肚子，笑道：「好朋友，我就知道你一定還在這裡等著我，你非但不會說謊，也不會出賣朋友。」

彌勒佛笑嘻嘻的看著他，忽然道：「可是我會咬人。」

聲音的確是從彌勒佛嘴裡說出來的，陸小鳳真吃了一驚。這彌勒佛幾時變得會說話的？

彌勒佛忽然嘆了口氣，道：「我不但會咬人，還會說謊。」

陸小鳳忽然跳起來，一下子抱起了彌勒佛，又笑又跳。

小玉吃驚的看著他，還以爲他病了。

陸小鳳的確病了，高興得病了。

彌勒佛當然不會說話，只不過有個人躲在他肚裡說話。

陸小鳳聽得出這個人的聲音。

這個人竟是沙曼。

沙曼的臉色還是蒼白的，雖然顯得比往昔憔悴，眼睛裡卻充滿歡喜。

陸小鳳癡癡的望著她，也不知過了多久，才問道：「你怎麼會到這裡來的？」

沙曼眨了眨眼，道：「你能到我的家去，我爲什麼不能到你的家來？」

陸小鳳笑道：「你當然能來，隨時都能來，可是……」

他心裡忽然又打了個結，道：「今天你卻不該來的。」

沙曼道：「爲什麼？」

陸小鳳雖然勉強笑笑，卻硬是笑不出，道：「今天豈非是你成親的日子？」

沙曼卻笑了笑，道：「我剛才豈非已告訴過你，我不但會咬人，還會說謊。」

陸小鳳又傻了。

小玉忍不住道：「現在我才明白了，爲什麼你喜歡會說謊的女孩子，因爲你喜歡曼姑娘。」她也眨了眨眼，道：「現在你們可以真的彼此喜歡喜歡，我卻得走了，再不走只怕就要被你趕出去了。」

這小姑娘倒真的很識相，真的說走就走，這次陸小鳳當然不會再留她。

等她走了很遠，沙曼才問道：「真的彼此喜歡喜歡，這句話是什麼意思？」

陸小鳳道：「就是這個意思。」他忽然撲過去，用力抱住了她，兩個人一起滾到柔軟的木葉上。

海風溫暖而潮濕，浪濤輕拍著海岸，溫柔得就像是情人的呼吸。

他們的呼吸卻並不像海風那麼溫柔。

他們的呼吸很短、很急，就彷彿他們的心跳一樣。

——你爲什麼要說謊？爲什麼迫我走？

——因爲我要試試你，可是我知道你一定會回來的。

這些話他們都沒有問，也不必回答，這一切都不必解釋了。

現在他們做的事，就是最好的解釋，在真心相愛的情人間，永遠沒有比這更好的解釋。

三

海風還是同樣輕柔，他們呼吸也輕柔了。這小小的茅屋，就是他們的宮殿，在他們的宮殿中，只有和平，只有愛。世上所有粗暴、邪惡的事，距離他們都彷彿已很遙遠、很遙遠。

可是他們錯了。就在這時，他們的宮殿——愛的宮殿，忽然倒塌了下來，倒在他們身上。

陸小鳳沒有動，沙曼也沒有動。他們依舊緊緊的擁抱著，就像天塌下來，倒在他們身上，將他們壓得粉碎，他們也不在乎。因爲他們已得到他們這一生中最渴求的——真情和真愛。

他們已互相滿足在對方的滿足中。

他們甚至沒有聽見外面的聲音——並不是真的沒聽見，而是他們不願聽。這的確是他們最不願聽到的聲音。對他們來說，世上幾乎已沒有任何的聲音比牛肉湯的笑聲更難聽。

現在從外面傳來的，就正是牛肉湯的冷笑聲。

牛肉湯不但冷笑，而且在說話。她說的話比她的冷笑聲更尖銳、更刺耳，她甚至還在拍手！

「好，好極了，你們的武功如果有你們剛才的動作一半好，一定沒有人能受得了。」

陸小鳳終於嘆了口氣，用一隻手撥開了壓在身上的草棚。

牛肉湯正在上面看著他，目光中充滿了怨毒和妒忌。

陸小鳳道：「你好。」

牛肉湯道：「我不好。」

陸小鳳笑了，道：「這倒是實話，你這人的確不太好。」

牛肉湯的冷笑忽然變成了媚笑，道：「我只要你憑良心說一句話。」

陸小鳳道：「說什麼？」

牛肉湯道：「做這種事，究竟是我好，還是她好？」

陸小鳳道：「你們不能比。」

牛肉湯道：「爲什麼？」

陸小鳳道：「因爲做這種事的方法有兩種。」

牛肉湯道：「哪兩種？」

陸小鳳道：「一種是人，一種是野獸。」

牛肉湯的媚笑又變成了冷笑：「人死了之後呢？」

陸小鳳道：「我記得有人說過，一萬個死人，也比不上一條活母狗。」

牛肉湯道：「這一定是個聰明人說的話了。」

陸小鳳道：「你是人，還是母狗，也許我還不太清楚，我只知道一件事。」

牛肉湯道：「你知道什麼？」

陸小鳳道：「知道我們還活著，至少現在還活著。」

牛肉湯道：「還能活多久？」

陸小鳳道：「只要能活一天，也比你活一萬年好。」

牛肉湯道：「你錯了。」
陸小鳳道：「哦。」
牛肉湯道：「也許你們還能活一天半。」
陸小鳳道：「哦。」
牛肉湯道：「這是個很大的海島。」
陸小鳳道：「哦。」
牛肉湯道：「據我們估計，這島上至少有五千七百多個可以躲藏的地方。」
陸小鳳道：「哦。」
牛肉湯道：「只要你們能躲過十八個時辰，也許就可以活到一百八十歲。」她冷笑：「只可惜你們一定躲不過的。」
陸小鳳道：「為什麼？」
牛肉湯道：「因為你們就算是兩隻螞蟻，他也可以在半個時辰中把你們找出來捏死。」
陸小鳳道：「是你？還是他？」
牛肉湯道：「他。」
陸小鳳道：「他就是你的九哥？」
牛肉湯道：「當然是。」
她眼睛裡充滿了驕傲：「他甚至還願意先讓你們半個時辰。」
陸小鳳道：「怎麼讓？」

牛肉湯道：「從現在開始，這半個時辰裡他絕不追你們。」

陸小鳳道：「絕不？」

牛肉湯道：「他說的話，每個字都像釘在牆裡，一個釘子一個眼。」

陸小鳳道：「這點我倒相信。」

牛肉湯道：「就算你不信，睡在你旁邊的人至少應該相信。」

她的聲音忽然又變得很溫柔：「因爲她以前好像也睡過我九哥旁邊。」

陸小鳳並沒有難受。

有了一種完全可以互相信任的真情和真愛，世上就已沒有什麼可以値得他們難受的事。

可是如果你說陸小鳳連一點都不生氣，那也不是真話。至少他的臉色已經有點變了。

牛肉湯在笑。

陸小鳳道：「這就是你要來跟我說的話麼？」

牛肉湯點頭。

陸小鳳道：「現在我已經聽見了。」

牛肉湯道：「每個字都聽得很清楚？」

陸小鳳道：「每個字。」

牛肉湯道：「你想不想跟我打個賭？」

陸小鳳道：「什麼賭？」

牛肉湯道：「我打賭，用不著三個時辰，九哥就可以找到你。」

陸小鳳道：「然後他就像捏螞蟻一樣把我捏死？」

牛肉湯道：「一點都不錯。」

海風還是同樣的輕柔，他們的呼吸也是同樣輕柔，可是他們的心情已不同。

宮九的劍，宮九殺人的手段，沙曼當然比陸小鳳知道得更清楚。

可是現在她心裡想的卻不是這件事。

她正在想剛才牛肉湯說的一句話。

——做這種事，究竟是她好，還是我好？

到了這種時候，她居然還在吃醋。

其實這一點都不奇怪。

無論在什麼時候，你若想要一個女人的命並不是件困難的事，可是你如果想要一個女人不吃醋，那簡直是做夢。

十一　逃避追捕

一

陸小鳳也有心事。

他想的也不是宮九的劍，生死間的事，他一向都不太在乎。

他本來已經該死過很多次。

沙曼忽然問道：「你在想什麼？」

陸小鳳道：「在想你。」

沙曼道：「想我？」

陸小鳳道：「想你是不是在吃醋？」

沙曼咬起嘴唇，道：「我爲什麼要吃醋？」

陸小鳳道：「因爲你有吃醋的理由。」

沙曼道：「因爲你真的跟她好過？」

陸小鳳道：「我跟很多女孩子都好過，她只不過是其中之一而已，你……」

他故意停住，沙曼立刻就替他接了下去：「我也只不過是其中一個。」

陸小鳳雖然並沒有一口承認，可是也連一點否認的意思都沒有。

沙曼看著他，瞪著他看了很久，道：「你爲什麼不問我，是不是真的和宮九睡在一起過？」

陸小鳳道：「我不必問。」

沙曼道：「因爲你根本不在乎。」

陸小鳳非但不否認，而且居然還點了點頭。

沙曼又瞪著他看了很久，忽然輕輕嘆了口氣，道：「如果你以爲我還不明白你的意思，那你就錯了。」

陸小鳳道：「我有什麼意思？」

沙曼道：「你是想故意把我氣走。」

陸小鳳道：「哦？」

沙曼道：「你以爲只要我離開了你，我就可以活到一百八十歲了？」

這次陸小鳳既沒有承認，也沒有否認。

沙曼道：「只可惜你忘了一點。」

他並沒有問，她已經接著說了下去：「一個女人就算真的能活到一百八十歲，活著也沒有什麼太大的意思了。」

陸小鳳道：「那至少總比再活十八個時辰有意思一些。」

沙曼道：「這是你的想法。」

陸小鳳道：「你怎麼想？」

沙曼道：「只要能跟你在一起，就算只能再活一個時辰，我也心滿意足！」

陸小鳳忽然跳起來，拉住她的手，道：「我們走。」

二

平坦的沙灘後，就是高大嶙峋的岩石，深邃茂密的叢林。

在這種地方，連一隻兔子都可以很容易就逃避過狐狸的追蹤。

陸小鳳不是兔子。

他不僅有兔子的精靈和速度，也有狐狸的狡猾、狗的忠勇。

他本身就是獵人，在叢林沼澤中求生的技巧，他遠比任何人懂得的都多。只要利用一段樹枝，他就可以在片刻中製出一個殺人的陷阱。

在這種地方，他若想逃避一個人的追蹤，應該也不是件困難的事。

「可是那個人不是人。」

沙曼說的當然是宮九：「他是條毒蛇，是隻狐狸，是個魔鬼。」

陸小鳳笑了，道：「他究竟是什麼？」

沙曼道：「有人說是用九種東西做出來的。」

陸小鳳道：「哪九種？」

沙曼道：「毒蛇的液、狐狸的心、北海中的冰雪、天山上的岩石、獅子的勇猛、豺狼的狠辣、駱駝的忍耐、人的聰明，再加上一條來自十八層地獄下的鬼魂。」

陸小鳳雖然在笑，可是無論誰都看得出他笑得並不愉快。

沙曼道：「這島上的確有很多隱密的地方可以躲藏。」

陸小鳳道：「你知道多少？」

沙曼道：「我知道的雖然沒有五千多個，可是也不算少。」

陸小鳳道：「他知道的有多少？」

沙曼道：「每個地方他都知道。」

——我知道的，他全知道，我不知道的，他也知道。

沙曼道：「所以我們不管躲在哪裡，他都一定可以把我們找出來。」

陸小鳳沉默著，忽然又笑了。

沙曼並不奇怪，她知道世上本就有種人無論在什麼時候都能笑得出的。

她喜歡這種人，可是陸小鳳實在笑得太愉快，她還是忍不住問：「你笑什麼？」

陸小鳳道：「我想起了件有趣的事。」

沙曼道：「現在還有什麼事能讓你覺得很有趣？」

陸小鳳道：「我們可以躲到一個很有趣的地方去。」

沙曼道：「不管多有趣的地方，只要他找得到，都會變得很無趣。」

陸小鳳道：「那地方我保證他一定找不到。」

沙曼道：「什麼地方？」

陸小鳳道：「雞蛋殼裡。」

沙曼有點生氣了，這種時候，他實在不該開這種玩笑。

陸小鳳不但在笑，眼睛裡也在發著光。

沙曼忍不住道：「只有蛋才躲到雞蛋殼裡去，只有你這種混蛋。」

陸小鳳道：「你還忘了一點。」

沙曼道：「哦？」

陸小鳳道：「只有蛋，才有雞蛋殼。」

沙曼不懂。

陸小鳳道：「你知不知道這裡最大的一個混蛋是誰？」

沙曼道：「不是你？」

陸小鳳搖搖頭，道：「我比不上他，我最多也只不過是用六七種東西做成的。」

沙曼道：「你說的是宮九？」

陸小鳳道：「答對了。」

他補充著又道：「就因爲他是最大的一個混蛋，無論誰只要能躲得進去，一定都安全得很。」

沙曼眼睛也發出了光。現在她總算已明白陸小鳳的意思——

宮九既然要出來追捕他們，自己的屋裡一定沒有人。

如果他們能躲到宮九屋裡去，倒的確是個很安全的地方。因爲誰都想不到他們會躲到那裡去，甚至包括宮九自己。

沒有人能想到的地方，當然就是最安全的地方。

沙曼道：「現在我們只剩下一個問題，我們要怎麼樣才能躲進去？」

陸小鳳當然也知道這問題很大，可是他相信他們一定有法子。

在他眼中看來，世上本就沒有什麼事是絕對不可能的。

沙曼道：「這問題你已有法子解決？」

陸小鳳道：「你當然知道那雞蛋殼在哪裡？」

沙曼道：「嗯。」

陸小鳳道：「那麼這問題就已經解決了。」

沙曼道：「你難道認爲我們可以大搖大擺的走進去，別人都看不見？」

陸小鳳道：「我們不必大搖大擺的走進去，我們根本連一步都不必走。」

沙曼道：「連一步都不必走？難道變成隻蒼蠅飛進去？」

陸小鳳道：「我也不會變，再變也不會變成隻蒼蠅。」

他又笑了笑，道：「蒼蠅飛得太累，我準備舒舒服服的躲進去。」

沙曼張大了眼睛，看著他，就好像是個正在聽人說神話的孩子。

陸小鳳笑道：「我知道你心裡一定不相信的，可是我保證這問題你一點都不必擔心。」

沙曼道：「難道你還有什麼真正值得擔心的事？」

陸小鳳道：「只有一件。」

沙曼道：「你說嘛。」

陸小鳳道：「我只有法子能躲進去，卻沒法子出來。」

沙曼道：「所以我們就算能躲得了十八個時辰，他還是會找到我們的。」

陸小鳳道：「到了那時候，他如果要殺我們，我們……」
沙曼打斷了他的話，道：「這一點你也用不著擔心。」
陸小鳳道：「爲什麼？」
沙曼道：「因爲十八個時辰後，他已經不在這裡。」
陸小鳳道：「他還要走？」
沙曼道：「非走不可。」
陸小鳳道：「爲什麼？」
沙曼道：「因爲外面還有件事一定要等著他去做。」
陸小鳳沉吟道：「除了殺人外，還有什麼事是一定非他去做不可的？」
沙曼道：「沒有了。」
陸小鳳道：「這次，他要去殺的是什麼人？」
沙曼道：「值得他出手去殺的，當然是個很了不起的人。」
陸小鳳道：「是誰？」
沙曼道：「不知道。」
也許她是真的不知道，也許她雖然知道，卻不願說出來。不管怎麼樣，陸小鳳都沒有再問。
他並不希望任何女人爲了他而出賣她們以前的男人。
沙曼看著他，道：「現在你準備變成什麼樣的東西？」
陸小鳳道：「你看呢？」

沙曼道：「依我看，只有死人才能舒舒服服的躲著進宮九的屋子。」

陸小鳳笑了笑，道：「你又忘了一點。」

沙曼道：「哦？」

陸小鳳道：「死的東西很多，並不一定只有人。」

沒有生命的，就是死的。

樹木有生命，可是被砍斷，鋸成木片，做成箱子後，就死了。所以箱子是死的。

三

幽秘曲折的山路上，十個活人，抬著五個大箱子走過來，箱子顯然很重，大家都很吃力。

尤其是最後一口箱子，抬箱子的兩條大漢滿頭汗出如漿，已經落後了一段路。

幸好這裡已經快走到入谷的出口，就在這時候，他們看見沙曼。

就像是一陣風，她忽然出現，擋住了他們的去路，道：「你們都認得我？」

他們當然認得。入過山谷的人，無論誰都曾經偷偷看過她兩眼——最多也只不過敢偷偷看兩眼。

因爲大家知道，若是被九少爺發覺有人在偷看她，九少爺就會生氣的。

沒有人敢惹九少爺生氣。

兩條大漢都垂下頭：「曼姑娘有什麼吩咐？」

沙曼道：「我沒有，九少爺有。」

兩條大漢都在聽。九少爺的吩咐，沒有人敢不聽。

沙曼道：「他特地要我來，叫你們把這口箱子送到他臥房裡去。」

雖然他們以前聽到的命令並不是這樣子的，可是誰都沒有懷疑，更不敢反抗。

大家都知道，曼姑娘說出來的話，和九少爺自己說出來的並沒有什麼兩樣！

沙曼道：「九少爺喜歡乾淨，所以現在你們最好先去找個地方把手腳洗一洗。」

正好附近有條小溪，他們盡快趕去，盡快趕回來，箱子還在路上，曼姑娘卻已不在了。

她的人雖然已不在了，可是她說的話還是同樣有效。

箱子裡黑暗而安靜，已經被輕輕的擺了下來。

外面充滿了生死一線的危機，兩個人緊緊的擁抱在箱子裡，那是種什麼樣的滋味？

世界上只怕很少有人能領略到這種滋味，可是陸小鳳能，沙曼也能。

因爲現在他們就緊緊的擁抱在箱子裡，呼吸著對方的呼吸。

直等他們能開口的時候，沙曼就忍不住問：「你怎能知道他會有箱子要運來？」

陸小鳳道：「我看出他是個很講究的人，而且喜歡用禮物打動人心，他的人還沒有到，已經有箱子送回來了，何況他的人已回來？」

沙曼道：「他的人是昨天回來的，你怎麼知道他的箱子要等到今天才到？」

陸小鳳道：「跟著他在海上走了那麼些日子，大家一定早就快憋死，好容易等到船靠岸，就算找不到女人，也一定要喝個痛快，喝醉了的人，早上一定爬不起來。」

沙曼道：「所以你算準了箱子一定要等到這時候才會送上岸？」

陸小鳳笑了笑，道：「我當然也是在碰運氣。」

沙曼道：「你的運氣好，也許只不過因為你通常都能算得很準。」

判斷正確的人，本就通常都會有好運氣的。因為只有判斷正確的人，才能把握住機會。

機會就是運氣。

沙曼的聲音更溫柔，道：「你也算準了抬箱子的人不會知道我的事，一定會服從我的命令？」

陸小鳳當然算得準，這種事宮九自己若不說，又有誰敢說？

一個驕傲而自負的男人，若是被自己心愛的女人背棄，他自己是絕不會說出來的。

他寧可讓別人認為是他拋棄了那個女人，寧可讓人認為是他負了心。

他甚至寧可死，也不願讓別人知道他的痛苦和羞侮。

陸小鳳明瞭這種心情，因為他自己也是這種人。

沙曼道：「可是你怎麼會知道箱子能平安送到這裡，一路上連問都沒有人問？」

陸小鳳道：「因為我看得出這裡的人都不喜歡管閒事，尤其是這種小事。」

沙曼嘆了口氣，道：「你看得不錯，這裡的人，無論做什麼事，都要有代價的。」

箱子被送來的時候既沒有人問，以後當然更不會有人問。

宮九既然正在追捕他，現在當然也不會回來。

箱子已被打開了一條縫，他們還是緊緊的擁抱著在箱子裡。

他們並不急著想出去。

「我死了之後，如果閻王爺問我，下輩子做什麼？」

「你一定想做小雞。」

「答對了。」

這箱子實在很像雞蛋殼，這雞蛋殼裡實在又安全，又溫暖，又甜蜜。

「我相信小雞們在雞蛋殼裡的時候，一定也不會急著想出去的。」

「爲什麼？」

「因爲牠們一定知道，出去了之後，就會變成大雞。」

「大雞通常很快就會變成香酥雞、紅燒雞，和清燉雞湯。」

「聽說只有母雞才能燉湯。」

「你想把我燉湯？」

「我捨不得，可是你實在太香，比香酥雞還香。」

「你想吃了我？」

「想得要命。」

四

天色已昏暗。雞蛋殼裡終於有兩隻小雞鑽了出來。

一隻公的，一隻母的。

九少爺住的地方，當然絕不會像雞蛋殼。

華美的居室，精雅的器皿。夕陽正照在雪白的窗紙上。

「他不在的時候，會不會有人闖進來？」

「絕不會。」

這許多年來，從來沒有任何人敢闖入宮九少爺的屋子，連他老子都沒有。

他一向是個孤僻自負的人，所以他最喜歡照鏡子。

「爲什麼？」

「因爲他唯一真正喜歡的人，就是他自己。」

屋子裡果然有面很大的鏡子，看來顯然是名匠用最好的青銅磨成的。

「這是他自己磨成的，他自認爲這無疑已是天下第一明鏡。」

鏡旁懸著一柄劍，劍身狹長，形式古雅。

「這就是他的劍。」

他要去殺人時，卻將劍留在屋裡。

他殺人已不必用劍。

陸小鳳用指尖輕輕撫著劍，緩緩道：「我知道還有一個人，劍術也已練到『無劍』的境界。」

沙曼道：「西門吹雪？」

陸小鳳道：「你也知道他？」

沙曼淡淡道：「我只知道『無劍』的境界，並不是劍術的高峰。」

陸小鳳道：「哦？」

沙曼道：「既然練的是劍，又何必執著於『無劍』二字？」

陸小鳳還沒有開口，忽然聽見床下有人在鼓掌。

掌聲很輕，卻比雷霆還令人吃驚。

陸小鳳霍然回頭，就看見一個光禿禿的腦袋從床底下伸了出來。

「老實和尚！」

陸小鳳剛剛叫出聲，劍光一閃，一柄精光四射的長劍已架上了老實和尚的脖子。

好快的劍！

掛在銅鏡旁的劍已出鞘，到了沙曼手裡，她的出手之快，連陸小鳳都嚇了一跳。

老實和尚當然比他嚇得更慘，一張臉已嚇得發白，勉強笑道：「其實姑娘用不著動手，和尚也知道姑娘是當世第一位女劍客了。」

沙曼冷冷道：「你知道？」

老實和尚道：「和尚雖然沒吃過豬肉，至少總見過豬走路，聽見姑娘剛才說的那句，早就已經佩服得五體投地。」

陸小鳳笑了：「原來老實和尚也會拍馬屁。」

老實和尚道：「和尚絕不是拍馬屁，和尚一向說老實話。」

沙曼不笑，板著臉道：「只可惜姑娘一向不喜歡聽老實話。」

老實和尚道：「姑娘喜歡聽什麼？」

沙曼道：「姑娘喜歡聽人拍馬屁。」

老實和尚眼睛眨了眨，道：「和尚雖然不會拍馬屁，別的事會的卻不少。」

沙曼道：「你會什麼？」

老實和尚道：「替人說媒求親，成媒作證，都是和尚的拿手本事。」

沙曼道：「你準備讓誰成親？替誰作證？」

老實和尚道：「替兩隻小雞，一隻公的，一隻母的。」

沙曼也笑了。

就在她開始笑的時候，老實和尚已游魚般從她劍下溜了出來，一溜出來，就立刻躲到陸小鳳背後，道：「你這隻小公雞若是不肯娶小母雞，和尚第一個不答應。」

陸小鳳道：「誰說我不肯？」

老實和尚道：「你真的肯？」

陸小鳳不理他，只是靜靜的看著沙曼。

「叮」的一聲，沙曼手裡的劍掉了下來，兩個人忽然間就已變成一個人。

老實和尚看著他們，臉上的表情好像要哭出來的樣子，嘴裡喃喃道：「和尚爲什麼不去做小公雞？和尚爲什麼要做和尚！」

屋子裡居然沒有酒，連一滴都沒有。

老實和尚在嘆氣：「一個男人的屋子裡如果沒有酒，這個男人還算男人？」

陸小鳳道：「不喝酒的都不是男人？」

老實和尚道：「就算他自己不喝，也應該準備一點請別人喝的。」

沙曼道：「和尚也想喝酒？」

老實和尚道：「只想喝一種酒。」

沙曼道：「哪種？」

老實和尚道：「喝你們的喜酒。」

沙曼嫣然一笑，陸小鳳也笑了，他們忽然發覺這個和尚實在老實得可愛。

老實和尚道：「其實沒有酒也一樣，和尚自己吞口口水，也可以算是喝了你們的喜酒。」

他真的吞了口口水下去：「現在和尚既然已喝過你們的喜酒，你們想不做夫妻都不行了。」

沙曼仰起臉，看著陸小鳳，道：「你說行不行？」

陸小鳳道：「不行。」

於是兩個人立刻又變成了一個人。

老實和尚臉上的表情又好像要哭出來了，道：「你們這樣子，是不是一定要逼著和尚還俗？」

夜色已深。

屋子裡有燈，卻沒有點著，也不能點著。

陸小鳳不在乎。

沙曼不在乎。

——若是有真情，無星無月亦無妨，又何妨無燈無火？

老實和尚當然更不在乎。

他正好落得個眼不見爲淨。

屋子裡真的很黑，什麼都看不見。

老實和尚道：「你們在幹什麼？」

陸小鳳道：「什麼都沒有幹。」

老實和尚道：「你們的嘴有沒有空？」

沙曼搶著道：「有。」

老實和尚道：「既然有空，能不能陪和尚聊聊天，說說話？」

沙曼道：「能。」

陸小鳳道：「和尚怎麼會躲到床底下去的？」

老實和尚道：「因爲這地方的主人雖然不喜歡喝酒，卻喜歡吃醋。」

陸小鳳道：「和尚不笨。」

沙曼道：「和尚聰明得要命。」

老實和尚道：「小雞卻不大聰明。」

陸小鳳道：「哪點不聰明？」

老實和尚道：「小雞本可以叫那兩個笨蛋把這口箱子送回那條船上去的，那麼過不了三五天，兩隻小雞都可以回家了。」

十二　和尚弄鬼

一

陸小鳳怔住。

沙曼的手冰冷。

他們立刻發覺，這的確是他們逃離這地方的唯一機會。

良機一失，永不再來。

老實和尚又在嘆氣：「兩隻小雞、一頭禿驢，若是全都老死在這裡，那倒……」

他忽然閉上了嘴。

陸小鳳跳了起來，沙曼的人雖然沒有動，心卻在跳，跳得很快。

他們都聽見門外有了腳步聲，好像是五六個人的腳步聲。

腳步聲竟是往這屋子走過來的。

門縫裡已有了燈光，而且愈來愈亮。

陸小鳳竄過去，掀起了那口箱子的蓋，用最低的聲音道：「再躲進去。」

等到沙曼竄入箱子，他自己才躲進去，輕輕的放下箱蓋。

就在這時候，門已開了。

他聽見了開門的聲音，也聽見有人走了進來，一共是五個。

第一個開口說話的是個女人。

聲音很兇：「這箱子是誰要你們搬到這裡來的？」

陸小鳳的心一跳。

他聽得出這是小玉的聲音，小玉這個人並不要命，問的這句話卻實在要命。

「是曼姑娘。」

回答這句話的，當然就是剛才抬箱子的那兩個人其中之一。

「曼姑娘？」小玉在冷笑：「你們是聽九少爺的？還是聽曼姑娘的？」

沒有人敢答腔。

「你們知不知道曼姑娘已經不是九少爺的人？」小玉的聲音更兇。

陸小鳳的心直往下沉。

他實在不懂，這件事本已明明沒有人追究的，爲什麼會被這小丫頭發覺。

這丫頭自己剛從死裡逃生，爲什麼又要來管這種閒事？

陸小鳳直恨不得把她的嘴縫起來。

「抬走。」小玉又在大叫：「快點把這口箱子抬走。」

「抬到哪裡去？」

「從哪裡抬來的，就抬回哪裡去。」

這句話說出來，陸小鳳立刻知道自己錯了。

這麼可愛的一張小嘴，他怎麼能縫起來，他實在應該在這張小嘴上親一親，就算多親兩親，都是應該的。

箱子是從船上抬下來的，再過兩個時辰，船又要走了。

只要這口箱子被送回船上，他們的人也跟著船走了。

「那麼過了五天，兩隻小雞都可以回家了。」

陸小鳳開心得幾乎忍不住要大叫：「小玉萬歲！」

直到現在他才明白，小玉這是在幫他們的忙。這個鬼靈精的小丫頭，一定早就知道他們躲在箱子裡。

他心裡充滿了歡悅和感激，他相信沙曼的感激定也一樣。

他忍不住要去找她的手來握在自己手裡。

箱子裡雖然很黑暗，可是他不在乎，因爲他就算摸錯地方也沒關係。

他真的摸錯了。

錯得厲害，錯得要命，活活要人的老命。

他摸到的是光頭。

跟他一起躲在箱子裡這個人，竟不是沙曼，是老實和尚！

陸小鳳真的要叫了起來。

只可惜他的手剛摸到這個光頭上時，老實和尚的手已點了他三處穴道。最要命的三處穴道。

他非但叫不出，連動都不能動了。

沙曼呢？沙曼在哪裡？

箱子已被抬起來，小玉還在不停的催促：「快，快，快！」

陸小鳳簡直急得發瘋。

看到箱子被抬走，沙曼一定也會急得發瘋，可是她也只能眼睜睜的看著。

想到這一點，陸小鳳連心都碎了。

沙曼的心一定也碎了。

可是心碎又有什麼用？就算一頭撞死，把整個人都撞成碎片，也一樣沒有用。

他終於明白了「無可奈何」這四個字的滋味，這種滋味，簡直不是人受的。

抬箱子的兩個人也不知吃了什麼藥，一抬起箱子，就走得飛快。

老實和尚居然握起了他的手，放在自己手裡，輕輕的拍著，就好像把他當做個孩子，在安慰他，要他乖乖的聽話。

陸小鳳卻只希望能聽到一件事，那就是聽到這和尚的光頭，忽然像個雞蛋殼般被撞得粉碎。

可惜抬箱子的這兩個人不但走得快，而且走得穩，就好像在他娘肚子裡已學會抬箱子了。

老實和尚輕輕的嘆了口氣，顯得又舒服、又滿意。

「這和尚真是我命中注定的魔星，一看見他，我就知道遲早要倒楣的。」

罵人的話，陸小鳳知道的也不算太多，南七北六十三省，各式各樣罵人的話他只不過全都懂得一點點，加起來也只不過有六七百種而已。

他早已在心裡把這六七百種話全都罵了出來，只恨沒法子罵出口。

——沙曼呢？

——眼睜睜的看著別人把她跟她的小公雞拆散，她心裡是什麼滋味？

——她會不會死？

——死了也許反倒好些，若是不死，叫她一個人孤零零的怎麼過？

——也許她會想法子溜到船裡去的，她的本事遠比別人想像中的大得多。

——如果她上不了船，會不會再上別人的床？

陸小鳳的心就好像被滾油在煎，愈想愈痛苦，愈想愈難受。

他本來並不是這種小心眼的人，可是沙曼卻讓他變了。

一個人有了真情後，爲什麼總會變得想不開？變得小心眼？

抬箱子的兩個人忽然也開口罵了。

「就是這口見鬼的箱子，害得我們想好好吃頓飯都不行。」

「真他媽的活見了大頭鬼。」

「我們倒不如索性找個沒人的地方，把它扔到海裡去，也免得它再作怪。」

這種久經風浪的老水手，當然不會是什麼好角色，說不定真會這樣做。

陸小鳳一點都不在乎，反倒有點希望他們真的這樣做。

誰知那人又改變了主意。

「可是我們至少總得看看箱子裡裝的究竟是些什麼鬼東西？」

對陸小鳳來說，這主意好像也不太壞。

只可惜小玉已經把箱子上了鎖。

「你能開得了這把鎖？」

「開不了。」

「你敢把箱子砸壞？」

「爲什麼不敢？」

「九少爺若是問下來，誰負責任？」

「你。」

「去你娘的。」另一人半笑半罵：「我早就知道你是個雜種。」

「你好像也差不多。」

「所以我們最好還是乖乖的把箱子抬回去，往底艙一擺就天下太平了。」

三

「砰」的一聲響，兩個人重重的把箱子往地上一放，下面是木板的聲音。

兩個人同時吐出口氣，這裡顯然已經是宮九那條船的底艙。

他們的任務已完成，總算已天下太平了。

老實和尚也輕輕吐出口氣，好像在說：「再過三五天，一隻小公雞，一隻老禿驢，就可以平平安安回家了。」

他的天下也太平了。

陸小鳳呢？

陸小鳳好像已連氣都沒有了，摸摸他的鼻孔，真的已沒有了氣。

老實和尚也吃了一驚，道：「你這是怎麼回事？」

沒有回應，沒有氣。

一個人是不是真的會活活氣死？

老實和尚道：「你千萬不能死，和尚可不願意跟個死人擠在一口箱子裡。」

還是沒有回應，沒有氣。

老實和尚卻忽然笑了：「你若想騙我，讓我解開你的穴道，你就打錯主意了。」

他笑得好愉快：「好人不長命，禍害遺千年，我知道你死不了的。」

陸小鳳終於吐出口氣來，箱子裡本來就悶得死人，再閉氣更不好受。他並不想真的被氣死。

老實和尚笑得更愉快，道：「我雖然不想跟你擠在箱子裡打架，可是一個人自言自語也沒意思，只要你乖一點，我就先解開你的啞穴。」

陸小鳳很乖。

一個人身上三處最要命的穴道若是全都被點住，他想不乖也不行。

老實和尚果然很守信，立刻就解了他的啞穴。

「你這禿驢爲什麼還不趕快去死？」這本是陸小鳳想說的第一句話。

可是他沒有說出來。

有時候他也是個很深沉的人，很有點心機，他並不想要老實和尚再把他啞穴點住。

他的聲音裡甚至連一點生氣的意思都沒有，淡淡的說了句：「其實你根本不必這麼做的。」

老實和尚道：「不必怎麼做？」

陸小鳳道：「不必點我的穴。」

老實和尚道：「可是和尚怕你生氣。」

陸小鳳道：「爲什麼生氣？」

老實和尚道：「小母雞忽然變成了禿驢，小公雞總難免生氣的。」

陸小鳳也在笑，道：「你錯了。」

老實和尚道：「哪點錯了？」

陸小鳳道：「小公雞早就已經不是小公雞。」

老實和尚道：「是什麼？」

陸小鳳道：「老公雞。」

老實和尚道：「老公雞和小公雞有哪點不同？」

陸小鳳道：「有很多點，最大的一點是，老公雞見過的母雞，大大小小已不知有多少，卻只有一個禿驢朋友。」他說得很誠懇：「何況，她本就是這裡的人，留下來也無妨，你這禿驢若是留下來，說不定就會變成死禿驢了，我總不能看著朋友變成死禿驢。」

老實和尙又握住他的手，顯然已經被他感動：「你果然是個好朋友。」

陸小鳳道：「其實你早就該知道的。」

老實和尙道：「現在知道，還不算太遲呀。」

陸小鳳道：「現在你解開我的穴道來，也不遲。」

老實和尙立刻同意：「的確不遲。」

陸小鳳微笑著，等著他出手。

老實和尙卻慢慢的接著又道：「雖然一點都不遲，只可惜還嫌太早了一點。」

陸小鳳道：「還太早？」

老實和尙道：「太早。」

陸小鳳道：「你準備等到什麼時候？」

老實和尙道：「至少也要等到開船的時候。」

陸小鳳閉上嘴。他實在很怕自己會破口大罵起來，因爲他知道隨他怎麼罵，都罵不死這禿驢的。

他只有沉住氣，等下去。

如果你是陸小鳳，要你跟個和尙擠在一口箱子裡，你難受不難受？

陸小鳳忽然道：「你能不能幫我個忙？」

老實和尚道：「你說。」

陸小鳳道：「你能不能再把我另外一個穴道也點上一點？」

老實和尚道：「你是否氣出毛病來了？」

陸小鳳道：「沒有。」

老實和尚道：「你真的要我再點你一處穴道？」

陸小鳳道：「真的。」

老實和尚道：「什麼穴？」

陸小鳳道：「睡穴。」

在這種時候，世上還有什麼事能比睡一覺更愉快。

老實和尚嘆了一口氣，道：「看來你的運氣實在不錯嘛。」

陸小鳳幾乎又忍不住叫了起來：「你還說我運氣不錯？」

老實和尚點點頭，道：「至少你還有個能點你穴道的朋友，和尚卻沒有。」

陸小鳳傻了。

聽到這種話，他實在不知道是應該大哭三聲，還是應該大笑三聲。

他既沒有哭，也沒有笑。因爲他已睡著。

黑暗。

睡夢中是一片黑暗，醒來後還是一片黑暗，睡中是噩夢，醒來後仍是噩夢。

——沙曼呢？

睡夢中他彷彿看見她在不停的奔跑，既不知要往哪裡跑？也不知逃避什麼？

他想追上去，兩個人的距離卻愈來愈遠，漸漸只剩下一點朦朧的人影。

醒來後卻連她的影子都看不到。

他彷彿有種飄飄盪盪的感覺，這條船顯然已開航，到了大海上。

他的四肢居然已可以活動了。

可是他沒有動。他正在想修理老實和尚的法子。

這禿驢雖然總算沒有失約，船一出海，就將他穴道解開。

但若不是這禿驢，兩隻恩恩愛愛的小雞，又怎麼會分開？

想到剛才那噩夢，想到沙曼現在的處境，陸小鳳恨不得立刻在他那光頭上打個大洞。

可是就算打出七八十個大洞來又有什麼用？

陸小鳳在心裡嘆了口氣，不管怎麼樣，這禿驢總算是他的老友了，而且也不能算是太壞的人，小苦頭雖然還要讓他受一點，大修理則絕對不可。

船走得很平穩，今天顯然是個風和日麗的日子。

陸小鳳悄悄的伸出手，正準備先點他的穴道，再慢慢讓他吃點小苦頭。

可是手一伸出去，陸小鳳卻立刻覺得不對了。

這箱子裡忽然變得很香，充滿了一種他很熟悉的香氣。

那絕不是老實和尚的味道，無論什麼樣的和尚，身上都絕不會有這種味道。

就連尼姑都不會有。

他的手一翻，捉住了這個人的手，一隻光滑柔軟的纖纖玉手。

這更不會是老實和尚。

陸小鳳的心忽然跳得很快，只聽黑暗中一個人道：「你終於醒過來了。」

柔美的聲音中，充滿了歡愉。

陸小鳳的聲音已因激動興奮而發抖，整個人都幾乎忍不住要發抖。

「是你？真的是你？」

「真的是我。」

陸小鳳不能相信，也不敢相信，箱子裡明明是老實和尚，怎麼會忽然又變成沙曼？

可是這聲音，的的確確是沙曼的聲音。

她的手已牽引著他的手，要他去輕撫她的臉、她的乳房。

她身子也在發抖。

這種銷魂的顫抖，也正是他所熟悉的。他再也顧不得別的了，用盡全身力氣，緊緊擁抱住她。

就算這只不過是夢，也是好的，他只希望這個夢永不會醒過來。

他抱得真緊。

這一次他絕不讓她再從懷抱中溜走了。

她也在緊緊擁抱著他，又哭又笑又吻，吻遍了他整個臉。

她的嘴唇溫暖而柔軟。

「這不是夢，這是真的。」她流著淚道：「這真的不是夢，真的是真的。」

可是這種事實在比最荒唐的夢境還離奇。

「你怎麼會來的？」

「不知道。」

「老實和尚呢？」

「不知道。」

她真的不知道：「我躲在床底下，眼看著他們把箱子抬走，就急得暈了過去。」

「然後呢？」

「等我醒來時，我就又回到這箱子裡，簡直就好像在做夢一樣。」

「但這不是夢！」

「絕不是。」

這的確不是夢，她咬他的嘴唇，他很痛，一種甜蜜的疼痛。

難道這又是小玉造成的奇蹟，她真有這麼大的本事？

這些疑問他們雖然無法解釋，卻並不重要，重要的是，現在他們又重逢。

他們緊緊的擁抱著，就好像已決心要這麼樣擁抱一輩子。

就在這時，突聽「咚」的一聲響，外面好像有個人一腳踢在箱子上。

箱子在震動。

陸小鳳沒有動，沙曼也沒有動。

他們還是緊緊擁抱著，可是他能感覺到她的嘴唇已冰冷。

然後他們又聽「咚」的一聲響，這次箱子震動得更厲害。

是誰在踢箱子？

沙曼舐了舐冷而發乾的嘴唇，悄悄道：「這不是宮九。」

陸小鳳道：「哦！」

沙曼道：「他絕不會踢箱子，絕不會做這種無聊的事。」

陸小鳳在冷笑。

他心裡忽然覺得有點生氣，還有點發酸。

——爲什麼她提起這個人時，口氣中總帶著尊敬？

他忽然伸腰，用力去撞箱子。

誰知箱子外面的鎖早已開了，他用力伸腰，人就竄了出去。

黑暗的艙房裡，零零亂亂的堆著些雜物和木箱。

他們這口箱子外面並沒有人，頂上的橫木上卻吊著個人，就像是條掛在魚鉤上的死魚，還在鉤上不停搖晃。

現在他又在試探著盪過來踢箱子。

「老實和尙！」

陸小鳳叫了起來，幾乎又不能相信自己的眼睛。

沙曼忽然進箱子，而箱子裡的老實和尚卻被吊起來了。

這是怎麼回事？

四

老實和尚滿嘴苦水，在等陸小鳳替他拿出了塞在他嘴裡的破布，才吐出來的。

「天知道這是怎麼回事。」他的驚訝和迷惑並不假：「我本來很清醒的，不知爲了什麼，忽然就暈暈迷迷的睡著了。」

陸小鳳道：「等到你醒過來，就已經被人吊在這裡？」

老實和尚在嘆氣，道：「幸好你還在箱子裡，否則我真不知道要被吊到幾時？」

陸小鳳道：「現在你還是不知道？」

老實和尚怔了怔，立刻作出最友善的笑臉，道：「我知道。」

他笑得臉上的肌肉都在發痠：「我知道你一定會放下我。」

陸小鳳道：「我不急。」

老實和尚道：「可是我倒有點急。」

陸小鳳道：「吊在上面不舒服？」

老實和尚拚命搖頭。

他真的急了，冷汗都急了出來。

陸小鳳居然坐了下來，坐在艙板上，抬頭看著他，悠然道：「上面是不是比下面涼快？」

老實和尙頭已搖痠了，忍不住大聲道：「很涼快，簡直涼快得要命。」

陸小鳳道：「那末你怎麼會流汗？」

老實和尙道：「因爲我在生氣，氣我自己，爲什麼會交這種好朋友。」

陸小鳳笑了，大笑。

看見和尙生氣，他的氣就消了一半，正準備把這和尙先解下來再說。

哪知就在這時，艙外忽然響起了咳嗽聲，好像已有人準備開門進來。

陸小鳳立刻又鑽進箱子，輕輕的托著箱蓋，慢慢的放下。

箱子的蓋還沒有完全闔起時，他就看見艙房的門被推開了，兩個人走了進來。

走在前面的一個，好像正是剛才把箱子抬來那兩人其中之一。

陸小鳳心裡暗暗祈禱，只希望他們這次莫要再把箱子抬走。

箱子裡一片漆黑，外面也連一點聲音都沒有。

人來幹什麼的？

他們忽然看見個和尙吊在上面，怎麼會沒有一點反應？

陸小鳳握住了沙曼的手。

她的手冰冷。

他的手也不暖和，他心裡已經在後悔，剛才本該將老實和尙放下來的。

現在他才明白，一個人心裡如果總是想修理別人，被修理的往往是自己。

又等了半天，外面居然還是沒有動靜。

他更著急，幾乎忍不住要把箱蓋推開一條線，看看外面究竟是怎麼回事？

就在這時，外面忽然有人在敲箱子，「篤，篤，篤」敲得很輕。

這種聲音絕不是用腳踢出來的，當然也不會是手腳都被人綑住了的老實和尚。

這種聲音就像是個很有禮貌的客人在敲門。

只可惜主人並不歡迎他。

男主人本來是想開門的，女主人卻拚命拉住了他的手。

主人自己不開門，客人只好自己開了，只開了一條縫。

很小的一條縫。

陸小鳳想從縫裡往外面看看，卻有股熱氣從外面吹了進來，又香又濃的熱氣，香得令人流口水，就算沒有吃過牛肉湯的人，也絕對應該嗅得出這是牛肉湯的味道。

十三 醋海興波

一

陸小鳳吃過牛肉湯。

他一向都很喜歡吃牛肉湯，可是現在他卻只想吐。因爲他的胃在收縮，心也在往下沉。

——難道這一切都只不過是牛肉湯自己在玩的把戲，像是貓抓住老鼠玩的那種把戲一樣？

熱氣終於漸漸散了。

陸小鳳就發現有隻眼睛在箱子縫外面偷看著他們，眼睛裡帶著惡作劇的笑意。

一個人居然在外面唱了起來。

「砰，砰，砰，請開門。

你是誰？

我是老公雞。

你來幹什麼？

來送牛肉湯，小公雞喝了長得壯，不怕風來不怕浪。」

陸小鳳又傻了。

這歌聲絕不是牛肉湯的聲音，就連陸小鳳的兒歌，都比這個人唱得好聽些。

天下恐怕也只有一個人能唱出這麼難聽的歌來。

老實和尚！

陸小鳳霍然推開箱蓋，一個人蹲在外面，手裡捧著碗牛肉湯，果然正是老實和尚。

他剛才明明還是被人吊在上面的，現在怎麼會忽然下來了？

老實和尚眨了眨眼，道：「和尚老實，菩薩保佑和尚。」

這種事實在有點玄，看來真的不像是人力所能做得出的。

陸小鳳也眨了眨眼，道：「菩薩殺不殺牛？」

老實和尚立刻搖頭，道：「我佛戒殺生，菩薩怎麼會殺牛？」

陸小鳳道：「菩薩也不會給和尚喝牛肉湯？」

老實和尚道：「當然不會。」

陸小鳳道：「那麼這碗牛肉湯是從哪裡來的？」

老實和尚忽然笑了笑，道：「你猜呢？」

陸小鳳猜不出。

這碗牛肉湯的顏色和味道他都不是第一次見到，可是他寧願看見一大碗狗屎，也不願看見這碗又香又濃的牛肉湯。

因為他知道只有一個人能煮出這種牛肉湯來——只有「牛肉湯」才能煮得出這種牛肉湯。

老實和尚忽然道：「這碗牛肉湯是你的一位老朋友叫和尚送給你的。」

陸小鳳道：「哦！」

老實和尚道：「她說你們兩位這兩天一定勞動過度，一定很需要滋補滋補。」他自己好像也有點臉紅：「這些話可不是和尚說的，和尚本來也不想說，可是你那位朋友卻一定要和尚轉告給你。」

陸小鳳道：「她的人呢？」

老實和尚道：「她說她很快就會來看你，叫你別著急。」

陸小鳳板著臉道：「我也有幾句話要請你轉告給她。」

老實和尚道：「和尚洗耳恭聽。」

陸小鳳道：「你就說我寧可去陪母狗吃屎，也不願再見她，再喝她的牛肉湯。」

房子的角落裡一堆箱子後面忽然有人嘆了口氣，道：「好好的一個人，爲什麼偏偏要去陪母狗吃屎呢？」

二

這也不是牛肉湯的聲音，聲音很嬌嫩，像是個小小的女孩子。

這句話剛說完，果然就有個小小的女孩從箱子後面跳出來。

陸小鳳立刻鬆了口氣：「小玉！」

小玉笑嘻嘻的看著他，眨著雙大眼睛，道：「你能不能不要去陪母狗？能不能去陪公狗？」

陸小鳳道：「不能。」

小玉道：「為什麼？」

陸小鳳道：「因為我要陪你。」

小玉的臉紅了。

老實和尚忽然道：「你為什麼一定不讓他去陪母狗？」

小玉道：「因為我怕曼姑娘吃醋。」

陸小鳳一把奪過老實和尚手裡的碗，道：「你們吃醋，我吃牛肉湯。」

牛肉湯的滋味好極了。

陸小鳳嘆了口氣，道：「原來這世上並不止牛肉湯一個人會做這種牛肉湯。」

小玉道：「還有誰會？」

陸小鳳道：「你。」

小玉道：「我只會吃。」

陸小鳳道：「這不是你做的？」

小玉道：「我不但會吃，還會偷，這是我從廚房裡偷來的。」

陸小鳳道：「廚房裡有人會做這種牛肉湯？」

小玉道：「只有一個人。」

陸小鳳道：「誰？」

小玉道：「牛肉湯。」

陸小鳳閉上了嘴。

小玉眼珠子轉了轉，道：「其實你應該想得到，這次她當然也上了船。」

陸小鳳道：「爲什麼她當然要來？」

小玉道：「因爲我偷偷的藏起了一條小船，所以她就認爲你們一定是坐船跑了，否則他們怎麼會找不到？」她嘆了口氣，道：「就因爲找不到你們，這兩天九少爺和宮主的脾氣都大得要命，幸好他們做夢也想不到這些事是誰做的。」

陸小鳳道：「究竟是誰做的？」

小玉一根手指指著自己的鼻子。

陸小鳳道：「是你？」

小玉道：「除了我還有誰？」

陸小鳳道：「是你把沙曼送來的？」

小玉道：「當然是我。」

陸小鳳道：「把這和尚吊起來的也是你？」

小玉道：「把他放下來的也是我。」

陸小鳳吃驚的看著她，就好像她頭上忽然長出了兩隻角。

小玉道：「你不信我能做得出這種事？」

陸小鳳實在有點不信。

小玉笑了笑，道：「連你都不信，九少爺和宮主當然更不信。」

陸小鳳道：「所以他們想不到是你。」

小玉道：「連做夢都想不到。」

陸小鳳嘆了口氣，只覺得「人不可貌相」這句話說得真是一點也不錯。

這時候艙房裡忽然有個地方咕嚕咕嚕的響了起來。

大家都吃了一驚，然後才發現這地方原來是老實和尚的肚子。

小玉笑了，看著他的肚子吃吃笑個不停。

老實和尚紅著臉，道：「這有什麼好笑，和尚也是人，肚子餓了也會叫。」

小玉嫣然道：「可是和尚的肚子好像叫得特別好聽。」

老實和尚道：「可惜和尚自己一點都不喜歡聽。」

小玉道：「和尚喜歡什麼？」

老實和尚道：「和尚只喜歡看。」

小玉道：「看什麼？」

老實和尚道：「看饅頭、看鹹菜、看蘿蔔乾，只要能吃的，和尚都喜歡看。」

小玉道：「牛肉湯不好看？」

老實和尚道：「和尚不吃葷。」

小玉道：「那麼和尚只有餓著，聽和尚自己的肚子叫。」

她又問沙曼：「曼姑娘也不吃牛肉湯？」

沙曼道：「不吃。」

小玉道：「曼姑娘不餓？」

沙曼道：「不餓，就算餓也不吃。」

小玉又笑了：「原來曼姑娘真的是在吃醋，原來吃醋也能吃得飽的。」

老實和尚忽然將牛肉湯搶過去，道：「她不吃我吃。」

小玉笑道：「和尚幾時開始吃葷的？」

老實和尚道：「餓瘋了的時候。」

他一大口一大口的吃著，等到吃累了，才嘆了口氣，道：「酒肉穿腸過，佛在心頭坐，和尚吃點牛肉湯，其實也沒太大關係。」

陸小鳳忍不住笑道：「的確沒關係。」

老實和尚忽然跳起來，大聲道：「有關係。」

陸小鳳：「有什麼關係？」

老實和尚道：「大得要命的關係，和尚……」一句話沒說完，他的人就仰面倒了下去，嘴角立刻噴出了白沫子。

陸小鳳立刻也發覺自己的頭有點暈暈的，失聲道：「這碗湯裡下了藥。」

小玉變色道：「是誰下的藥？」

陸小鳳道：「我正想問你。」

他想跳起來撲過去，只可惜手腳都又變得又瘦又軟。

小玉一直在搖頭，道：「這件事不是我做的，不是我……」

她看見陸小鳳兇巴巴的樣子，已嚇得想跑了。

只可惜沙曼已擋住了她的去路，冷冷道：「不是你是誰？」

小玉不知道。

門外卻有個人替她回答：「不是她是我。」

世上只有一個人能煮得出這種牛肉湯，當然也只有一個人能在湯裡下藥。那就是牛肉湯她自己。

牛肉湯做出來的湯又香又好看，她的人也很香，很好看。尤其是今天。

看來她好像是特地打扮過，穿的衣服又鮮艷，又合身，臉上胭脂不濃也不淡，都恰好能配合她這個人。

直到今天，陸小鳳才發現她不但很會穿衣服，而且很會打扮！

陸小鳳雖喝得不多，現在頭又已發暈，眼睛也有點發花，就好像已經喝醉了的樣子，忽然大聲道：「我知道你一定不會對我怎麼樣。」

牛肉湯道：「哦？」

陸小鳳道：「你特地打扮好來給我看，當然不會對我怎麼樣。」

牛肉湯板著臉，冷冷道：「我當然不會對你怎麼樣，我只不過想要你去陪母狗吃屎罷了。」

三

原來她早就到了這裡，說不定她根本就是跟小玉一起來的。可是看小玉的樣子並不像。

小玉看來好像怕得要命，簡直已經像快要嚇得暈了過去。她正在往外溜。

牛肉湯根本不理她。

船在大海上，人在船上，能夠溜到哪裡去？

小玉也好像想通了這一點，非但沒溜，反而用力關上了艙門。

牛肉湯霍然轉身，盯著她，厲聲道：「你想幹什麼？」

小玉道：「我也不想幹什麼，只不過想要你陪和尚喝湯！」

牛肉湯還剩半碗。

小玉道：「這碗湯燉得好，不喝光了實在可惜。」

牛肉湯的臉色也變了。她臉上的胭脂若是擦得濃一點，別人也許還看不出。

可惜她擦得既不太濃，也不太淡，正好讓別人能看出她的臉色在變。

沙曼的臉色卻沒有變。她臉色一直都是鐵青的，眼睛一直都在刀鋒般盯著牛肉湯。

小玉雖然在笑，笑裡也藏著把刀。

她們了解牛肉湯，世上很少有人能像她們這樣了解。

這一點牛肉湯自己當然也很清楚。

她瞧著小玉：「你敢？」

小玉道：「我爲什麼不敢？」她微笑著接道：「我看得出你已經在害怕了，因爲你本來以爲我們會怕你，可是我們不怕，所以你就害怕了。」

她說得雖然好像很繁雜，其實道理卻很簡單——你不怕我，我就怕你。人與人之間的關係，本來就常常是這樣子的。

沙曼慢慢的從衣襟邊緣抽出根很細長的鋼絲，拿在手裡盤弄著。

鋼絲細而堅韌，閃閃的發著光。

她的手纖長而有力。鋼絲在沙曼的手裡，很快的變成一個舞劍女子的側影，尖銳的一端就是劍。

她的手指輕撥，劍式就開始不停的變幻。

小玉嫣然道：「想不到曼姑娘的劍法這麼好。」

沙曼淡淡道：「這世上想不到的事本來就很多。」

牛肉湯什麼話都不再說，立刻走過去，喝光了剩下的那半碗牛肉湯。

她喝的並不比老實和尚少，但是她卻連一點反應都沒有。她當然已吃了解藥。

小玉笑道：「牛肉湯裡加上和尚的口水，不知是不是好吃一點？」

牛肉湯閉著嘴。

小玉道：「其實你應該高興才對，不管怎麼樣，和尚的口水總是很難吃得到的嘛。」

牛肉湯冷冷道：「我很高興，高興得要命。」

小玉笑道：「你高興就好，我就是怕你不高興。」

牛肉湯道：「現在你們是不是可以讓我走？」

沙曼道：「不可以。」

牛肉湯道：「你還想要我幹什麼？」

沙曼道：「脫光。」

牛肉湯道：「脫光？把什麼脫光？」

沙曼道：「把全身上下都脫光，能脫的都脫光。」

牛肉湯臉色又變了，狠狠的瞪著她。

沙曼完全沒有表情，手裡還在盤弄著那條鋼絲。堅韌的鋼絲在她纖纖手指裡，柔軟得就像是條棉線。

牛肉湯回頭瞪著陸小鳳。

陸小鳳在笑，笑得有點癡呆！

除了笑之外，他好像已沒有什麼別的事好做，他雖然沒有暈過去，反應卻已很遲鈍。

沙曼冷冷道：「你用不著看著他，他又不是沒有看過你脫光。」

她還在吃醋。一個正在吃醋的女人，通常都是沒什麼道理可講的。

牛肉湯開始脫衣服。

小玉笑道：「她脫得真快。」

沙曼道：「因為她經常都在脫。」

小玉故意嘆了口氣，道：「我只奇怪她爲什麼總是不會著涼。」
牛肉湯好像根本沒聽見。穿衣服的時候，她是個很好看的女人，脫光了更好看。
她的腿非常直，非常結實，皮膚光滑緊密，雙腿並攏時中間連一隻手指都插不進去！
她無疑正是那種可以令男人銷魂蝕骨的女人，對這一點她自己也很有信心。
小玉又在嘆氣：「好棒的身材，我若是男子，現在一定已暈了過去。」
沙曼道：「只可惜你不是男人。」
小玉笑道：「幸好我不是，你也不是嘛！」
牛肉湯忽然道：「你們也不是女人。」
小玉道：「不是？」
牛肉湯道：「你們想要做一個真正的女人，還得多學學。」
小玉道：「你可以教我們？」
牛肉湯看著她，眼睛裡忽然露出奇怪的表情，充滿了一種說不出的慾望。
也不知爲了什麼，小玉的臉突然紅了。
牛肉湯輕輕道：「你爲什麼不脫光，讓我教給你？」
小玉只覺得喉嚨發乾，連話都說不出。
牛肉湯慢慢的向她走過去，腰肢擺動，帶著種奇異邪惡的韻律。
忽然之間，寒光一閃，向她乳房上刺了過來。鋼絲又伸得筆直，就像是一把劍，卻比劍更尖銳。

牛肉湯淩空翻身，最隱秘的地方恰巧在小玉眼前翻過。

她的腿筆直。筆直堅挺的鋼絲卻忽然又變成條鞭子，橫抽她的腿。

她的腿一縮，忽然翻到陸小鳳身後，手掌按住了他的玉枕穴。

「你再動一動，他就死。」

沙曼沒有再動。

小玉也沒有動，還是紅著臉，癡癡的看著那赤裸的胴體。

牛肉湯笑了，瞇著眼笑道：「小玉，小寶貝，我喜歡你，一直都很喜歡你，你記不記得小的時候我就常常抱著你睡覺？」

小玉的臉更紅，卻不由自主點了點頭。

牛肉湯道：「現在你如果替我殺了沙曼，我一定更喜歡你。」

小玉遲疑著，看著她的眼睛。

她的眼睛裡充滿了邪惡淫蕩的魅力。

小玉忽然撲向沙曼，閃電般出手，奪她手裡的鋼絲。

沙曼顯然沒有提防到她這一著，更沒有想到她的出手如此快。

鋼絲立刻就被她奪過去，寒光一閃，忽然刺向牛肉湯的咽喉。這一著更意外，也更快。

可是牛肉湯並沒有上當，身子一縮，已躲到陸小鳳背後！

「你們是不是真的想他死？」

小玉也不敢動了。

牛肉湯慢慢的站出來，笑得更愉快，道：「現在我能不能要你們做件事？」

小玉道：「什麼事？」

牛肉湯道：「脫光，」她的眼睛裡發著光：「兩個女子統統脫光，能脫的都脫光。」

小玉回頭看沙曼。

沙曼的臉蒼白。

牛肉湯道：「我數到十，你們如果還沒有脫光，這裡就多了個死人。」

她已經開始數。

「一、二、三、——」

小玉已經開始在脫，沙曼也不能不聽話，她們都知道她是說得出做得到的。

她數得很快，她們的動作也不能不快。

牛肉湯吃吃的笑道：「原來你們也是經常脫慣了衣服的。」

說完了這句她才接著數。

「四、五、六、——」

忽然間，陸小鳳的手一翻，用雙手指捏著她的手腕，從他背肩摔了過來，就像是條死魚般重重摔在地上。

他本來不會這樣容易就得手，可是她也未免太得意了些。

一個人本不該太得意。

小玉撲過去，壓在她身上，先用膝蓋抵住了她的腰，帶著笑問陸小鳳：「你爲什麼等到現在才出手?」

陸小鳳笑了笑，道:「我本來想等她數到十才出手的。」

沙曼呶著嘴唇，瞪了他一眼，蒼白的臉上也已有點發紅。

牛肉湯也不知是不是被摔得發暈，過了半天，才能開口，大笑道:「你們是不是想強姦我?」

小玉道:「我倒沒興趣，他也沒有這必要。」

牛肉湯道:「那麼你們就該趕快讓我走，否則你們也跑不了。」

小玉道:「哦?」

牛肉湯道:「只要有片刻看不見我，九哥就會到處找我的，在這條船上，你們能往哪裡跑?」

小玉看著沙曼，兩個人都閉上了嘴。

她們知道她說的是實話。

牛肉湯又笑了笑，柔聲道:「小玉，小寶貝，快把你的腿拿開，你抵得我好癢。」

小玉看不出沙曼的反應，只有找陸小鳳。

陸小鳳忽然問道:「這船上有沒有救生用的小艇?」

小玉道:「有兩條。」

陸小鳳道:「有沒有人保護?」

小玉道:「守護的人，我們可以對付，可是我們就算搶到也沒有用。」

——因爲九少爺我們誰都對付不了。

這句話她沒有說出來，也不必說。

要將小艇放下海，再遠遠的划開，讓大船找不到，那至少要一個時辰。

宮九絕不會給他們這一個時辰。

陸小鳳沉吟著，道：「現在上面的人還不知道小玉的反叛，她若去奪小艇，想必不難。」

小玉道：「可是……」

陸小鳳打斷她的話，忽又問道：「現在這時候，宮九通常在什麼地方？」

小玉道：「在他的艙房裡。」

陸小鳳道：「除了他之外，這船上還有沒有別的高手？」

小玉搖搖頭，道：「他一向獨來獨往。」

陸小鳳道：「他的艙房，當然就是這條船的主艙。」

沙曼忽然搶著道：「你……你是不是想去找他？」

陸小鳳笑了笑，道：「本來也不想去的，可是現在卻不能不去了。」

沙曼更著急：「爲什麼？」

陸小鳳道：「因爲你有樣東西非賣給他不可，他好像也非買不可。」

沙曼道：「什麼東西？」

陸小鳳說道：「一大碗又香又濃的牛肉湯。」

沙曼的眼睛發出光，道：「你想要什麼價錢？」

陸小鳳道：「我要的價錢並不高。」

他不讓沙曼再問：「先把牛肉湯裝進箱子去，我一走，你們就去奪小艇，兩條都要。」

沙曼看著他，眼睛裡充滿了關懷：「也許宮九並不想要這碗牛肉湯，也許他只想要你的命。」

陸小鳳笑了笑，道：「無論做什麼事，多少總得冒點風險的！」

他笑得並不愉快：「你們只要看到宮九一個人走上甲板，沒有看見我……」

沙曼道：「那麼我們立刻就殺了她？」

陸小鳳慢慢的點了點頭，心裡忽然覺得很不舒服。

他並不想要牛肉湯的命，更不想讓事情發展到那種情況。

只可惜他已完全沒有選擇的餘地。

沙曼忍不住握他的手，道：「你……準備什麼時候走？」

陸小鳳道：「和尚一醒我就走。」

沙曼勉強笑了笑，道：「當然要等他醒，箱子總得有個男人來扛的！」

陸小鳳也笑了，心裡卻打了個結。

他知道這不是她心裡想說的話，他看得出她眼色中的恐懼和憂慮。

可是現在她還能說什麼？

縱然她明知這一別很可能就已成永訣，她也只有讓他走。

因爲沙曼也知道現在他們絕沒有選擇的餘地。

小玉看著他們，忽然道：「現在和尙還沒有醒來，箱子還空著，難道你們就讓它空著？」

十四 談判順利

一

老實和尚醒了，陸小鳳走了，牛肉湯已經裝進箱子。

現在已經到了她們行動的時候，沙曼卻還不想走。

她看著小玉，眼色中充滿了感激，輕輕道：「你是從小跟著他們兄妹的？」

小玉道：「從我七歲的時候，我是個孤兒，若不是老爺子救了我，我早就淹死在海裡。」

沙曼道：「所以你對宮家的人，一直都很忠心？」

小玉眨了眨眼，道：「曼姑娘如果想跟我聊天，到了小艇上我們一定有很多時間可以聊。」

沙曼好像沒有聽見這句話，又道：「九少爺是個怎麼樣的人，你當然很清楚？」

小玉只有點頭。

沙曼道：「現在陸小鳳去找他了，這一去很可能不會回來。」

小玉道：「可是……」

沙曼打斷她的話，道：「他一死，宮主也得死，我們就沒有一個人能活，所以……」

她忽然拉起了小玉的手，道：「所以我有句話一定要先跟你說。」

小玉道：「這句話曼姑娘是不是一定要現在說？」

沙曼點點頭，道：「這句話只有三個字。」

小玉道：「三個字？哪三個字？」

沙曼道：「謝謝你。」

小玉看著她，眼圈已紅了。

沙曼道：「現在我們是在冒險，可是如果沒有你，我們就連這種機會都得不到，所以，如果我們這次都能活下去，我希望你能永遠跟我們在一起。」

小玉垂下頭，臉也紅了。她當然聽得出沙曼的意思，「我們」當然就是她跟陸小鳳兩個人。

沙曼柔聲道：「我是個很會吃醋的女人，可是這次我說的是真心話。」

小玉終於輕輕道：「我今年已經十六歲了。」

十六歲正是情竇初開的年紀。

小玉道：「陸小鳳是個很討人喜歡的男人，我相信一定有很多女孩子都喜歡他。」

沙曼道：「你呢？」

小玉紅著臉，聲音更輕，道：「當然不能說我不喜歡他，可是……」

她忽又抬起頭，面對著沙曼：「可是我這樣做並不是爲了他。」

沙曼：「不是？」

小玉道：「絕不是。」

她的聲音誠懇而堅決，無論誰都聽得出她絕不是在說謊。

沙曼道：「難道你是爲了我？」

小玉道：「也不是。」

她眼睛裡帶著種奇怪的表情：「我是爲了我自己。」

沙曼很意外，道：「可是你並不需要來冒這種險的？」

小玉道：「我有原因。」

沙曼道：「你能不能告訴我？」

小玉道：「現在還不能。」

她勉強笑了笑，慢慢的接著道：「只要陸小鳳能活著回來，我一定會告訴你的，就算你們不想聽都不行。」

午夜，風平浪靜。船走得又快又穩，按照這樣的速度，後天黃昏時就可以看到陸地。

船上有兩班船伕，不當值的都已睡了，走出底艙，就可以聽見他們的鼾聲。

無論什麼人的鼾聲，都絕不會是種很好聽的聲音，尤其是當你睡在他們旁邊的時候，有些人的鼾聲簡直可以讓你聽得恨不得自己是個聾子。

可是陸小鳳現在卻覺得他們的鼾聲很好聽，因爲這種聲音不但能讓他覺得很安全，而且能讓他保持清醒。

宮九是不是也睡著了？

當然沒有，他就算真睡，也不會睡得這麼沉。

他是個不平凡的人，是個超人，他的能力，他所擁有的一切，絕不是任何人所能夢想得到。

他彷彿永遠都能保持清醒。

立刻要去面對這麼樣一個人，陸小鳳心裡是什麼感覺？

有關這個人的傳說，他已聽得太多了，但是面對面的相見，卻完全是另外一回事。

——那些幾乎已接近神話般的傳說，究竟是不是真的？

在這夜涼如水的玉露中宵裡，他一個人會做什麼事？

是在靜坐沉思，還是享受孤獨的真趣？

當值的船伕都在操作，大家各守其位，誰也不敢離開半步。

艙房外並沒有警衛。

九少爺在這裡，有誰敢妄越雷池半步？

這給了陸小鳳不少方便，他很容易就找到了主艙，艙門緊閉，門外悄無人蹤。

沒有人敢打擾九少爺的安寧，尤其是每當午夜的時候，除了宮主，誰也不許在附近徘徊窺伺。

現在陸小鳳來了。

他既沒有徘徊，也沒有窺望，他確知九少爺一定就在這間艙房裡！

他還沒有敲門，就聽見艙房傳出一陣奇異的聲音。

是一種帶著呻吟的喘息聲，就像是條垂死的野獸在痛苦的掙扎。

陸小鳳怔住。

艙房裡是不是還有別的人，正在被宮九虐待折磨？

這世上豈非本就有些人以虐待別人爲樂？

門裡忽然又有人呻吟低呼：「快來救我，我已忍不住啦！」

陸小鳳也忍受不住。他一向痛恨這種以別人的痛苦爲樂的狂人，他用力撞開門闖進去。

二

艙房裡只有一個人。一個頭髮散亂，臉色蒼白的年輕人，正半裸著在地上掙扎翻滾。

他的軀體蒼白而瘦弱，帶著斑斑的血漬，卻是他自己用針刺出來的。

他手裡還有根針。

艙房裡佈置得精雅而華麗，散落在地上的衣衫也是手工精緻、質料高貴的上等貨。

這無疑就是宮九的艙房。

沒有人虐待他，他爲什麼要自己虐待自己？看見陸小鳳進來，他雖然也吃了一驚，但是一種無法忍受的痛苦與渴望，已使他完全失卻了理智。

他又在低呼：「鞭子……鞭子……」

床頭的木架上果然掛著條鞭子。

「用鞭子抽我……用力抽我……」

陸小鳳看見了這條鞭子，卻沒有動手，只是冷冷的看著。

這個人也在看著他，眼睛裡充滿了乞憐和哀求。

「求求你，快……快拿鞭子！」

陸小鳳坐了下來，遠遠的坐了下來。

現在他已想到這個人很可能就是宮九，他知道這世上有的人就是喜歡虐待自己。

自虐雖然是變態的，卻也是種發洩。

陸小鳳從來不能了解這種人，看見宮九，卻忽然明白了。

——他得到的已太多，而且太容易得到，所以他心裡的慾望，只有在虐待自己時，才能真正得到滿足。

陸小鳳冷冷的看著他，道：「你是不是在等宮主？她喜歡用鞭子抽人，我不喜歡。」

這人眼睛裡的乞憐之色忽然變成了仇恨和怨毒，喘息著道：「你喜歡什麼？喜歡沙曼？」

他忽然大笑，瘋狂般大笑：「你若以爲那女人是個淑女，你就錯了，她是個婊子。」

陸小鳳的手握緊。

這人笑得更瘋狂：「她是個不折不扣的婊子，爲了塊肥肉就肯陪人上床睡覺，她十三歲的時候就已經陪人上床睡覺。」

陸小鳳忽然衝過去，拿起了鞭子。別人侮辱他，他也許還不會如此憤怒，侮辱他所愛的人，卻是他絕對無法忍受的！任何人都無法忍受。

這人大笑道：「你是不是生氣了？因爲你也知道我說的是真話？」

陸小鳳咬著牙，忽然一鞭子抽下去，抽在他蒼白瘦弱的胸膛上。

第一鞭抽下去，第二鞭就不難了。這人眼裡發出了光，嘴裡卻還在不停的辱罵，鞭子抽得愈重，他眼睛愈亮，也罵得愈兇。這是雙重的發洩。

他的身子忽然蜷曲，又伸開，然後就躺在那裡，動也不動了。他已滿足。

陸小鳳踉蹌後退，坐了下去，衣服已濕透。他的憤怒已發洩。

他忽然發現自己心裡彷彿也有種奇異而邪惡的滿足。

這種感覺卻令他幾乎忍不住要嘔。

他閉上眼睛，勉強控制自己，等他再張開眼睛時，地上的人已不見了。

艙房裡寂靜無聲，若不是鞭子還在他手裡，他幾乎還以爲剛才又做了場噩夢。

就在這時，一個人從裡艙慢慢的走了出來，漆黑的髮髻一絲不亂，雪白的衣衫上連一根皺紋都沒有，輪廓美如雕刻的臉上帶著種冷酷、自負，而堅決的表情，眼神銳利如刀鋒。

這個人就是剛才那個人，有誰能相信？陸小鳳卻不能不信。

這既不是奇蹟，也不是噩夢，真實的事，有時遠比夢更離奇可怕，更令人作嘔。

這人刀鋒般目光正盯在他臉上，忽然道：「我就是宮九。」

陸小鳳淡淡道：「我知道！」

現在，他終於完全知道宮九是個什麼樣的人了。

——他既不是神，也不是超人，只不過是條蝸牛而已。

因為他總是像蝸牛般躲在他超人的殼子裡，只有在沒人看見時，才會鑽出來透透氣！

也許就因為在蝸牛殼子裡憋得太久，所以他心裡的慾望必須發洩。

他選了種最噁心的法子，只有這種法子才能讓他真正滿足！

現在他雖然又鑽進了他又冷又硬又光鮮的殼子裡，可是陸小鳳已不再怕他。

一個人若是真正看清了另外一個人，對他就絕不會再有所畏懼。

陸小鳳道：「你就是宮九？」

宮九道：「我就是。」

陸小鳳道：「你一定想不到我會來找你？」

宮九冷冷道：「世上不怕死的人很多，並不止你一個。」

陸小鳳道：「我怕死。」

宮九道：「所以你現在一定很後悔。」

陸小鳳：「後悔？」

宮九道：「後悔剛才為什麼不殺了我。」

陸小鳳嘆了口氣，道：「剛才我的確有機會殺了你的。」

宮九道：「你沒有。」

陸小鳳笑了，看著自己手裡的鞭子在笑。

宮九臉上卻完全沒有羞愧之色，剛才這鞭子就好像根本不是抽在他身上的！

陸小鳳道：「我沒有殺你，是我的錯，我並不想要你感激，可是你……」

他的聲音停頓，因爲宮九忽又做出件很奇怪的事。他突然又解開了自己的衣襟，露出了胸膛和後背，他的肌膚光滑潔白如玉。

陸小鳳再次怔住。

——這個人身上的鞭痕和血漬到哪裡去了？

他不懂！雖然他也聽到傳說中有種神秘的功夫，練到某種程度時，就會有種奇異的再生力，可以在瞬息間令創痕平復收口。可是他一直認爲那只不過是種荒謬的傳說而已。

宮九又穿上衣服，靜靜的看著他，道：「現在你是不是已明白了？」

陸小鳳：「明白什麼？」

宮九道：「你剛才並沒有錯，因爲你根本沒有機會。」

陸小鳳道：「所以，你也不必對我感激。」

宮九道：「所以你現在非死不可了。」

陸小鳳又笑了。

宮九道：「無論誰做出了不該做的事，都非死不可。」

陸小鳳道：「何況我還看見了一些不該看的事。」

宮九忽然輕輕嘆息，道：「只可惜現在我還不能殺你。」

陸小鳳道：「因爲你從不免費殺人？」

宮九道：「爲了你，這一點我也可破例。」

陸小鳳道：「你為的什麼？」

宮九凝視著他，過了很久，忽然問道：「她在哪裡？」

這句話問得很奇怪，甚至連「她」是誰都沒有指明。

陸小鳳卻毫不遲疑就回答道：「在箱子裡面。」

宮九道：「你知道我問的是誰？」

陸小鳳道：「我知道。」

他也忍不住問：「你也知道她已落入我們手裡？」

宮九道：「你怕死，可是你來了，你當然不是來送死的。」

兩個人互相凝視著，眼睛裡都帶著種很奇怪的表情。

不管那是種什麼樣的表情，其中多少都帶著些尊敬！

這種對仇敵的尊敬，有時甚至還遠比對朋友的尊敬嚴肅得多。

又過了很久，宮九才緩緩道：「你準備用她的命，來換你們兩條命？」

陸小鳳道：「不是兩條命，是四條命。」

宮九道：「還有兩條命是老實和尙和小玉的？」

陸小鳳不能不承認這個人的確有些超人的地方。

宮九道：「你要的是——」

陸小鳳道：「我只要一個時辰。」

他再解釋：「我帶她走，你的船回轉，一個時辰後我放她走。」

宮九道：「船上的兩條小艇你都已奪下？」

陸小鳳道：「我知道小玉一定不會讓我失望。」

宮九道：「一個時辰，你就讓她來跟我會合？」

陸小鳳道：「四個人用不著兩條小艇，其中一條就是爲她準備的。」

宮九道：「你想得很周到。」

陸小鳳道：「我說話也算數。」

宮九道：「只有不多說話的人，說話才算數。」

陸小鳳道：「你看我像是個多嘴的人？」

他不像！

宮九道：「你能忘記這幾天看見的事？」

陸小鳳道：「不能。」

這些事本就是任何人都忘不了的！

宮九道：「你能替我們保守秘密？」

陸小鳳笑了笑，道：「你們的事我就算說出來，又有誰會相信？」

宮九看著他，眼中露出滿意之色，道：「看來你好像從不輕易答應別人一件事？」

陸小鳳道：「是的！」

宮九道：「不輕諾的人，就不會寡信。」

陸小鳳道：「我總是盡力去做。」

宮九道：「那麼我相信她回來的時候一定平安無恙。」

陸小鳳道：「一定。」

宮九道：「我也相信現在小艇一定已放了下去。」

陸小鳳道：「很可能。」

宮九慢慢的站起來，道：「那麼只要等你一下去，就可以看見這條船已回頭了。」

他站起來，就表示這次談話已結束。

陸小鳳也站起來，看著他，微笑道：「跟你談交易，的確是件很愉快的事。」

宮九淡淡道：「我也一樣。」

陸小鳳大步走出去，拉開了艙門。

宮九看著他的背影，忽然又道：「我只希望這是最後一次了。」

陸小鳳道：「最後一次相見？」

宮九點點頭，道：「下次你再見到我時，我相信彼此都不會有這麼愉快了。」

陸小鳳道：「我也相信。」

三

黑暗的海洋，浪潮已起。小艇在海浪中飄盪，就像是沸水鍋的一粒米。

陸小鳳和老實和尚並肩搖槳，操舵的是小玉。

宮九的船早已回頭了，他們已經在這黑暗的海洋上走了很久。

老實和尙忽然問道：「你真的見到了宮九？」

陸小鳳道：「嗯！」

老實和尙問道：「他究竟是個什麼樣的人？」

陸小鳳沉吟著。這句話本是他常常問別人的，現在居然有人來問他了。他在考慮應該怎麼答覆。

「不知道。」這就是他考慮的結果。

他考慮得愈久，愈覺得只有這三個字才是最好的答覆。因爲他實在不能了解這個人。

老實和尙道：「你們已見過面，但你卻還是不知道？」

陸小鳳嘆了口氣，道：「我只知道一點。」

老實和尙道：「哪一點？」

陸小鳳苦笑道：「我絕不想再看見他，也絕不想跟他交手了。」

船尾的小玉忽然也嘆了口氣，道：「只可惜有些事就算你真的不想去做，有時卻又偏偏非去做不可。」

陸小鳳道：「難道我一定還會看見他？」

小玉沉默著，面對著無邊黑暗的海洋，居然好像沒聽見他問的話。

——這小女孩子心裡是不是也隱藏著什麼秘密？

另外一條小艇用繩子繫在船尾後。

她忽然定住舵，將這條小艇用力拉過來：「現在時候一定已經到了，我們已經應該放她走。」

沙曼默默的打開箱子，牛肉湯還是赤裸著蜷伏在箱子裡，連動都不動。

淡淡的星光，照在她身上，她的胴體就像海浪般柔滑光亮。

沙曼道：「你還不走？」

牛肉湯道：「我爲什麼要走？這箱子裡又暖又舒服。」

沙曼道：「你不想去見你的九哥？」

牛肉湯道：「我若不回去，他遲早總會追上來的，我一點都不急。」她忽然站起來，赤裸的胴體在夜色中發著光，正好面對著老實和尚。她眨著眼問：「和尚有多久沒有看過脫光的女人了？」

老實和尚垂著頭，道：「好像……好像已經有幾百年了。」

牛肉湯笑道：「佛家講究眼中有色，心中無色，和尚爲什麼不敢看我？」

老實和尚苦笑道：「和尚的道行還不夠。」

牛肉湯嫣然道：「難道和尚心裡有鬼麼？」

老實和尚道：「有一點。」

牛肉湯吃吃的笑著，忽然一屁股坐到他懷裡去了：「坐在和尚懷裡去，原來比躺在箱子裡還舒服得多。」

老實和尚頭上已連汗都冒了出來。他當然知道她是在故意搗蛋，要讓這條小艇沒法子走快。

她若不回去，宮九當然會追上來。

可惜和尚心裡雖然有數，卻連一點法子都沒有，非但不敢伸手去推，簡直連動都不敢動。

牛肉湯眼珠子轉了轉，忽然又問道：「和尚有多久沒摸過女人了？」

老實和尚道：「不……不知道。」

牛肉湯道：「是不知道，還是忘記了？」

老實和尚道：「是……是忘記了。」

牛肉湯笑道：「和尚一定連摸女人是什麼滋味都忘了，讓我來提醒你。」

她忽然捉住老實和尚的手——

老實和尚好像已嚇得要叫了起來，幸好就在這時候，一隻手忽然伸過來，扣住了牛肉湯的腕子，一摔一翻，她的人就飛了起來，噗通一聲，掉進海裡。

陸小鳳拍了拍手，道：「割掉繫船的繩子，她上去也好，不上去也好，都不關我們的事了。」

小玉道：「如果她一定要淹死，我們怎麼辦呢？」

陸小鳳道：「我們也只有看著。」

小玉嫣然道：「好辦法，好主意。」

要對付牛肉湯這種人，這的確是最好的法子。

牛肉湯不停的在海浪中跳動著，放聲大罵：「陸小鳳，你這個王八蛋！我絕不會饒了你的，總有一天我要把你切碎了煮來吃！」

十五 仗義救人

一

她罵得聲音好大，陸小鳳卻聽不見，連一個字都聽不見。

老實和尚擦著汗，嘆著氣，苦笑道：「看來這叫做天生的一物治一物。」

忽然間，砰的一聲響，一個浪頭打上了小艇，天上連星光都已被烏雲掩沒。

是不是暴風雨快要來了？

海上更黑暗，小艇搖晃得更劇烈，星光消失後，連方向都已辨不出。

老實和尚用兩隻手緊緊握住船舷，臉上已無人色，不停的喃喃自語：「這怎麼辦？和尚看見澡盆裡的水都害怕，連洗澡都不敢洗。」

小玉笑了，道：「原來……」

一句話還沒有說完，已有個浪頭重重的打在她身上，她的人就倒了下去。

陸小鳳搶著去把舵，可是他就算能把穩舵，辨不出方向又有什麼用？

老實和尚嘆著氣，苦笑道：「現在和尚總算明白了。」

陸小鳳道：「明白了什麼事？」

老實和尚道：「明白宮九為什麼那麼痛快就答應了你。」

他嘆息著又道：「那小子一定早就算出了海上會有風暴，早就知道我們過不了這一關。」

陸小鳳道：「莫忘了他妹妹現在也在這條小船上，那條船並不比我們這條大。」

老實和尚道：「莫忘了那丫頭是個狐狸精，我們是群旱鴨子。」

陸小鳳沉默著，也不禁嘆了口氣，道：「若是有老狐狸在，就好了。」

老實和尚道：「老狐狸是什麼人？」

陸小鳳道：「他也不算是什麼了不起的人，只不過這世上如果有三百種可讓船不要翻的法子，他至少懂得兩百九十九種。」

突聽一個人道：「三百種我都懂。」

小艇的船板忽然有一塊掀了起來，一個人從下面伸出了頭，滿頭白髮蒼蒼，一雙眼睛卻湛藍如海水。

「老狐狸！」陸小鳳叫了起來：「你怎麼還沒有死呢？」

老狐狸眨了眨眼，道：「你有沒有看見魚淹死在水裡？」

陸小鳳道：「沒有。」

魚可能死在水裡，卻絕不是被淹死的。

老狐狸笑道：「我在陸上是條老狐狸，到了水裡，就是條魚。」

小玉道：「是條什麼魚？」

陸小鳳大笑：「當然是條老甲魚！」

風暴已過去。

無論多麼小的船，無論多麼大的風浪，只要有好手操舵，都一定會渡過去的。

老狐狸的手穩如磐石。

「這些日子來，你躲到哪裡去了？」

「當然是在水裡。」老狐狸道。

一個人若能在水下潛伏，的確是最安全的地方。

「你吃什麼？」陸小鳳問。

「大魚吃小魚，老魚吃大魚。」

生魚的營養，遠比紅燒魚、清蒸魚、油煎魚都大得多。

所以他的手還很穩，體力還未消失。

「你怎麼會到這條船上來的？」

「我看見這條船在裝水，就知道它又要走了。」他笑得好得意：「我也知道不到危急的時候，絕不會有人動救生的小船。」

小玉一直在聽著，忍不住嘆了口氣，道：「看來這個人真是條老狐狸。」

老實和尚也忍不住嘆了口氣，道：「總有一天，你也會變成狐狸精的。」

小玉看著他，忽然問道：「你真的從不洗澡？」

老實和尚道：「誰說的？」

小玉道：「剛才你自己說的，看見水你就害怕，怎麼能洗澡？」

老實和尙道：「我乾淨。」

夕陽消失。

老狐狸的眼睛也變得像夕陽般多姿多采。

「我們現在到哪裡去？」

「老狐狸當然要回狐狸窩的。」

他笑得更開心，因爲他知道舵在他手上，別人想不去都不行。

「狐狸窩是個什麼地方？」

「是個只要你去過一次，就一定會想再回去的地方。」

「你去過？」

陸小鳳點點頭，眼睛裡也發出了光。

那些低黯的，總是有煙霧迷漫的屋子，那些粗獷而直率的人，那一杯杯烈得可以讓人流出眼淚的酒，那木板上到處都是洞眼的洗澡房……

也不知道爲了什麼，只要一想起，他心裡就會覺得有說不出的溫暖。

老狐狸瞇著眼，看著他：「你心裡是不是也跟我一樣想回去？」

陸小鳳不能不承認：「有一點。」

老狐狸道：「是只有一點，還是想得要命？」

陸小鳳嘆了口氣，道：「我想得要命。」

老狐狸笑了，順手往前面一指，道：「你看那是什麼？」

陸小鳳回過頭，就看見了陸地。

二

偉大而可愛的陸地，他們終於回來了。

他們當然一定會回來的，因爲他們的信心和勇氣並未消失。

老狐狸興奮得就像是個孩子。

這海岸、這沙灘，甚至連那一塊岩石，都是他熟悉的。

無論他在哪裡，只要他一閉起眼，就能看到。

可是他一上岸就怔住，海岸、沙灘、岩石都沒有變，他的狐狸窩卻變了。

低矮破舊的平房已變得煥然一新，窗戶上也糊起了雪白的窗紙，裡面已不再有粗獷豪邁的笑聲傳出來，他的狐狸窩竟似已變得像座墳墓。

陸小鳳也很意外，忍不住道：「你是不是走錯地方了？」

其實他當然也知道老狐狸是絕不會走錯地方的，世上本就絕沒有找不到自己老窩的狐狸。

可是世上也絕沒有永不改變的事，狐狸窩也一樣會變的。

陸小鳳又道：「你出門的時候，你的狐狸窩交給誰？」

小玉搶著道：「老狐狸出了門，狐狸窩當然交給母狐狸。」

陸小鳳嘆了口氣，道：「我明白了。」

老狐狸道：「你明白了什麼？」

陸小鳳道：「你那條母狐狸，一定也是個狐狸精，狐狸精做寡婦是做不長的，她以爲你已葬身海底，你這狐狸窩現在說不定已換了主人。」

老狐狸冷笑道：「有誰敢要那狐狸精，我倒真佩服他的膽子。」

他們站在一塊岩石後，剛好可以看見狐狸窩那扇新漆的門。

門忽然開了，一個人施施然走了出來，鈎鼻高顴，目光如鷹。

陸小鳳又嘆了口氣，道：「別的人也許會不敢，這個人一定敢。」

陸小鳳道：「我也知道他不敢做的事還很少。」

老狐狸道：「你認得他？」

老狐狸道：「他是誰？」

陸小鳳道：「鷹眼老七，十二連環塢的總瓢把子。」

老狐狸臉色有點變了。

陸小鳳道：「他無論搶了誰的窩我都不奇怪，我只奇怪他怎麼會到這裡來的？」

小玉道：「你爲什麼不去問他去？」

老狐狸道：「這裡是我的地盤，我去問他。」

他說去就去，一轉出岩石，鷹眼老七那雙炯炯發光的眼睛就盯著他。

老狐狸也在瞇著眼睛看他。
鷹眼老七忽然說道：「喂，你過來。」
老狐狸道：「我本來就要過來。」
鷹眼老七指著那條小艇，道：「那條船是你的？」
老狐狸說道：「本來不是，現在已經是了。」
鷹眼老七道：「剛才船上是不是有四五個人？」
老狐狸道：「嗯。」
鷹眼老七道：「別的人呢？」
老狐狸笑瞇瞇的看著他，道：「你是衙門裡的人？」
鷹眼老七搖搖頭。
老狐狸道：「你知不知道這地方本來歸誰管？」
鷹眼老七又搖搖頭，道：「誰？」
老狐狸指著自己的鼻子，道：「我。」
鷹眼老七道：「你就是老狐狸？」
老狐狸笑了笑，道：「所以問話的應該是我，不是你。」
他說問就問：「你是什麼人？幹什麼來的？一共來了幾個？還有別的人在哪裡？」
鷹眼老七冷冷道：「你爲什麼不先回頭看看？」
老狐狸回過頭，就發現已有兩個急裝勁服的黑衣人無聲無息的到了身後。

他還沒有轉身，這兩人已閃電般出手，把他身子架了起來。

鷹眼老七冷笑道：「現在應該由誰來問話了？」

老狐狸苦笑道：「你。」

鷹眼老七冷笑著轉身，大步走進了門，道：「帶他進來。」

「砰」的一聲，門又關起。

兩個黑衣人已將老狐狸架了進來，牆角屋脊後人影閃動，至少還有七八個同樣裝束的黑衣人在這狐狸窩四周埋伏著。

遠處蹄聲響動，還有二十來個騎士在附近往復巡弋，穿的竟全都是七品武官的服色。

陸小鳳已皺起眉，喃喃道：「胡老七的排場幾時變得這麼大的？」

剛才架走老狐狸的那兩人，身法輕快，出手迅急。

埋伏在屋脊牆角後的，武功也絕不比他們差，已全都可以算是一流高手。

能夠用這麼多高手做警衛的人還不多，鷹眼老七本來的確沒有這樣的排場。

在遠處巡弋的騎士們，忽然有一個打馬馳來，牆角後也立刻有個黑衣人迎了上去。

騎士立刻翻身下馬，打躬請安。

他身上穿著雖是七品服色，看見這黑衣人態度卻很恭敬，就像是見到了頂頭上司。

小玉道：「看來不但他的氣派大，他的屬下氣派也不小。」

沙曼道：「這些黑衣人絕不是十二連環塢的屬下。」

陸小鳳道：「你怎麼知道？」

沙曼道：「我聽說過十二連環塢，雖然不能算是個盜窟，也不是什麼好地方。」

陸小鳳道：「難道你認爲這些穿黑衣服的朋友都是好人？」

其實他心裡也知道這些人絕不是十二連環塢的屬下，十二連環塢從來不跟官府打交道的。

可是現在他的情緒很不穩定，很想找個人來鬥鬥嘴。

這種法子對於穩定他的情緒，通常都很有效。

沙曼卻不理他了。

陸小鳳捏了捏她的鼻子，道：「你怎麼忽然變成啞巴了？」

沙曼故意板著臉，道：「你要我說什麼？」

陸小鳳又捏捏她的臉，道：「我知道你一定已看出了他們是什麼人？」

沙曼道：「他們當然都不是好人。」

陸小鳳道：「爲什麼不是好人？」

沙曼道：「因爲你說的。」

陸小鳳道：「我說的話你都聽？」

沙曼道：「我不聽你的話，聽誰的話？」

陸小鳳笑了，忽然摟住她的腰，在她嘴上親了親，沙曼再想板起臉已不行了。

她整個人都已軟在他懷裡。

小玉嘆了口氣，道：「你們幫幫忙好不好，就算要親熱，至少也該分分時候，看看地方。」

沙曼道：「你若看著難受，我也可以讓他親親你。」

陸小鳳笑道：「只可惜我的嘴現在沒有空。」

他們的嘴的確都忙得很，那邊兩個人的嘴也沒有閒著。

穿著七品服色，全身甲冑鮮明的武官，一直都在躬著身，和那黑衣人說著話，說的聲音很低，臉上的表情嚴肅而恭謹，彷彿正在報告一件極機密的軍情。

那黑衣人卻好像已聽得有點不耐煩了，已經在揮手要他走。

沙曼壓低聲音，道：「這個人一定是『天龍南宗』的弟子。」

陸小鳳道：「你看得出？」

沙曼道：「天龍南宗的輕功身法很特別，剛才對付老狐狸的兩個人，用的擒拿法也是天龍南宗的獨門手法，所以我才說他們絕不是十二連環塢屬下。」

這次陸小鳳沒開口，小玉卻問道：「爲什麼？」

沙曼道：「天龍南宗的大師兄是個天閹，所以就索性淨身入宮做了太監，近年來據說很有權，就將他的師弟們都引進宮去，所以天龍南宗的門下，十個中倒有九個是大內侍衛。」

小玉道：「所以連這些武官們看見他們都得低下頭？」

沙曼道：「就算再大一點的官，看見他們都得低頭的。」

小玉道：「可是大內的侍衛們怎麼會到這裡來了？怎麼會跟著鷹眼老七？」

沙曼故意氣她：「你爲什麼不自己去問問他？」

小玉眨了眨眼，道：「曼姑娘若是真的叫我去，我就去。」

她沒有去。

因爲那一直低著頭的武官，頭忽然抬了起來，那一直趾高氣揚的黑衣人卻倒了下去。

陸小鳳彷彿看見那武官手裡刀光一閃，刺入了黑衣人的腰。

黑衣人身子立刻軟了，那武官又托住了他，往狐狸窩那邊走，臉上在陪著笑，嘴裡還在說著話，可惜黑衣人卻已聽不見了。

從陸小鳳這個角度看過去，正好可以看見他腰上軟脅下的衣裳已被鮮血染紅。

這地方正是人身上致命的要害，這一刀出手狠毒而準確。

一個小小的七品武官，怎麼會有這麼快的刀？爲什麼要刺殺大內的侍衛？

這狐狸窩裡究竟有些什麼人，什麼秘密？

三

陸小鳳的手已放鬆了沙曼。

小玉也沒有再看他們。

此刻在他們眼前發生的事不但緊張刺激，而且很神秘，他們已完全被吸引。

現在，那武官幾乎已快進到狐狸窩的後門，另外的騎士也開始悄悄的策著馬走過來。

牆角後又閃出個黑衣人，武官正在向他招呼，也不知說了句什麼話。

黑衣人立刻一個箭步竄了過去，武官手裡忽然又有刀光一閃，又刺入了這人的腰。

這一刀出手更準更快，黑衣人連哼都沒有哼就倒了下去。

看來這七品武官不但是個武功高手，殺人的經驗似極豐富。

可是這裡已到了禁區，四周埋伏的暗卡都已被驚動。

十來個裝束打扮完全一樣的黑衣人都已現了身，亮出了兵刃。

遠處的騎士也揮鞭打馬，衝了過來，前面的一排人，使的是大槍長戟，騎術精純，顯然都是久經戰陣的沙場老將。

後面的一排人用的卻是江湖常見的短兵刃，有的還亮出了腰畔的暗器囊。

那武官已將黑衣人的屍身用力掄了出去，厲聲道：「我們是奉王爺之命拿人的，若有人敢抗命，一律格殺勿論。」

黑衣人中也有人厲聲道：「我們才是王府的侍衛，你們算什麼東西？」兩句話說完，戰馬已衝了過來，前面的一排人長槍大戟飛舞，聲勢十足驚人，後面的一排騎士卻忽然從馬鞍上飛身而起，找機會要衝進狐狸窩去，一個個輕功都不弱，出手的暗器更狠毒。「天龍南宗」也正是以輕功和暗器知名的，雙方針鋒相對，出手也絕不留情。

陸小鳳看傻了，他實在不懂這是怎麼回事？

可是他已看出了另外一件事——天龍南宗門下弟子的武功，並沒有江湖傳說中那麼高明，那些穿著七品官服色的騎士卻都是一等一的高手。

因爲就在這一瞬間，黑衣人已倒下五六個，狐狸窩的窗戶已被撞碎了三四扇，已經有七八個人闖了進去。

剛才在一瞬間就已手刃了兩個黑衣人的武官，現在又殺了兩個。

第一個闖進去的就是他。

看到了這個人殺人，陸小鳳就想起了他家裡的廚子。

他小時候常常溜到廚房去，看那個廚子削黃瓜，切白菜。

這個人殺人，就好像那個廚子斬瓜切菜一樣。

他的刀絕不會落空的。

——屋子裡究竟有些什麼人？

至少有老狐狸和鷹眼老七，陸小鳳總不能不承認他們是他的朋友。

——朋友，多可愛的兩字，一個人能不能沒有朋友？

不能。

——一個人能不能看著朋友像黃瓜白菜一樣被砍斷？

不能。

——一個人能不能在聽見朋友的慘呼聲時裝作聽不見？

不能。

至少陸小鳳不能。

他已經聽見了老狐狸的慘呼聲。

那是種很奇怪的聲音，就好像一個小女孩被人強姦時發出來的一樣。

一個很小很小的女孩子。

陸小鳳很想裝作聽不見，可是他不能。

沙曼看著他，忽然問道：「老狐狸是不是你的朋友？」

陸小鳳道：「不是。」

沙曼道：「你想不想去救他？」

陸小鳳道：「不想。」

他真的不想，因爲他實在沒有把握對付那絕不是真武官的武官。

可是他的人已衝了出去。

如果你心裡有痛苦，喝醉了是不是就會忘記？

不是！

——爲什麼？

因爲你清醒後更痛苦。

——所以喝醉了對你並沒有好處。

絕沒有。

——那末你爲什麼要醉？

我不知道。

一個人爲什麼總是常常要去做自己並不想做的事？

我不知道。

屋子裡的情況很慘，本來那些趾高氣揚的黑衣人，現在大多數已倒了下去，有的倒在自己的血泊中，有的死魚般掛在窗櫺上。武官們的刀鋒上都有血。

三柄帶血的刀鋒架住了老狐狸的脖子，另外四柄逼住了鷹眼老七的咽喉，他們看見陸小鳳衝進來的時候，就好像看見了天降的救星，武官們看著他衝進來，卻像是在看著隻自投羅網的笨鳥。

只有陸小鳳自己心裡知道自己究竟是什麼。

——陸小鳳就是陸小鳳，一個既不能算太好，也不能算太壞的人，有時很聰明，有時很笨，有時很衝動，有時很冷靜。

一進了這屋子，他就忽然變得很冷靜，因爲他畢竟是來救人的，不是來送死的。

陸小鳳自己先替自己留了條路——如果救不了別人時，只有先救自己。

武官們冷眼看著他。

他在笑，客客氣氣的拱著手笑道：「各位勞師動眾，遠道而來，爲的就是來抓這兩個人的？」

沒有人回答，沒有反應。

陸小鳳道：「他們犯了什麼罪？」

還是沒有人回答，沒有反應。

陸小鳳忽然覺得自己的胃在收縮，就像狂醉後的第二天早上又被人在胃上踢了一腳。

倒在血泊中的人忽然已站起來，掛在窗櫺上的死魚忽然又變得生龍活虎。

陸小鳳變成了條魚，一條網中魚。

魚在落入網中時，會掙扎、會擺動，想衝出網去。

陸小鳳不是魚。

所以他一動也沒有動。

——只要動一下，架在他胸膛和咽喉上的七把刀就會要去他的命。

——他怎麼能動？

他忽然變得更冷靜，冷靜的站著，像一座山那樣屹立。

陸小鳳在遇到危機時，能夠冷靜，有一個人卻不能。

——誰？

沙曼。

陸小鳳已經進去很久了，他怎麼還不出來？

沙曼看到過黑衣人和大內侍衛的武功，她相信，陸小鳳絕對可以勝過他們。

——然而，陸小鳳怎麼還不出來？

一定是遇到了什麼？

「什麼」有很多解釋。

對戀愛中的沙曼來說，「什麼」的解釋只有一種，那就是危機。

所以她一點也冷靜不起來。

她站起就要往裡面衝。

有一個人卻不想她衝進去。

——誰？

老實和尚。

所以老實和尚就拉住沙曼的衣袖。

沙曼絕不會讓老實和尚拉住她的衣袖。

所以老實和尚只好擋在沙曼的面前。

沙曼道：「你爲什麼要攔住我？」

老實和尚道：「不是我攔住你。」

沙曼指著老實和尚道：「難道站在我面前的人，不是你？」

老實和尚道：「這只是我的身體。」

沙曼道：「你是說，有人要你攔住我？」

老實和尚點頭。

沙曼道：「誰？」

老實和尚道：「陸小鳳。」

沙曼道：「我不懂。他什麼時候要你攔住我？」

老實和尚道：「他並沒有要我攔住你。」

沙曼詫異的看著老實和尚。

老實和尚道：「我知道他一定不希望你進去。」

沙曼道：「爲什麼？」

老實和尚道：「因爲他們在裡面，一定是談一件極機密的事。」

沙曼道：「你怎麼知道？」

老實和尚道：「我就是知道。」

沙曼道：「萬一——」

老實和尚道：「你放心，我保證陸小鳳絕不會有危險。」

陸小鳳真的沒有危險嗎？

難道架在他胸膛和咽喉上的七把刀，不是真刀？

刀當然是真刀，只不過架在陸小鳳胸膛和咽喉上沒有多久，忽然就全都撤去而已。

鷹眼老七忽然大笑道：「陸小鳳果然是陸小鳳，在最危險的時候，依然是那麼鎮靜。」

老狐狸也笑道：「陸小鳳在水裡鎮靜，在陸地更鎮靜，佩服！佩服！」

陸小鳳道：「兩位的玩笑，也未免開得太大了，如果我不鎮靜，豈非早就喪生在你們的刀下？」

鷹眼老七道：「不這樣做，他們就不相信陸小鳳的獨到功夫，情非得已，還請多多包涵。」

陸小鳳道：「爲什麼要他們相信我的功夫？」

鷹眼老七道：「因爲我要請你幫我一個忙。」

陸小鳳道：「幫忙也用得著這樣嗎？」

鷹眼老七道：「這件事不但離奇，而且神秘，不但神秘，而且充滿了危機。」

陸小鳳道：「哦？」

鷹眼老七道：「這件事牽涉到三千五百萬兩的金珠珍寶。」

陸小鳳道：「還有呢？」

鷹眼老七道：「還有一百零三個精明幹練的武林好手，都在一夜之間失蹤了。」

陸小鳳的眼睛已經張大，因爲這麼龐大的財寶，這麼多位武林好手，竟然在一夜失蹤，這件事一定很神秘，很危險，也一定很好玩。

神秘、危險、好玩，三樣之中只要有一樣，陸小鳳就會被吸引，更何況三種都有的事？

所以陸小鳳就靜靜聽著鷹眼老七報告整個事件的經過。

說到最後，鷹眼老七加上一句：「這件事，不但關係中原十三家最大鏢局的存亡榮辱，而且江湖中至少有七十八位知名之士，眼看就要因此而身敗名裂、家破人亡。」

陸小鳳聽完整個故事，一言不發。所有人都沒有發出聲音，一點也沒有。

因爲他們怕一點聲音，也會影響陸小鳳的沉思。

所以他們都屏息靜氣，看著有四條眉毛的陸小鳳。

陸小鳳看著鷹眼老七道：「三批人查訪都毫無結果？」

鷹眼老七道：「沒有，一點也沒有。」

陸小鳳道：「一點可疑的地方也沒有查獲？」

鷹眼老七道：「有一個可疑的地方，就是出事前那天早上，有一批木匠到過那裡，帶著幾大車木材，據說是爲了要做佛像和木魚用的。」

陸小鳳的眼睛亮了起來，追問道：「做佛像和木魚？」

鷹眼老七道：「是的。」

陸小鳳道：「你們爲什麼不繼續追查？」

鷹眼老七道：「查過了，那批人在當天晚上就離開，而且我們發現，他們都是太平王府的木匠，一點可疑的地方也沒有。」

陸小鳳道：「哦？」

陸小鳳的四條眉毛彷彿要皺在一起，這是他沉思的樣子。

陸小鳳抬頭，看著圍在四周的黑衣人和武官，對鷹眼老七道：「這些都是負責辦案的人？」

鷹眼老七道：「是的，假如再也查不出消息，我們都只有一條路走。」

老狐狸道：「死路。」

陸小鳳道：「這件事與你有什麼關係？」

老狐狸道：「本來一點也沒有，只可惜我的狐狸窩忽然來了一個人。」

陸小鳳道：「誰？」

老狐狸道：「你。」

陸小鳳道：「我？」

老狐狸道：「因爲我沒有死，所以鷹眼老七就認爲你也應該活著，所以我們就在這裡等了你五天。」

陸小鳳道：「你們等到了。」

等是等到了，可是有用嗎？

六月十五就是太平王的世子所給的限期了，而現在已經是六月十四日。

所以鷹眼老七的臉色也並沒有多好看。

陸小鳳道：「太平王的世子是個講道理的人物？」

鷹眼老七道：「絕對是。」

陸小鳳道：「那你轉告他，說有人看到過那一百零三個人裡的一個，而且，也看過那批失落的珠寶。」

所有的人目光都盯在陸小鳳臉上。

鷹眼老七的眼瞪得最大。

「真的？」這是大家異口同聲的問話，聲音裡有著興奮和緊張。

「陸小鳳畢竟就是陸小鳳！」

這是鷹眼老七的讚嘆。

他卻不知道，陸小鳳看到那一百多尊佛像時，已經歷了多麼險惡的暴風雨和驚濤駭浪。

陸小鳳幾乎喪生在大海裡。陸小鳳幾乎死在牛肉湯的一句話裡。陸小鳳幾乎被賀尙書殺死。

但他都化險爲夷，而且在那間密室中看到那些木魚、木魚裡的珠寶，還有「住在」佛像裡的「大力神鷹」葛通。

陸小鳳忽然想起了他被暴風雨打落海中時，看到的一種魚。

——木魚。

那時他正坐在一尊佛像上。

所以陸小鳳就對老狐狸道：「東西是你運走的。」

吃驚的當然不止老狐狸而已。

——還有鷹眼老七和那批黑衣人及武官。

他們忽然圍住老狐狸。

老狐狸想苦笑，但是連一點悽慘的笑容都擠不出來。

陸小鳳道：「但是你卻一點也不知道內情。」

老狐狸長長的舒了口氣。

鷹眼老七道：「那批東西現在在哪裡？」

陸小鳳道：「你信任我？」

鷹眼老七道：「這件案子一發生，我就想到只有你能破案，便專程來找你，你想，我對你會不信任嗎？」

陸小鳳道：「好，那你就去回覆太平王的世子，請他再給你十五天的期限。十五天之內，我一定給你找回來。」

氣。

鷹眼老七道：「我能不能跟你一起去？」

陸小鳳道：「不能。」

鷹眼老七道：「爲什麼？」

陸小鳳道：「因爲那裡實在太危險了。」

陸小鳳絕不讓別人去涉險，危難的事，他只會奮不顧身的自己去解決，這是陸小鳳的脾氣。

鷹眼老七了解陸小鳳的脾氣。所以他沒有堅持。

陸小鳳道：「現在我只需要一條大船，和老狐狸的幫忙。」

老狐狸忽然覺得很愉快。

連鷹眼老七都不能參與的事，他老狐狸竟然能夠，這豈非是人生一大樂事？

十六　重回島上

一

老狐狸的快樂並沒有維持很久。

因爲一到了上次遇到暴風雨的海域，陸小鳳就自己跳入小艇中，一個人帶著一瓶水、一袋乾糧，划著小艇走了。

這一次他們沒有遇到暴風，陸小鳳就決定一個人在小艇上隨海波漂浮。

他記起在島上，小老頭對他說過：「也就因爲這股暖流，所以你才會到這裡來。」

所以他不停的探手入水中，試探水的冷暖。

他試了已經有兩百七十六次了，海水卻只冷不暖。

他開始焦急起來。

他很懷疑自己能否隨水漂到島上。

他開始後悔，後悔自己一再堅持不讓沙曼來。

假如沙曼在身邊，管他水流怎麼漂，管他水流把他們漂到哪裡？最好漂到世界的盡頭，漂到幸福的國度，漂到傳說中的蓬萊仙島。

他渴望沙曼在身旁。

陽光是那麼燦爛，海水一片湛藍，海波微揚，偶爾還漾起一大片的銀色閃光。

假如有沙曼在身旁，這是多美好的事！

沙曼！沙曼！他是否愛上了沙曼？

他笑了笑。

這時候，老狐狸的船大概已經回航了吧？

沙曼在老狐狸的船上，是否也在想他？抑或在和小玉訴說她的思念？抑或和老實和尚開玩笑？

想起了老實和尚，陸小鳳立刻坐了起來。

萬一老實和尚不老實怎麼辦？

啪！啪！

這是陸小鳳左右開弓，自己打了自己兩記耳光的聲音。

老實和尚會不老實？也許對別人會耍耍詐，可是陸小鳳能懷疑嗎？他不是把自己和沙曼救了出來嗎？

陸小鳳又舉起手，正準備再打自己兩記耳光，手突然停在半空。

因爲他看見前面出現了灰濛濛的一個小點。

陸小鳳的心噗通的跳了一下，那個就是他到過的島嗎？

二

星星，滿天的星星。

閃亮的星星。

璀璀璨璨的星星。

在海邊看星，實在是一件很愉快的事。

當然，假如沙曼在身邊，那就更好了。

不過陸小鳳並沒有覺得很遺憾。

因爲，他必須在日出之前，想清楚一件事。

關於岳洋，關於小老頭，關於宮九，關於牛肉湯，關於那一批失落的珠寶，關於那一百零三個失蹤的武林好手。

在接近解決問題的邊緣時，陸小鳳的表現，一向是大丈夫的表現。

——拿得起，放得下。

——最重要的，是能夠忘情棄愛。

這是真英雄的本色。

在面對敵人時，假如還婆婆媽媽，還留戀旖旎的愛情，這個人絕對會被敵人擊敗。

陸小鳳未被擊敗過。

陸小鳳只有在該談愛的時候才談愛，該纏綿的時候才纏綿。

現在是該作分析敵情的時候。

所以沙曼雖然不在身旁，陸小鳳並不感到遺憾。

他想到那一百零三個失蹤的人。

這一百零三個人，一定在這島上，只是，他們都失去了活動的能力。

每天只喝一勺牛肉湯的人，手腳還有活動的能力嗎？

牛肉湯這樣對待他們，爲的是什麼？

她爲什麼不乾脆把他們都殺死？

讓他們苟延殘喘的活著，目的在哪裡？

他想到那一批價值三千五百萬兩的金銀珠寶。

多龐大的數目！

多龐大的劫案！

很明顯，這次劫案的主謀，一定是小老頭。

岳洋只不過是負責押運珠寶的小角色而已，在這次劫案中，應該不是個重要的人物。

重要的人物只有兩個。

小老頭和宮九。

小老頭是主謀，宮九是執行者。

以島上如雲的高手，劫持這批珠寶，實在是輕而易舉的事。

然而重要的不在這裡。

重要的是，到底是誰殺死崔誠？

陸小鳳忽然想起了一段話。

小老頭說的一段話。

——殺人的方法只有一種。

——殺人之後，不但能絕對全身而退，而且要絕對不留痕跡，所以殺人工具雖多，正確的方法卻絕對只有一種。

——這不但需要極大的技巧，還得要有極精密的計劃，極大的智慧和耐心。

是小老頭殺死崔誠？

不可能。小老頭用不著親自出馬。

是宮九？

應該是他。但是，他是怎麼殺崔誠的？

崔誠的密室外，有五道防守嚴密的鐵柵門，能自由出入的，只有程中和蕭紅珠。

是宮九買通程中和蕭紅珠來殺害崔誠？

有可能。可是，爲什麼他們進入密室後，程中和蕭紅珠都已經死了？

他們絕不可能自殺！

而密室的四面牆壁，是整塊的花崗石，鐵門不但整天有人換班防守，還配有名匠鑄成的大鐵鎖。

這麼嚴密的保護，誰能進去殺人？

連小老頭也絕對進不去！

只有一種人能夠進去！

隱形的人！

對，隱形的人！

陸小鳳興奮起來了！他知道，只有小老頭知道這個人怎麼隱形。

所以他明天一早第一件要辦的事，就是去找小老頭。

現在，他只需要充足的睡眠。

三

朝陽初昇。

陽光把陸小鳳的眼睛刺開。

他站起身，活動一下筋骨，發覺昨夜睡得很熟，現在精神奕奕。

他邁步向前走，走到那長滿藤蘿的山崖，撥開藤蘿，走入那小徑中，走在那草地上。

綠草，流水，一切都和上次來時相同，除了一樣。

——這次沒有岳洋來迎接他。

不但沒有岳洋，連一個人的影子也沒有。

靜。出奇的靜。

除了淙淙的流水聲外，陸小鳳幾乎可以聽到草長花開的聲音。

「靜得可以聽到花開草長的聲音，是嗎？」

陸小鳳被這聲音嚇了一跳。

他轉身一看，就看到說話的人。

依舊是圓圓的臉，半禿的頭，臉上還是帶著那種和藹的笑容，身上還是穿著那質料極好的衣服。

——小老頭。

陸小鳳看著小老頭，微笑道：「你的出現，總是那麼突如其來？」

小老頭道：「你上次在這個島上看到的事，你認爲很怪異？」

陸小鳳道：「怪異極了。」

小老頭道：「這個島是不是很神秘？」

陸小鳳道：「神秘極了。」

小老頭道：「我是這個島上的主人。」

陸小鳳道：「所以你理所當然的透著神秘？」

小老頭道：「一點不錯。」

陸小鳳道：「你知道我這次重回島上，有什麼目的？」

小老頭道：「我當然知道，你有很多疑問，需要我給你答案。」

陸小鳳道：「你會給我答案嗎？」

小老頭道：「你看呢？」

陸小鳳道：「會。」

小老頭道：「爲什麼？」

陸小鳳道：「以你的武功，以你的智慧，你根本不必隱瞞任何事。」

小老頭道：「你說得很對，只是我卻另外有一個希望。」

陸小鳳道：「什麼希望？」

小老頭道：「我希望你是回來告訴我一件事。」

陸小鳳道：「什麼事？」

小老頭道：「你願意加入我這一行。」

陸小鳳道：「我只有讓你失望了。」

小老頭道：「我知道。」

陸小鳳道：「你怎麼知道？」

小老頭道：「因爲你是一個人回來的。」

陸小鳳道：「哦？」

小老頭道：「如果你要加入我這一行，你就會帶著沙曼回來。可是你並沒有。」他臉上帶著微微感嘆的神色，續道：「我希望我的失望是暫時的。」

陸小鳳道：「對於你的希望，我很抱歉不能給你任何諾言。」

小老頭點點頭道：「我知道。」

陸小鳳道：「你又知道？」

小老頭道：「因為你不是別人，你是陸小鳳。陸小鳳是最重諾言的。」

陸小鳳心裡實在高興極了。別人的讚賞，並不算什麼，這個曠世奇人小老頭，能夠說出這番話來，陸小鳳焉能不高興？

小老頭又道：「你能夠逃過宮九在船上的攻擊，我相信，你的智慧，絕對比我高，我相信，你對於那批珠寶失竊的事，一定想出了很多線索。」

陸小鳳道：「我只知道一件事。」

小老頭道：「哪一件？」

陸小鳳道：「竊案是你策劃的，珠寶和失蹤的人都在島上。」

小老頭道：「你說對了一半。」

陸小鳳道：「哪一半？」

小老頭道：「前面的一半。」

陸小鳳吃驚道：「你是說，珠寶和人已經不在島上？」

小老頭道：「不錯。」

陸小鳳道：「宮九已經把珠寶和人運回去？」

小老頭道：「人，宮九另有打算。珠寶，總是要花掉的。」

陸小鳳道：「他一個人怎麼花？」

小老頭道：「不是一個人，是很多人。」

陸小鳳恍然道：「怪不得這裡的人一個也不剩，原來他們都去花這筆錢去了。」

小老頭道：「所以，我心目中理想的接班人，只有一個。」

陸小鳳道：「誰？」

小老頭道：「你！」

陸小鳳道：「爲什麼只有我？」

小老頭道：「因爲他們都不能甘於寂寞。大吃大喝大玩大鬧的人，是很容易被人控制的人。」

陸小鳳道：「對你來說，這不是很理想嗎？」

小老頭道：「是很理想，只是，我也就很寂寞了。」

陸小鳳道：「因爲你找不到接你的班，做領導的人？」

小老頭道：「所以，我很喜歡你。」

陸小鳳微笑，沒有說話。

小老頭道：「你對這件竊案，有什麼疑問？」

陸小鳳道：「以你們的人力和武功，我知道，要竊去這批珠寶，是輕而易舉的事。所以，我只有一個問題想不透。」

小老頭道：「哪一個問題？」

陸小鳳道：「崔誠的死。」

小老頭笑道：「記得我對你說過的隱形人嗎？」

陸小鳳點頭道：「我的意思是，殺崔誠的人，是怎麼隱形的？」

小老頭沒有回答。

陸小鳳也沒有追問。

陸小鳳知道，像小老頭這種人，如果他願意說出答案，他會毫不考慮的就說出來，如果他不願意說，怎麼問，也問不出來。

所以他就陪著小老頭喝酒聊天。

船緩緩離開，陸小鳳站在船尾，看著在海風中衣袂飄飄的小老頭，心中一直思索小老頭的最後一句話：

「前途險惡，你要多珍重。」

十七　宮九的陰謀

一

天色晴朗。

陸小鳳起先以爲天氣會非常惡劣。他心底也希望天氣惡劣。

因爲小老頭的「前途險惡」，他希望指的是天氣，小老頭深知天文地理，所以他認爲小老頭指的是氣候的險惡。

但是天空卻藍得一如無波的海水。

假如小老頭指的不是天氣惡劣，那麼，他指的一定是有一個陰謀，在陸地上等待著他。

這點很令陸小鳳擔心。人心一向都比氣候難對付，尤其是一心想對付你的一顆險惡的心。

小老頭絕對不會暗算他。

想打倒陸小鳳的，無疑只有一個人——宮九。

神秘的宮九。

陸小鳳在思考那件大竊案時，就懷疑崔誠是宮九殺死的，但卻想不出，宮九如何通過五道鐵柵，進入密室，去殺崔誠、蕭紅珠和程中。

他沒有帶鷹眼老七一起的原因，就是他不希望打草驚蛇。

他必須要找出殺害崔誠的兇手。而且，看到那批珍寶，並不等於破案。

二

沙灘雖然很小，沙卻又白又細又軟，陽光照在上面，彷彿像雪一樣。

陸小鳳以爲沙灘上會有一個人。

一個等他的人——沙曼。

沙曼應該在沙灘上等他的，爲什麼卻不見她的蹤影？

雖然他和沙曼分手時，並沒有約定在這裡等他，但陸小鳳心中卻認爲沙曼會在這裡等他，然後一同在沙上融融細語，看火紅的夕陽沉落水平線下，看漫天彩霞映照天邊，然後才攜手回去見小玉和老實和尚。

然而，除了海浪輕輕拍擊，除了微微的海風輕拂外，沙灘上渺無人蹤。連一雙腳印也沒有。

——沙曼他們是否發生了什麼意外？

陸小鳳的步子走得更急了。

走過沙灘，是一大塊一大塊深棕色的石頭，這是一條異常美麗的海岸線。陸小鳳卻無心欣賞。

走過長長的石灘，就到了一道懸崖前。一縱身，陸小鳳飛上崖頂。

崖頂上也沒有沙曼的蹤影。

——難道沙曼一點也不急著見我？

——她為什麼不在這裡守候我的歸來？

陸小鳳看到那間老實和尚他們居住的木屋，卻有點不敢向前走。

——萬一屋內已經物事全非，萬一……

陸小鳳停在屋前，心中躊躇起來。

木門緊閉，屋內毫無人聲。陸小鳳踏出他沉重的步伐。

陸小鳳的手停在木門前。

推門。

陸小鳳看到三個人坐在裡面。

老實和尚、沙曼、小玉。

三個人也看到陸小鳳，但臉上一點高興的表情也沒有。

——雖然只分別數天，但是，連沙曼也沒有重逢的喜悅嗎？

陸小鳳的心忽然噗通噗通的跳了起來。

——發生了什麼事？

陸小鳳以疑問的眼光巡視他們，最後落在沙曼的臉上。

沙曼笑了。苦笑。

陸小鳳忍不住大聲問道：「你們究竟怎麼了？就算不歡迎我，也不應該用這種表情對我呀。」

老實和尚看著陸小鳳道：「你要我們怎麼樣？」

陸小鳳道：「最少也該笑笑，說兩句問候我的話。」

老實和尚露出牙齒，應酬式的撇撇嘴巴，表示笑過了，然後道：「你好嗎？海上風浪大吧？」

陸小鳳瞪著老實和尚道：「如此而已？」

老實和尚道：「如此而已。」

陸小鳳高聲道：「你們沒有別的話可說了嗎？」

老實和尚、沙曼、小玉，三個人一起注視著陸小鳳，異口同聲道：「有。」

陸小鳳看著沙曼，道：「你說。」

沙曼道：「你知道我為什麼既沒有在沙灘等你，也沒有在崖邊等你的原因嗎？」

陸小鳳道：「我就是不知道。」

沙曼道：「因為你有了麻煩了。」

陸小鳳道：「我有了麻煩？有麻煩是我的事，跟你來不來接我，一點也沒有關係呀！」

沙曼道：「有關係。」

陸小鳳道：「你說。」

沙曼道：「第一，你有了麻煩，我就沒有了心情。」

陸小鳳道：「第二呢？」

沙曼道：「我們剛才，就是你回來前，正好在這裡研究你的麻煩。」

陸小鳳道：「這樣說，我的麻煩可就大了？」

小玉道：「很大，跟一樣東西一樣大。」

陸小鳳道：「跟什麼東西一樣大？」

小玉道：「跟你的頭一樣大。」

陸小鳳道：「我的頭一點也不大呀？」

小玉道：「等你知道你的麻煩以後，我保管你一個頭有三個大。」

陸小鳳已經感到他的頭大起來了。

這時，老實和尚忽然冒出來一句話：「你這次回到島上，一定什麼收穫也沒有吧？」

陸小鳳以奇怪的眼神看著老實和尚道：「你怎麼知道？」

老實和尚道：「你在海上的時候，陸地上發生一些事。」

陸小鳳道：「什麼事？」

老實和尚道：「那批失竊的珍寶，有幾顆最名貴的，已經被人賣掉了。」

陸小鳳道：「哦？」

老實和尚道：「而且，也有人發現了陳平、李大中、孫五通……」

陸小鳳道：「慢著！慢著！陳平、李大中、孫五通是什麼人？」

老實和尚道：「他們什麼人也不是，只不過他們剛好都參加了這次失竊珍寶的保鏢而已。」

陸小鳳道：「你是說，他們被人發現？」

老實和尚道：「不是。」

陸小鳳道：「又不是？」

老實和尚道：「不是他們的人被發現，而是他們的屍體被發現。」

陸小鳳道：「屍體？」

老實和尚道：「也不能說是屍體，因爲發現他們的時候，他們還會講一句話。」

陸小鳳道：「一句話？什麼話？」

老實和尚道：「一句替你惹來無窮煩惱的話。」

陸小鳳看著老實和尚，等著他把下面的話說出來。

老實和尚卻忽然不開口了。

陸小鳳看著小玉。

小玉道：「陳平在臨死前說，珠寶是陸小鳳偷的。」

陸小鳳呆住。

沙曼道：「李大中也這麼說。」

老實和尚道：「孫五通也是這麼說。」

小玉道：「這叫眾口鑠金。」

陸小鳳道：「除了我的嘴巴以外。」

沙曼道：「只可惜他們絕不會聽你解釋。」

陸小鳳道：「他們？他們是誰？」

沙曼道：「官兵，太平王世子派出來的特遣高手。」

陸小鳳道：「捉我？」

沙曼道：「捉你歸案。」

陸小鳳道：「陳平、李大中、孫五通他們被發現時，三個人在一塊嗎？」

沙曼道：「不但不在一塊，而且相隔了幾百里地。」

陸小鳳道：「可怕。」

沙曼道：「什麼可怕？」

陸小鳳道：「宮九的詭計。」

沙曼道：「你肯定這是宮九的詭計？」

陸小鳳道：「是的，因爲陳平、李大中那批人，我在島上見過。」

老實和尙忽然盯著陸小鳳的四條眉毛。

陸小鳳道：「我這四條眉毛怎麼了？」

老實和尙道：「恐怕要剃兩條。」

陸小鳳道：「爲什麼？」

老實和尙道：「因爲大家都知道陸小鳳有四條眉毛，大家都知道陸小鳳偷走了珠寶，大家都在緝拿陸小鳳，假如你還是四條眉毛，目標豈不是過分明顯？」

陸小鳳撫摸著嘴巴的兩條眉毛道：「剃掉了，豈不可惜？」

老實和尙道：「我說的，不是這兩條。」

陸小鳳吃驚道：「你要我把真的眉毛剃掉？」

老實和尙道：「這樣我保證沒有人認得你。」

陸小鳳道：「你殺了我吧！」

老實和尙道：「我爲什麼要殺你？」

陸小鳳道：「因爲你要剃我的眉。」

老實和尙道：「我只不過提一點建議而已。」

陸小鳳道：「我勸你最好再也不要提。」

老實和尙道：「那我就不提。」

陸小鳳伸出手，要和老實和尙相握，並道：「好友！」

老實和尙手一縮道：「好友歸好友，手是不能握的。」

陸小鳳道：「爲什麼？」

老實和尙道：「因爲和尙的手是吃素長肉，你的手是吃肉長肉的。」

陸小鳳愣住。

小玉和沙曼掩嘴微笑。

陸小鳳把伸出的手收回時，老實和尙卻伸出他的手。

陸小鳳道：「你爲什麼現在又要和我握手？」

老實和尙道：「我忽然悟出一番道理。原來我小時候也吃過肉的。我這手也是吃肉長肉的。」

陸小鳳的表情令小玉和沙曼哈哈大笑。

陸小鳳握著老實和尙的手道：「你說，現在該怎麼辦？」

老實和尙道：「有些事情，明明看到了，卻想不通。有些事情，雖然沒有看到，卻能想通其中的來龍去脈。所以，我勸你去找一個人。」

陸小鳳道：「誰？」

老實和尙道：「你的好朋友。」

陸小鳳道：「我的好朋友？」

老實和尙道：「對於這件竊案，我們既然成了睜眼瞎子，所以我認爲，也許瞎子會看得比我們還清楚。」

陸小鳳道：「花滿樓？」

老實和尙道：「花滿樓！」

三

鮮花滿樓。

陸小鳳一聞到這鮮花的香氣，心中就有溫馨的感覺，就像他想起和花滿樓的友情一樣。

——世上有比友情更令人感覺溫馨的嗎？

陸小鳳想起沙曼。

——愛情？愛情的感覺，應該是甜蜜。溫馨，絕對是友情的感覺。

陸小鳳對於這個結論相當滿意，所以他踏在樓梯上的感覺，非常輕快。

他猜想，他今天的腳步既然特別輕快，花滿樓的聽覺，應該不會聽出他的腳步聲。

所以他就用愉快的聲音，高聲道：「不用猜了，是我，陸小鳳！」

沒有回答，也沒有花滿樓爽朗的笑聲。

陸小鳳推開門。

鮮花依舊，屋內的裝潢設備都依舊。只有一點不同的地方。

窗前那張椅子上，少了一個人，一個熱愛生命的人。

這樣的黃昏時光，這樣美好的天氣，花滿樓應該坐在那窗前的椅子上，靜靜傾聽夕陽沉落的聲音，靜靜欣賞生命的美好才對，他怎麼會不在？

陸小鳳的腦海中，浮滿了問號。花滿樓去了哪裡？他坐在窗前的椅子上想。

腳步聲，忽然自樓梯傳來。陸小鳳一動也不動，連呼吸也忽然放輕。

——是花滿樓嗎？

他不知道，因為他未聽過花滿樓走樓梯的聲音。並不是他未曾看過花滿樓上樓下樓，只是，他們總是一起上下，談笑風生，根本就沒有注意去聽花滿樓的腳步聲。

腳步聲已走近門口。門被推開。

「誰？」是花滿樓的聲音。

陸小鳳笑了。花滿樓就是花滿樓，陸小鳳坐著動也不動，他就感覺到有人在房內。

陸小鳳不得不說：「我實在不得不佩服你。」

「你不必佩服我。」

「為什麼？」

「因為這是我生存下來的方法。」

陸小鳳看著他的好朋友，臉上露出更加佩服的表情。

「我覺得很奇怪。」陸小鳳道。

花滿樓道：「什麼事奇怪？」

陸小鳳道：「這個時候你居然會從外面走進來？」

花滿樓道：「我不能從外面走進來？」

陸小鳳道：「你不是一向都在這個時候坐在椅上，靜靜享受黃昏的嗎？」

花滿樓道：「人都有改變的時候。」

陸小鳳道：「你是說，你已經改變了你的習慣？」

花滿樓道：「是的。」

陸小鳳道：「為什麼？」

花滿樓道：「你呢？你為什麼要改變你的習慣？」

陸小鳳詫異的道：「我？我沒有改變呀！」

花滿樓道：「你沒有改變？」

陸小鳳道：「我怎麼改變？」

花滿樓道：「你偷走了價值三千五百萬兩的金珠珍寶。」

陸小鳳道：「你也聽說了？」

花滿樓道：「是的。」

陸小鳳道：「聽誰說的？」

花滿樓道：「吳彪。」

陸小鳳道：「吳彪是誰？」

花滿樓道：「你不知道？」

陸小鳳道：「我爲什麼會知道？」

花滿樓道：「因爲吳彪就是保鏢人之一。」

陸小鳳道：「他親口告訴你的？」

花滿樓道：「是的。」

陸小鳳道：「你相信他的話？」

花滿樓道：「一個人臨死前，會說假話嗎？」

陸小鳳沒有回答。

花滿樓道：「你怎麼不說話？」

陸小鳳道：「我還有什麼話說？你寧可聽信一個死人的話，也不相信你的朋友。你要我說什麼？」

花滿樓道：「我說了不相信你嗎？」

陸小鳳道：「你不是說……」

花滿樓道：「我只說：一個人臨死前，會說假話嗎？如此而已。」

陸小鳳道：「這不就表示……」

花滿樓又搶著道：「這是句問話。」

陸小鳳奇怪道：「你問我答案？」

花滿樓道：「是的。」

陸小鳳道：「因爲你不能確定吳彪在死前說的話是真是假？」

花滿樓道：「是的，所以我就出去走動走動，所以我就不在這裡享受黃昏的樂趣，所以我就只好在最好的時光裡，由外面走進來，所以你才能夠坐在我的椅子上，享受日落的美景。」

陸小鳳道：「你錯了。」

花滿樓道：「哦？」

陸小鳳道：「我坐在你椅子上，並沒有欣賞到落日的美景。」

花滿樓道：「爲什麼？」

陸小鳳道：「因爲我在替你擔心。」

花滿樓愉快的笑了起來道：「所以我們真的是一對知己。」

陸小鳳道：「你這句話對極了。」

花滿樓道：「你來找我，就是爲了這件竊案？」

陸小鳳道：「是的，你走動的結果，有沒有什麼發現？」

花滿樓道：「我只發現一件事。」
陸小鳳道：「是什麼事？」
花滿樓道：「太平王世子的手下，正在到處拿你歸案。」
陸小鳳苦笑道：「這是陰謀。」
花滿樓道：「誰的陰謀？」
陸小鳳道：「宮九的陰謀。」
花滿樓道：「宮九是誰？」
陸小鳳道：「宮九是個很厲害的人。」

陸小鳳把他出海的奇遇說完，天色已經黑了下來。
花滿樓坐在椅上，沉思。
陸小鳳把油燈點燃，燈光照在花滿樓沉思的臉上，陸小鳳靜靜站著，注視花滿樓。
良久，花滿樓吐了一口氣，道：「這件案子，根據你的資料，很明顯是小老頭和宮九他們做的。但是，這並不重要，重要的是，你要找出殺害崔誠的人。」
陸小鳳道：「是的，就是那個隱形的人。」
花滿樓道：「小老頭對你說了幾種隱形的方法？」
陸小鳳道：「好幾種。」
花滿樓道：「他有沒有說，自殺，也是隱形的一種方法？」

陸小鳳的人跳了起來。

──對，崔誠爲什麼不可能是自殺？

然而，陸小鳳不得不問：「崔誠爲什麼要自殺？」

花滿樓道：「他自殺了，他的家人的生活，就會過得很好。」

陸小鳳道：「可是，你知道葉星士的驗傷斷語嗎？」

根據葉星士的判斷：

──他們死了至少已有一個半時辰，是被一柄鋒刃極薄的快刀殺死的，一刀就致命。

──因爲刀的鋒刃太薄、出手太快，所以連傷口都沒有留下。

──致命的刀傷無疑在肺葉下端，一刀刺入，血液立刻大量湧入胸膛，所以沒有血流出來。

花滿樓忽然想起了一件事，道：「不，崔誠不是自殺的。」

陸小鳳道：「我也這麼想，因爲他沒有能力。」

花滿樓道：「自殺的人，不是蕭紅珠，就是程中，要不然，就是兩個人一起自殺。」

陸小鳳道：「你是說，他們已經被收買和威脅，在殺害崔誠之後，就自殺？」

花滿樓道：「你不覺得我這個推論，比較合理嗎？」

陸小鳳道：「那我現在只需要找到一個人。」

花滿樓道：「誰？」

陸小鳳道：「葉星士。」

花滿樓道：「你找他幹什麼？」

陸小鳳道：「我要問問他，崔誠三個人的傷口，是否真的跟他說的一樣。」

花滿樓道：「你懷疑什麼？」

陸小鳳道：「萬一他們三個人的傷口，真的是他說的，被快刀所致，那麼，他們之中，就沒有一個人是自殺的。」

花滿樓道：「爲什麼？」

陸小鳳道：「他們都沒有能力刺出這麼快的刀，尤其是自殺的時候。」

四

應該是月圓的時候，但是，天上看不到圓月。

天上只有烏雲，隨著勁風飄移的烏雲。風實在很大。

站在葉星士大宅門前的陸小鳳，衣袂被吹得颯颯作響。

葉星士的家丁把門打開，高聲道：「這麼晚了，老爺已經不看病了。」

陸小鳳道：「急診也不看？」

家丁道：「是你要看老爺嗎？」

陸小鳳道：「是的。」

家丁道：「我看你身體一點毛病也沒有？除非——」

陸小鳳道：「除非什麼？」

家丁道：「除非你是神經病！」家丁把話說完，「砰」的一聲，把門關上。

陸小鳳雙手一推，門又被推開。

家丁惡狠狠的盯著他，怒道：「你這人怎麼搞的？」

陸小鳳道：「我只想告訴你一句話。」

家丁道：「什麼話？」

陸小鳳道：「假如我見不到你的老爺，有一個人就會神經病了。」

家丁道：「誰？」

陸小鳳道：「我。」

家丁怒聲道：「你在尋我開心！」

陸小鳳道：「絕不是，我是在說實話。因爲，價値三千五百萬兩的金珠珍寶，快要把我迫瘋了。」

家丁愣住。

陸小鳳道：「我現在可以見你的老爺嗎？」

家丁忽然盯著陸小鳳的臉，露出害怕的神情：「你……你是陸小鳳！」

陸小鳳點頭。

家丁一言不發，忽然揮掌擊向陸小鳳。陸小鳳只輕輕的一擊，家丁就已被擊倒在地上。

一燈如豆。燈放在大廳中央的桌上。

人在桌後的椅上，坐著。桌上放著紙筆墨。
陸小鳳走向大廳中央，道：「葉星士？」
那人點頭，舉起右手，示意陸小鳳坐下。
陸小鳳就坐了下去。
那人拿起筆，在墨上沾了沾，在紙上寫下四個字——「有何見教？」
陸小鳳愣住！
——葉星士什麼時候變成了啞巴？
陸小鳳看著葉星士。
葉星士笑笑，指指自己的耳朵。
陸小鳳道：「你聽得見？」
葉星士點頭。
陸小鳳正想把問題提出，忽然發現葉星士的眼神很熟悉。
他記起一句話：「只要找到葛通，條條大路都通。」
他記起島上的一件事：
——佛像中有個人撲出來，冰冷的手扼著他的咽喉。
——冰冷的手變得毫無氣力，他才能定過神，看著扼他咽喉的人。
那時，他看到的人就是葛通。他忘不了葛通凝視他時的眼神。就是這眼神。
現在葉星士的眼神，完全和葛通一樣。所以陸小鳳道：「你不是葉星士。」

葉星士大吃一驚。

陸小鳳道：「你是葛通！」

葛通霍地起身，攻向陸小鳳。他不但是第三代鷹爪的義子，也是王家的乘龍快婿，他外號「大力神鷹」，手底下的鷹爪功夫自然不弱。

然而陸小鳳早有準備。他等葛通的鷹爪掠過，快速的一掌砍向葛通的手腕，只聽「咔嚓」一聲，葛通右手腕骨已被陸小鳳砍斷。

葛通倒下，腕骨折斷，葛通爲什麼倒下？

陸小鳳大吃一驚，一提葛通頸項，赫然發現葛通腦後並排插著三枝白亮亮的針。

陸小鳳一個箭步衝了出去，一個黑影，剛好消失在牆頭。陸小鳳展開輕功，追了過去。

廟，破落的山神廟。黑影到了廟前空地上，忽然停下。

陸小鳳也停下，凝神戒備的站著。

黑影轉身。烏雲忽然被風吹開一線，圓月露出微弱的光芒。

陸小鳳嚇了一跳。因爲他看到，黑影的像貌，完全和剛剛葛通的化裝一樣。

——這是真的葉星士嗎？陸小鳳還來不及發問，黑影忽然哈哈大笑起來。

黑影笑畢，道：「陸小鳳的功夫，果然名不虛傳！」

陸小鳳道：「比起你發暗器的功夫，未免差了很多。」

黑影笑道：「別忘了，還有我的易容術。」

陸小鳳道：「是你替葛通易容的？」

黑影道：「不錯。」

陸小鳳道：「想不到少林鐵肩大師，居然也會易容之術。」

黑影沉聲道：「我師父只教我武功，你不要侮辱我師父的名號。」

陸小鳳道：「那你才是真正的葉星士？」

黑影道：「如假包換！」

陸小鳳道：「葉星士是江湖中久享盛譽的四大名醫之一，不但醫術精湛，而且深得鐵肩大師真傳，一生行俠行醫濟世，怎麼會無故殺人？」

黑影道：「我殺了誰？」

陸小鳳道：「葛通！」

黑影道：「你怎麼知道葛通是我殺的？你親眼看到我殺了他嗎？」

陸小鳳道：「銀針認穴，入腦七分，這可的的確確是少林內家手法的內勁。」

黑影道：「好眼力！好厲害的判斷力。」

陸小鳳道：「你承認葛通是你殺的？」

黑影道：「承認又怎樣？不承認又怎樣？」

陸小鳳道：「承認的話，就表示葉星士雖然變了，可是依然是條漢子。」

葉星士道：「沒想到陸小鳳的嘴巴還挺厲害的。」

陸小鳳道：「我只不過在說真話而已。」

葉星士冷哼兩聲，沒有回答。

陸小鳳道：「你好像知道我會來找你？」

葉星士道：「我知道你一定會來找我。」

陸小鳳道：「爲什麼？」

葉星士道：「因爲知道死者死因真相的，除了我以外，沒有第二個人。」

陸小鳳道：「他們真的被快刀殺死的嗎？」

葉星士道：「是的。」

陸小鳳道：「他們真的死了至少有一個半時辰嗎？」

葉星士沒有回答，臉上露出痛苦的神色。

陸小鳳追問道：「他們到底死了多久？是你進去的時候，他們才剛死？」

葉星士開口，欲言又止的道：「他們……」

陸小鳳知道，這是葉星士一念之間的關頭，說出來，就表示他要拋棄在他後面支配他的人，不說，就表示他的後半生，都要做傀儡。

葉星士忽然狠下心，大聲道：「他們死了……」話沒有說完，人就倒下。

陸小鳳在葉星士張嘴時，已經眼觀四面，耳聽八方，密切的注視各方的動靜。

但是，他什麼也看不到。而葉星士卻已倒下了。

陸小鳳正想俯身察看葉星士的死因時，忽然看到破落山神廟內有燈光亮起。

燈光起先很微弱，然後，整座山神廟，都亮了起來。

陸小鳳已經知道，他不必去察看葉星士了，他要知道的秘密就在廟內。所以他就走向山神廟。

廟門半掩，燈光就是由半張的門隙內透出。

陸小鳳站在門口，考慮應該推門而入，抑或由門隙中閃入？

哪一種行動的危險性比較大？陸小鳳並不知道。

陸小鳳並不需要知道，他已經出生入死過無數次，再增加一次又有什麼關係？

所以陸小鳳就伸手推門。

門並沒有推開，因為陸小鳳的手停在木板上時，腦中就浮現出沙曼微笑的倩影。

有愛情的人就會有顧忌。

陸小鳳不怕死，那是以前的事，以前他面對死亡時，心中並沒有情愛。現在他有了，他會想到沙曼，他會想到沙曼對他的牽掛，他會想到沙曼孤伶伶一人流落江湖的淒苦神態。

陸小鳳的手不但沒有推門，反而縮了回去。

廟內依舊是一片寂靜。

廟內的人一定是個極厲害的人。能夠耐心等待的人，都不會是個太平凡的人。

陸小鳳的戒心更大。他就站在門外，一任外面強勁的風吹他的衣袂，動也不動。

他似乎想通了，最好的方法，就是鬥耐性，誰的耐性不持久，誰就會露破綻，假如他忍不住，他只有兩條路可以走。要就是冒生命危險衝進去，要就是離去，不打聽殺害葉星士的秘密。

假如裡面的人忍耐不住，就會說話，或者衝出來看看究竟。無論哪一點，都對陸小鳳有利。

說話，陸小鳳就可以判斷出他隱藏的位置，甚至可以知道說話的人是誰。

衝出來，陸小鳳就更有利，因爲這樣一來，陸小鳳就全無顧忌了。

除非那個人武功比陸小鳳高出很多。而這一點，陸小鳳是從來也不擔心的。

陸小鳳知道廟內不止有一個人。因爲他聽到裡面有人在耳語的聲音，可惜外面的風聲太大了，他聽不清楚裡面的人在說什麼，也聽不出聲音是男是女，是老是少。

他只能肯定一點，他們已經有點不耐煩了。

對於這一點，陸小鳳一點也不感到驕傲。他一向認爲自己是個最有忍耐力的人，要不然，陸小鳳現在早已經是一堆骨頭，一堆埋在泥土裡的枯骨了。所以陸小鳳還是僵立不動。

裡面的人真的是忍耐不住了。

一個甜美的女子聲音道：「你不覺得外面的寒風又冷又強又刺骨嗎？」

陸小鳳笑了。

——牛肉湯，聽到牛肉湯的聲音，他焉能不笑？

陸小鳳笑著道：「又冷又強又刺骨的寒風，總比危機四伏的刀鋒令人愉快。」

一個男子的聲音道：「你怎麼知道我是用刀，而不是用劍呢？」

陸小鳳的笑容僵住。

——宮九。聽到宮九的聲音，陸小鳳的笑容焉能不僵？

陸小鳳沒有說話，只伸出手，輕輕的，把半掩的門推得全開起來。

陸小鳳的人還未進去，狂風已先颳了進去，颳得那一盞孤燈燈火閃爍不定。

宮九和牛肉湯的臉孔被閃爍的燈光照得忽明忽暗，彷彿也和他們的性情一樣，陰晴不定。

見到老朋友，陸小鳳總是會笑的。

所以陸小鳳就對著宮九和牛肉湯微笑，道：「有勞二位久候了。」

這麼一句幽默的話，宮九實在想笑，只是他一點也笑不出來。

牛肉湯卻開朗的笑起來，道：「外面那麼冷，你爲什麼不早點進來喝碗牛肉湯？」

陸小鳳道：「我怕早進來，喝到的不是牛肉湯。」

牛肉湯道：「你以爲你會喝到什麼？」

陸小鳳道：「閻王湯。」

牛肉湯又笑了起來，道：「我們是老朋友了，怎麼會請你喝閻王湯？」

陸小鳳道：「你也許不會，你的九哥卻不一定。」

宮九陰森森的道：「你錯了。」

陸小鳳道：「哦？」

宮九道：「我要殺你，在葉星士家中就可以把你殺了。」

陸小鳳道：「你早知道我會去找葉星士？」

宮九道：「我並不敢肯定，我只是猜想你或許會去，所以我一直都耽在葉星士家中。」

陸小鳳道：「為什麼？」

宮九道：「等你。」

陸小鳳道：「我來了，你為什麼不殺我？」

宮九道：「我現在不想殺你。」

陸小鳳道：「為什麼？」

宮九道：「因為只有你一個人。」

陸小鳳道：「你還要殺沙曼？」

宮九道：「還有小玉和老實和尚。」

陸小鳳道：「你非要殺死我們四個人不可？」

宮九點頭。

陸小鳳道：「為什麼？」

宮九冷冷道：「因為我恨你們。」

陸小鳳道：「你可以恨我，可以恨沙曼，可以恨小玉，為什麼要恨老實和尚？」

宮九道：「沒有他，也許你們在島上早就死了。」

陸小鳳道：「假如你一輩子都找不到他們呢？」

宮九道：「我一定會找到的。」

陸小鳳道：「你那麼有自信？」

們。」

宮九冷哼一聲。

陸小鳳道：「你能說出你自信的理由嗎？」

宮九道：「我要是一輩子見不到他們，你這一輩子也別想見到他們。」

陸小鳳大吃一驚道：「爲什麼？」

宮九道：「因爲從現在起，我就開始跟著你，除非你不和他們見面，不然，我也會見到他們。」

陸小鳳機伶伶的打了個冷顫道：「這就是你耽在葉星士家等我的原因？」

宮九道：「不是。」

陸小鳳道：「不是？」

宮九道：「我原先以爲，你們四個人會一起到葉星士家，我可以一網打盡，沒想到你是一個人來，我只得把你引來這裡。」

陸小鳳道：「你引我到這裡，就是爲了要告訴我，你要跟蹤我？」

宮九道：「是的。」

陸小鳳道：「你在暗中跟蹤我，豈非一下子就可以找到他們？」

宮九冷笑道：「我偏偏要讓你知道。」

陸小鳳道：「哦？」

宮九道：「你看過貓捉老鼠嗎？貓會一下子把老鼠吃掉嗎？」

陸小鳳內心流過一道寒流，沒有說話。

宮九又道：「我就是要讓你知道我跟蹤你，讓你坐立不安，讓你既想找到沙曼，又不敢去見她，我要看著你日漸消瘦，看著你受盡相思的折磨。」宮九陰冷的大笑。

陸小鳳冷靜的道：「我死了，你不就找不到他們了嗎？」

宮九道：「難道你死以前，也不想再見沙曼一面嗎？」

陸小鳳不說話了。他心中忽然掠過一重陰影，不是死亡的陰影，是沙曼見不到他，爲他擔憂而日漸消瘦的陰影。他感到害怕起來。

宮九看到陸小鳳的臉上浮現驚懼的表情，冷酷的笑聲，忽然變成愉快而得意的笑聲。

陸小鳳看看宮九，又看看牛肉湯，忽然道：「你們沒有牛肉湯招待我嗎？」

牛肉湯詫異的看著陸小鳳道：「你想喝牛肉湯？」

陸小鳳道：「是的。」

牛肉湯道：「你還有心情喝牛肉湯？」

陸小鳳道：「人生艱難唯一死，做個飽鬼，總比做餓鬼來得舒服吧？何況……」

牛肉湯道：「何況什麼？」

陸小鳳道：「何況，不喝一碗牛肉湯，我哪來的氣力來玩這場捉迷藏的遊戲？」

牛肉湯凝視陸小鳳片刻，一言不發，轉身走進後面。

牛肉湯走出來的時候，手裡已經端著一碗熱騰騰的牛肉湯。

陸小鳳毫不客氣，唏哩嘩啦的就喝得碗底朝天。他抹抹嘴，道：「我有一個問題。」

牛肉湯道：「什麼問題？」

陸小鳳道：「你是不是不管走到哪裡，都隨身攜帶著真正的牛肉湯？」
牛肉湯道：「並不一定。」
陸小鳳道：「爲什麼我每次遇見你，總是可以喝到牛肉湯？」
牛肉湯道：「因爲我是爲你準備的。」
陸小鳳道：「哦？」
牛肉湯道：「你不是說，做個飽鬼，比做餓鬼來得舒服嗎？」
陸小鳳道：「不錯。」
牛肉湯道：「這就是我每次都爲你準備牛肉湯的道理。」
陸小鳳苦笑道：「那我實在是太感謝你了。」
牛肉湯道：「謝倒不必，我倒希望你做了飽鬼以後，別來纏我就好了。」
陸小鳳道：「我牛肉湯也喝了，二位容許我告退嗎？」
宮九道：「你隨時都可以離去。」
陸小鳳道：「這一次你先讓我走多久？」
宮九道：「走得讓我認爲快追不上的時候。」
陸小鳳道：「你從來不打沒有把握的仗？」
宮九道：「沒有把握的仗，打來何用？」
陸小鳳道：「那我就先走一步了，再見。」
陸小鳳說完，展開輕功，飛也似的走了。

十八　貓捉老鼠

一

假如貓和老鼠比賽跑步，誰跑得最快？

陸小鳳飛奔的時候，忽然想起這個問題。

應該是貓跑得快吧？陸小鳳想，但是，老鼠能一頭鑽進洞裡，也可以一衝就躲到陰溝裡，這絕對是貓做不到的事情。

陸小鳳不是老鼠，也不想把自己比做老鼠。

雖然宮九這樣想，陸小鳳卻絕不這麼想。

所以陸小鳳既沒有往洞裡鑽，也沒有躲在見不得人的地方。

陸小鳳相信自己的輕功，就算不是天下第一，也絕對比宮九強。

所以他只是在大路上奔馳而已。

在大路上奔馳，雖然非常惹人注目，但是總比躲躲藏藏好，而且，以他奔跑的速度，誰會看得出他是陸小鳳。

黃昏。

小鎮的燈火在朦朧的晚霞映照下，淡淡的亮了起來。

陸小鳳的耐力再強，奔跑了一天一夜，既沒有吃飯，也沒有喝水，也是會累下來的。

而且，陸小鳳認為他這樣不要命的跑，別說宮九，就是一頭餓獅，也追他不上。

陸小鳳認為在這小鎮休憩進餐，是絕對安全的地方。

他放慢腳步，進入小鎮。

麵攤，毫不起眼的麵攤。

雖然認為這是安全的地方，陸小鳳還是選擇了擺設在一角的小麵攤來進食。

他不想引起任何人的注意，他只希望吃碗熱騰騰的麵，隨便找個可以睡眠的地方，養足精神，擺脫宮九的追逐，早日和沙曼會面。

麵攤的老闆是個老頭子，一頭灰白的頭髮，一身油亮亮的衣服，一臉的皺紋，一副早就向命運屈服了的樣子。

老闆親切的招呼陸小鳳道：「客官，來點什麼？」

陸小鳳坐下道：「來一大碗牛肉麵。」

老闆笑道：「馬上來囉，要不要切點滷菜，溫一壺酒？」

陸小鳳道：「不必，麵裡加兩個滷蛋就夠了。」

熱騰騰香噴噴的麵端了上來，陸小鳳一聞到那牛肉的香味，肚子就已轆轆鳴叫了。

三兩下他就把麵吃得精光，拿起碗來，正想把碗裡的湯喝光。

就在他端起碗的時候，一輛四匹馬拉著的馬車，從鎮門奔馳而來。

陸小鳳端著碗，看著這輪豪華的馬車。

馬車到了麵攤旁時，勁裝的馬伕一拉韁繩，馬車戛然而止。

車內傳出甜美的聲音道：「你怎麼喝起別人煮的牛肉湯來呢？」

又是牛肉湯的聲音。

牛肉湯在車內，宮九也一定在車內。

陸小鳳已經沒有喝湯的心情了。

牛肉湯滿臉笑容，端著一碗牛肉湯，盈盈的放在陸小鳳面前。

牛肉湯道：「你不喜歡喝我煮的牛肉湯嗎？」

陸小鳳沒有回答，端起牛肉湯的牛肉湯來，嘰哩嘩啦的喝得個碗底朝天。

宮九已經坐在陸小鳳隔壁的桌前，對麵攤老闆道：「溫一壺女兒紅來。」

麵攤的老闆對這突然的變故，似乎早已司空見慣，沒多久，就把酒端到宮九面前。

宮九倒了兩杯，左手拿起一杯，遞向陸小鳳。

宮九道：「來，乾一杯。」

陸小鳳接過酒杯，看著宮九道：「爲什麼要乾杯？」

宮九道：「貓捉到老鼠，總是要調侃一番，現在貓兒叫老鼠喝酒，老鼠會不聽話嗎？」

陸小鳳苦笑，一傾而盡。

宮九慢慢品嘗酒味，喝光了道：「好酒！」

牛肉湯道：「比我的牛肉湯好嗎？」

宮九道：「那是不能比的。」

牛肉湯道：「爲什麼不能比？」

宮九道：「貓跟老鼠能比嗎？」

牛肉湯道：「你是說，貓要喝好酒，老鼠要喝湯，所以不能比？」

宮九哈哈大笑道：「貓可以坐車，老鼠卻要走路，貓可以在車上睡覺，老鼠卻要強撐精神趕路，能比嗎？」

牛肉湯笑得很愉快。

陸小鳳鼓掌道：「好詞，你們能編出這麼好的詞，爲什麼不去做一件事？」

宮九笑道：「什麼事？」

陸小鳳道：「相聲。」

宮九不笑了。

宮九道：「我實在很佩服你。」

陸小鳳道：「爲什麼？」

宮九道：「因爲你這個時候還有心情說笑話。」

陸小鳳道：「這也許是老鼠自得其樂的方法吧。」

宮九冷冷道：「那你自己去樂吧。」

陸小鳳道：「你要趕我走？」

宮九道：「你不是要逃開我嗎？」

陸小鳳道：「我能不能問你一個問題再走？」

宮九道：「什麼問題？」

陸小鳳道：「我很想知道，你怎麼會追到這裡？」

宮九道：「很簡單，只有一個字。」

陸小鳳道：「一個字？」

宮九道：「不錯，一個字。」

陸小鳳道：「什麼字？」

宮九道：「錢。」

陸小鳳道：「錢？」

宮九道：「有錢能使鬼推磨，何況是人？」

陸小鳳道：「你買通了人來跟蹤我？」

宮九道：「不對。」

陸小鳳道：「爲什麼不對？」

宮九道：「連我都追不上你，世上還有誰能追得上你？就算有，這種人能用錢收買嗎？」

陸小鳳道：「所以我才不懂，你就算花錢買人，也不應該知道我的去處。」

宮九道：「我花錢買的人，不是一個，而是很多個。」

陸小鳳道：「很多個？有多少？」

宮九道：「我也不知道有多少。」

陸小鳳又露出迷惘的表情。

宮九笑道：「你很想知道其中奧妙嗎？」

陸小鳳道：「你不願意講，我也不勉強。」

宮九站了起來，走到麵攤的招牌前面。

陸小鳳的目光，隨著宮九的手指看過去，赫然發現招牌上有一個三角形的記號。

陸小鳳道：「這是什麼記號？」

宮九道：「這表示陸小鳳在此。」

陸小鳳道：「哦？」

宮九道：「你知道我喝這壺酒要花多少錢嗎？」

陸小鳳道：「花多少錢？」

宮九沒有說話，從懷裡掏出一錠黃金，交給麵攤的老闆。

麵攤的老闆笑得眼睛都看不見了。

宮九對陸小鳳道：「你明白了嗎？」

陸小鳳道：「明白了一半。」

宮九道：「我再跟你說吧，我已經放出話去，只要看到一個臉上有四條眉毛的人走過，就做個箭號指示方向，看到四條眉毛的人歇息或用飯，就做個三角形記號，我看到這些記號，就有重賞，你想想，你能走到哪裡去？」

宮九得意的大笑起來。

陸小鳳卻皺起眉頭，用手撫摸著嘴上的鬍子。

他想起老實和尙的話：「最好把真的眉毛剃掉，就沒有人認得你了。」

——剃自己的眉毛？多可笑！

陸小鳳不禁笑了起來。

宮九奇怪道：「你笑什麼？」

陸小鳳道：「我笑自己，實在太傻。」

宮九道：「爲什麼？」

陸小鳳道：「既然走不了，我爲什麼還要走？」

宮九道：「你不走？」

陸小鳳道：「我不走了。」

宮九道：「其實，你不走我也不反對，只是……」

宮九陰森森的笑了起來。

陸小鳳道：「只是什麼？」

宮九把牛肉湯擁在懷裡道：「我在這裡陪你不打緊，我有醇酒，又有美人，你呢？沙曼呢？」

宮九哈哈大笑起來。

陸小鳳瞪了宮九一眼，一言不發，轉身離去。

宮九道：「你去哪裡？」

陸小鳳頭也不回，道：「睡覺去。」

陸小鳳走了幾步，忽然回身，走近宮九，把手掌攤了開來。

宮九不解的看著陸小鳳，道：「你要幹什麼？」

陸小鳳道：「我要黃金。」

宮九道：「我爲什麼要把黃金給你？」

陸小鳳道：「因爲我會在我下榻的旅館前面，畫上一個三角形的記號，所以，你要遵守你的諾言。」

宮九愣住。

陸小鳳得意的笑了笑，提高聲音道：「拿來！」

宮九面無人色。

陸小鳳道：「你要做個不守信用的人？」

宮九掏出一錠黃金，交給陸小鳳。

陸小鳳得意的把玩著黃金，朝空中拋了兩拋，走了出去。

走不到兩步，忽然又回頭對著宮九笑道：「明天一大早，我會在我用早點的地方，再畫一個三角形記號的。」

陸小鳳哈哈大笑，聲音逐漸遠去。

二

陸小鳳喜歡喝酒，更喜歡躺在床上喝酒。

他躺在床上的時候，通常都喜歡在胸口上放一大杯酒，然後就像死人般動也不動，想喝酒時，就深深吸一口氣，胸膛上的酒杯便會被吸過去，杯子裡的酒便被吸入嘴裡，再「咕嘟」一聲，酒就到了肚子裡。

他現在也是這樣躺在床上。胸膛上也放著一杯滿滿的酒。

只是，他像死人般躺了很久，都沒有去吸那杯酒。

因為，他第一次這樣喝酒的時候，老闆娘就坐在他旁邊，酒喝光了，老闆娘會馬上替他斟上。

現在，老闆娘既不在旁邊，他就很珍惜這一杯酒，喝光了，誰來給他倒？他可不願意起來倒酒，那是不會享受的人才做的事。

所以，他忽然很懷念老闆娘。

「老闆娘」是個女人，很美很美的女人。

美麗的女人通常都很早就結婚的。

「老闆娘」也不例外。

其實，她之所以被人稱為「老闆娘」，就是因為她嫁給了「老闆」。

老闆就是朱停，朱停就是穿開襠褲時就已認識陸小鳳的老朋友。

所以陸小鳳和老闆娘之間可是清清白白的。

所以陸小鳳才會懷念那一段躺著喝酒的日子。

他更懷念朱停。

朱停是個胖子，胖的人看起來都是有福氣的，有福氣的人才能做老闆，所以大家才叫朱停做「老闆」。

事實上，朱停當然沒有開店，可是他日子卻過得很舒服。

因爲他有一雙非常靈巧的手，能做出各種奇奇怪怪的東西來，有一次，他甚至做了一個會走路的木頭人。

陸小鳳就是懷念朱停的一雙手。

假如朱停做一個會走路的木頭陸小鳳出來，陸小鳳就沒有難題了。

但是朱停不在。

沙曼也不在。

有沙曼在，兩個人就算死在一起，也算不虛此生了。

陸小鳳霍地坐了起來，杯中的酒濺了一身。

他用力敲自己的腦袋，心中暗罵自己：「真笨！」

既然自己願意和沙曼死在一起，爲什麼還害怕宮九的追蹤？爲什麼不乾脆直接回去見沙曼？也許憑他和沙曼的功夫，還能打敗宮九呢！

誰知道？

一想到這裡，陸小鳳的人就衝到了門口。

他打開門，就發現有一雙本來盯著他門口的眼睛，很快望向別處。

眼睛長在臉上，臉是陌生的臉，不陌生的是那一身服飾。

那是每個人都知道的服飾。

——官差的服飾。

官差還不止一個，因爲那個盯著陸小鳳門口的人對面，還有一個伏桌而睡的官差。

顯然他們是輪班睡覺，輪班監視陸小鳳的動靜。

爲什麼會是官差？

他們是爲了宮九的獎賞？抑或是奉了太平王世子的命令來捉拿？

陸小鳳轉身衝向窗口，打開窗戶。

窗戶下亦是一睡一站的兩個官兵。

陸小鳳笑了，苦笑。

一頭貓已經不知怎麼來應付，再加上一大窩小貓，陸小鳳這頭老鼠只有苦笑了。

所以他只好又躺在床上，胸膛上又放著滿滿的一杯酒。

晨曦乍露。

守在窗口下的官差看到晨曦，不自禁的伸伸懶腰，心裡正高興著解脫了一夜的辛勞了。

他真的解脫了。

陸小鳳替他解脫的。

在他伸懶腰的時候，陸小鳳像陽光那般，飛落在他身旁，用指連點他身上大穴，他就解脫了。

當然連那個睡著的也一併解脫了。

陸小鳳摸摸腰上的佩刀，不禁笑了起來。

這還是第一次扮成官兵哩。

陸小鳳不得不佩服宮九，只有宮九，才能令他化裝成別人。

陸小鳳看看床上的真官差，再整整衣冠，轉身離去。

門，不是陸小鳳拉開的。

是被推開的。

推門進來的，赫然是牛肉湯。

牛肉湯手上端著一個盤子，盤子裡是一碗熱牛肉湯和四個雪白的饅頭。

牛肉湯把盤子放在桌上，向陸小鳳盈盈行禮。

牛肉湯道：「衙門的陸爺請用早飯。」

陸小鳳忽然有啼笑皆非的感覺，他飛快的脫下官差的服裝，高聲道：「我不是衙門的陸爺！」

牛肉湯笑道：「是的，那麼請陸小鳳陸爺用早飯。」

陸小鳳依舊高聲道：「我不要吃！」

牛肉湯道：「我看你還是吃了比較好。」

陸小鳳道：「我為什麼要吃？」

牛肉湯道：「因為九哥說，他可不願意再到你用早飯的店裡付錢給你。」

陸小鳳道：「他偷了那麼多錢，多花一點又有什麼大不了？」

牛肉湯道：「難道你不知道一件事嗎？」

陸小鳳道：「什麼事？」

牛肉湯道：「愈是富有的，愈捨不得花錢。」

陸小鳳道：「他不是花了很多錢用來跟蹤我嗎？」

牛肉湯道：「那是不得已的，那是非花不可的。」

陸小鳳道：「那我只有一句話。」

牛肉湯道：「什麼話？」

陸小鳳道：「這早飯，我是非吃不可的。」

陸小鳳嚥下最後一口饅頭，露出津津有味的樣子，對牛肉湯道：「我想請你做一件事。」

牛肉湯道：「你還要來一碗牛肉湯？」

陸小鳳道：「不是。」

牛肉湯道：「那我能為你做什麼？」

陸小鳳道：「帶我去見宮九。」

牛肉湯露出猶疑的神情道：「有什麼話，你可以對我說。」

陸小鳳道：「我的話，必須當面對宮九說。」

牛肉湯道：「爲什麼？」

陸小鳳道：「因爲那樣我才有點人生樂趣。」

牛肉湯一言不發，領先走了出去。

宮九並不在旅館裡，他從來也不住旅館。

宮九在車上。

宮九的生活起居，只在設備豪華的馬車內進行。

他厭惡別人用過睡過喝過的碗筷床鋪酒杯。

陸小鳳走進宮九的馬車時，宮九正坐在車伕的位置上，沉思。

看到陸小鳳，宮九並沒有站起或是做出任何歡迎的表情。

他只是冷冷的注視著陸小鳳。

陸小鳳也默然注視宮九。

二人就那樣對視，彷彿在用眼神來比試武功一樣。

最先開口打破沉默的不是宮九。

也不是陸小鳳。

是牛肉湯。

牛肉湯只說了六個字：「他有話對你說。」

然後牛肉湯就走入馬車內，把簾子拉下。

宮九用疑問的眼神看著陸小鳳。

陸小鳳開口了，他道：「我有話要當面對你說。」

宮九道：「我知道。」

陸小鳳道：「你知道？」

宮九道：「牛肉湯剛剛說的。」

陸小鳳道：「你不問我要說什麼？」

宮九道：「我不必問。」

陸小鳳道：「爲什麼？」

宮九道：「你來了，你就會說。」

陸小鳳道：「我要說的話，就是要你把你的車伕打發走。」

宮九的表情一變，道：「爲什麼？」

陸小鳳道：「你不必再用車伕了。」

宮九道：「不用車伕，誰來趕車？」

陸小鳳道：「我。」

宮九驚奇的道：「你？」

陸小鳳道：「我。」

宮九道：「你爲什麼要替我趕車？」

陸小鳳道：「因爲我要擺脫你的追蹤。」

宮九道：「可是……」

陸小鳳打斷他的話，道：「我做你的車伕，就表示不是你跟蹤我，而是我帶你走。」

宮九道：「你要帶我去哪裡？」

陸小鳳道：「我也不知道。」

宮九奇怪的問：「你不知道？」

陸小鳳道：「也許在路上我會想到一個地方。」

宮九道：「什麼地方？」

陸小鳳道：「假如你想知道是什麼地方，你就必須讓我趕車，在路上我想到了，我就告訴你。」

宮九沒有說話，拿過馬鞭，丟給陸小鳳，推開簾子，走進馬車內。

太陽已經爬得很高，幾乎爬到了中天。

正午的陽光照得人發熱。

陸小鳳卻安靜得像一潭湖水。

他手上的馬鞭輕揚，蹄聲得得，馬車奔馳的調子異常輕快，一點都不像在炎熱的大太陽下趕車的樣子。

——爲什麼？

因爲陸小鳳已經想到了擺脫惡貓的方法。

馬車忽然奔跑得飛快。

車內的宮九忍不住把頭伸出來問道：「你在趕路？」

陸小鳳頭也不回，一揮馬鞭，道：「是的。」

宮九道：「爲什麼要趕路？」

陸小鳳道：「因爲我要去見一個人。」

宮九道：「你急著要見他？」

陸小鳳道：「不急。」

宮九道：「不急，爲什麼要趕路？」

陸小鳳道：「因爲我必須在黃昏以前趕到他住的地方。」

宮九道：「那你還說不急？」

陸小鳳道：「我是不急，是他急。」

宮九奇怪的問：「他急？」

陸小鳳道：「因爲他有個習慣，天一黑，他就不見客了。」

宮九道：「連你也不見？」

陸小鳳道：「連天王老子也不見。」

宮九道：「所以你一定要在天黑前趕到？」

陸小鳳道：「是的。」

宮九道：「那急的還是你。」

陸小鳳道：「不對，因爲規矩是他定出來的，所以急著要在天黑前見客的，是他，不是我。」

太陽的光線逐漸微弱了。

馬車慢下。

微風輕拂，夾著甜美的花香氣息。

宮九在車內問道：「你要見的人喜歡花？」

陸小鳳道：「喜歡極了。」

宮九道：「他住的地方種滿了花嗎？」

陸小鳳道：「各式各樣的花。」

宮九道：「那是什麼地方？」

陸小鳳道：「萬梅山莊。」

宮九道：「西門吹雪？你要見的人是西門吹雪？」

陸小鳳道：「不錯，雖然他常常吹的不是雪，是血，但是，他的的確確叫西門吹雪。」

宮九道：「你要找他幹什麼？」

陸小鳳道：「說幾句話。」

宮九道：「我不能聽的話？」

陸小鳳道：「他和朋友談話的時候，一向都不喜歡有陌生人在旁邊。」

宮九道：「你要請他幫你忙？」

陸小鳳道：「也許。」

宮九道：「你要他去通知沙曼？」

陸小鳳沒有回答。

馬車停在花叢旁。

陸小鳳放下馬鞭，跳落馬車，敲敲簾子，道：「你想進去嗎？」

宮九道：「既然他不喜歡陌生人，我又何必進去？而且，這裡花香四溢，我在這裡享受一下黃昏的美景，豈不更愉快？」

陸小鳳道：「你果然是個聰明人。」

宮九道：「過獎。」

陸小鳳道：「你既然承認你是個聰明人，你猜我要向你借一樣什麼東西嗎？」

宮九沒有說話。

因爲他猜不出。

陸小鳳笑道：「我要向你借一把刮鬍刀。」

陸小鳳大笑聲中，一把刮鬍刀從簾子內飛了出來。

宮九的聲音冷若堅冰：「送給你。」

宮九伸出頭來的時候，陸小鳳正在刮鬍子，露出一臉很舒服的樣子。

宮九忍不住冷冷的道：「你不是說西門吹雪在天黑後就不見客嗎？」

陸小鳳道：「是呀。」

宮九道：「你還那麼悠哉遊哉的刮鬍子？」

陸小鳳道：「我一生難得刮幾次鬍子，一定要舒舒服服的刮，才能對得起鬍子，而且，你放心，太陽還未下山，我保證一定就刮好。」

宮九道：「我想勸你一句話。」

陸小鳳道：「什麼話？」

宮九道：「我認為你四條眉毛比較好看，所以我勸你別把鬍子剃掉。」

陸小鳳道：「我必須刮。」

宮九道：「為什麼？」

陸小鳳道：「因為我必須見到西門吹雪。」

宮九道：「你一定要見到他？」

陸小鳳道：「不見他，我就見不到沙曼。」

宮九道：「不見他，你還是可以見到沙曼的。」

陸小鳳看著宮九道：「哦？」

宮九道：「你不信？」

陸小鳳道：「我信，只是我不敢。」
宮九道：「你不敢？」
陸小鳳道：「我怕我是見沙曼最後一面，或者……」
宮九道：「或者什麼？」
陸小鳳道：「或者她見我最後一面。」
宮九笑道：「我可以不殺你們。」
陸小鳳道：「你會嗎？」
宮九道：「我會的。」
陸小鳳道：「條件呢？」
宮九道：「你很聰明。」
陸小鳳道：「所以我還活著。」
宮九道：「只要你加入我們。」
陸小鳳道：「這是你本人的意思？」
宮九道：「不。」
陸小鳳道：「是小老頭的意思？」
宮九道：「對。」
陸小鳳笑了笑，放下刮鬍刀，用布把臉抹乾，道：「你看我這樣子不也是挺瀟灑的嗎？」
宮九看著他，沒有說話。

陸小鳳對著車簾高聲道：「牛肉湯。」

牛肉湯伸出頭來。

陸小鳳道：「我這樣子是不是比以前更好看？」

牛肉湯看看他，又看看宮九，沒有說話。

陸小鳳笑道：「你們一定是被我英俊的儀表嚇壞了，所以都不說話了，既然我瀟灑依舊，我想我還是去見西門吹雪比較好。」

太陽已經沉下山。

晚風帶著花香，吹得陸小鳳舒服極了。

他深深的吸一口氣，感嘆的道：「這麼美好的日子，我們爲什麼要勾心鬥角，非置對方於死地不可呢？」

宮九冷冷的嘿了一聲。

陸小鳳又道：「人生美好，你爲什麼要苦苦迫我到絕境？你爲什麼不和牛肉湯好好攜手在花旁，享受一下人生？」

宮九臉色微變，聲音僵硬的道：「天要黑了。」

陸小鳳道：「我知道。」

宮九道：「西門吹雪爲什麼不出來迎接你？」

陸小鳳道：「也許他正在做幾個精美小菜來歡迎我吧！」

宮九道：「你要在裡面吃晚飯？」

陸小鳳道：「我還要在裡面睡覺。」

宮九道：「那你快請吧。」

陸小鳳道：「我進去以前，也要奉勸你一句話。」

宮九道：「你說。」

陸小鳳道：「趕快生火燒飯，免得待會聞到香味，你就受不了啦。」

宮九微微一笑，道：「我不是個饞嘴的人，你也不必激我，你好好的吃，好好的睡，明天準備走路吧。」

陸小鳳道：「爲什麼我要走路？」

宮九道：「因爲我決定不再用你這個車伕了。」

陸小鳳道：「其實，明天我也不會做你的車伕了。」

宮九道：「哦？」

陸小鳳道：「明天你就會發現，我絕對是一個自自由由的人，不會再有貓爪的陰影在我身旁。」

宮九道：「那你就明天再瞧吧。」

陸小鳳緩緩向屋門走去，嘴裡高興的道：「明天，多麼充滿希望的字眼！」

三

屋子裡看不見花，卻充滿了花的芬芳，輕輕的、淡淡的，就像西門吹雪這個人一樣。

陸小鳳斜倚在一張用青籐編成的軟椅上，看著西門吹雪。

西門吹雪杯中的酒是淺碧色的，身上雪白的衣裳輕而柔軟。

一陣陣比春風還軟柔的笛聲，彷彿很近，又彷彿很遠，卻看不見吹笛的人。

陸小鳳嘆了口氣，道：「你這人一生中，有沒有真的煩惱過？」

西門吹雪道：「你以前問過我這個問題。」

陸小鳳道：「你以前的答案是沒有。」

西門吹雪道：「你記性很好。」

陸小鳳道：「現在呢？」

西門吹雪道：「有。」

陸小鳳道：「什麼煩惱？」

西門吹雪道：「鬍子的煩惱。」

陸小鳳看著西門吹雪光潔的面容，道：「你爲了你沒有鬍子而煩惱？」

西門吹雪道：「不是。」

陸小鳳道：「不是？」

西門吹雪道：「我是爲了你沒有鬍子而煩惱。」

陸小鳳道：「哦？爲什麼？」

西門吹雪道：「因爲你上次求我幫你忙，我說除非你把鬍子刮乾淨，隨便你要去幹什麼，我都跟你去。」

陸小鳳道：「我記得，那是我第一次爲了別人刮鬍子。」

西門吹雪道：「現在你又刮乾淨了鬍子，所以我知道，我的煩惱又來了。」

陸小鳳一口喝乾杯中酒，看著西門吹雪。

西門吹雪輕輕啜了杯中淺碧色的酒，道：「這酒適合慢慢品嚐。」

陸小鳳道：「我知道。」

西門吹雪道：「那你爲什麼一口喝光？」

陸小鳳道：「因爲我在等你。」

西門吹雪道：「等我，等我什麼？」

陸小鳳道：「等你一句話。」

西門吹雪道：「什麼話？」

陸小鳳道：「解除我煩惱的話。」

西門吹雪一口把杯中酒喝光，放下酒杯道：「你要去幹什麼，我都跟你去。」

陸小鳳道：「現在你可以再倒兩杯酒，我們可以慢慢品嚐了。」

陸小鳳舉起杯中酒，道：「爲你的一句話。」

西門吹雪道：「爲你的鬍子。」

二人大笑，輕輕啜飲。

笛聲已隱，卻飄來琤琤琮琮古琴的聲音。

陸小鳳問道：「你的喜好變了？」

西門吹雪道：「沒有。」

陸小鳳道：「那爲什麼換了古琴？」

西門吹雪道：「笛聲悠揚，清滌作用卻沒有古琴的琴音大。」

陸小鳳道：「清滌作用？清滌什麼？」

西門吹雪道：「殺氣。」

陸小鳳道：「清滌殺氣？」

西門吹雪點頭。

陸小鳳道：「清滌誰的殺氣？」

西門吹雪道：「馬車上的人。」

陸小鳳道：「你感覺得到他的殺氣？」

西門吹雪道：「很濃的殺氣。」

陸小鳳道：「你知道他要殺誰嗎？」

西門吹雪道：「絕不是我。」

陸小鳳道：「也不止是我。」

西門吹雪道：「還有誰？」

陸小鳳道：「還有老實和尙、沙曼和小玉。」

西門吹雪道：「我有兩個問題。」

陸小鳳道：「什麼問題？」

西門吹雪道：「第一，他爲什麼要殺老實和尙？」

陸小鳳道：「第二呢？」

西門吹雪道：「沙曼和小玉是誰？」

陸小鳳把他的經歷說完的時候，桌上的酒已殘，菜已清。

西門吹雪看著陸小鳳，眼中帶著責備的神色。

西門吹雪道：「你惹的麻煩不小。」

陸小鳳道：「所以我才來找你。」

西門吹雪道：「我知道怎麼應付，你最好好睡一覺，以便趕路。」

陸小鳳道：「我能不能說兩個字？」

西門吹雪道：「不能。」

陸小鳳道：「爲什麼？」

西門吹雪道：「因爲我知道那兩個字是什麼。」

陸小鳳道：「你知道？」

西門吹雪道：「我知道。」喝了一口酒後又道：「我寧可你把那兩個字記在心裡。」

陸小鳳道：「那我就把『多謝』兩個放在心上吧！」

陸小鳳笑著把酒喝光。

十九　脫困的方法

一

清晨。

有霧，淡淡的霧。

在晨風中聞花的香味，在霧中看朦朧的花影，是一件令人非常舒爽的事。

只可惜早起的人並不多。

陸小鳳是早起的人，但他卻沒有走在霧中看花聞花的閒情。

宮九懂得享受，但是他卻不懂得享受雅致，他寧可多睡多養精神，也不願意享受薄霧的沁涼。

牛肉湯是女人，女人都喜歡花前月下，喜歡日出日落，只可惜她跟的人是宮九。

一個喜歡睡覺到大天亮的男人，身邊的女人也只好陪他睡到大天亮了。

所以，能夠享受美好清晨的人，只有一個。

白衣似雪，白霧迷濛，西門吹雪像尊石像般站在花旁。

霧已散。

陽光已散發出熱力。

鳥兒也已開始啁啾。

西門吹雪卻已不站在花旁。

在車旁，宮九的馬車旁。

一股殺氣忽然自車外傳入車內，宮九霍地坐了起來。

撥開車簾，宮九看到西門吹雪。

冷冷然森森然站著的西門吹雪。

然後，宮九就看到陸小鳳。

笑嘻嘻揮揮手走著的陸小鳳。

陸小鳳走得並不快，但是沒多久，陸小鳳的身形就愈來愈小了。

宮九一拉韁繩，馬車卻動也不動。

宮九只看到數點寒光，拉車的馬就已倒下。

西門吹雪拔劍、刺馬、收劍，快如電光火石。

宮九第一次看到這麼快的劍。

陸小鳳的身形更小了。

西門吹雪的殺氣更濃了。

宮九沒有看陸小鳳，他看的是西門吹雪的眼睛。

西門吹雪的眼睛，也盯著宮九的眼睛。

宮九道：「你為什麼要殺我的馬？」

西門吹雪道：「我不希望你的馬追上我的朋友。」

宮九道：「假如我要追呢？」

西門吹雪道：「你的人，就會和你的馬一樣下場。」

宮九冷哼一聲道：「你有自信嗎？」

西門吹雪道：「西門吹雪是江湖上最有自信的人。」

宮九道：「真的嗎？」

西門吹雪道：「你要不要試一試？」

宮九沒有說話，只是被西門吹雪的殺氣迫得打了一個冷噤。

陸小鳳忽然覺得這個世界實在太可愛了，鳥兒的歌聲明亮清爽，風兒吹在身上舒適無比，連那路旁的雜草也顯得美麗起來。

朋友，還是這個世界上最令人愉快的東西。

友誼，更是這個世界上最不能缺少的東西。

陸小鳳和西門吹雪的友誼，只是君子之交般的淡如水，但是，陸小鳳有危難的時候，西門吹雪總是會拔刀相助的。

雖然他會要求陸小鳳把鬍子剃掉。

剃掉又有什麼關係？剃掉了鬍子，人豈不變得更爽朗嗎？

所以陸小鳳還是很感謝西門吹雪。

陸小鳳知道，宮九是絕對追他不上了。

他停下來，深深呼吸山間清晨充滿涼意的空氣。

他摸摸嘴上刮掉了鬍子的地方，笑了。

因爲他想起沙曼，沙曼看到他只剩兩條眉毛，一定會大吃一驚。

但是最吃驚的人應該是老實和尙，他一定想不到，陸小鳳居然真的把鬍子剃掉，而且確實也是爲了躲避追擊，雖然追他的人不是太平王世子的官差。

宮九比太平王世子的官差厲害太多了，陸小鳳絕不害怕一百個官差，卻害怕一個宮九。

宮九的智慧武功，確實驚人。

西門吹雪能擋得住宮九嗎？西門吹雪打得過宮九嗎？

陸小鳳剛舉起腳步想繼續往前走，忽然又停了下來。

萬一西門吹雪不是宮九的對手呢？

陸小鳳內心隱隱有種不安的感覺浮起。

——假如西門吹雪有什麼意外，我豈不成了罪人？陸小鳳愈想，浮起的不安感覺愈濃。

——西門吹雪爲了我而面對宮九，我爲什麼就要一走了之？朋友要犧牲，也是雙方的犧牲，豈能單讓西門吹雪犧牲？

一想到這裡，陸小鳳的人就像支箭般飛出。

不是往前的箭，是往後的箭。

二

日午，太陽高照，無風。

花叢中有蝴蝶飛舞。

花叢外飛的卻不是蝴蝶，是蒼蠅。

那種飛起來嗡嗡作響的青頭大蒼蠅。

看到蒼蠅，陸小鳳就聞到血腥的氣味。

馬不在，馬車不在，人也不在。

陸小鳳的人飛奔進入西門吹雪的屋裡。

一切傢具整潔如常，每樣東西依舊一塵不染。

西門吹雪呢？

整棟房子除了陸小鳳以外，一個人也看不見。

一陣風忽然吹進屋裡，陸小鳳不禁顫抖了一下。

大錯已經鑄成了嗎？

陸小鳳走出去，走近血跡斑斑的地上，伸掌連拍。

嗡嗡作響的蒼蠅忽然都沒有了聲音，紛紛倒臥在那灘血上。

只剩下花間飛舞的蝴蝶，猶在忽上忽下忽左忽右的飛翔。

花已不香，蝴蝶已不再美麗。

陸小鳳怔怔注視著地上的血跡，出神。

「你在憑弔那匹馬？」聲音傳入陸小鳳耳際時，一隻手也搭在他肩上。

聲音是西門吹雪的聲音，手也是西門吹雪修剪得異常整潔的手。

陸小鳳愣住。

西門吹雪的笑容，比太陽還令陸小鳳覺得溫暖。

「這不是你的血？」

西門吹雪道：「是的話，我還會站在這裡嗎？」

陸小鳳道：「哦，對，這是馬的血。」

西門吹雪道：「你爲什麼要趕回來？」

陸小鳳道：「我害怕。」

西門吹雪道：「你害怕我會遭宮九的毒手？」

陸小鳳點頭。

西門吹雪雙手攀住陸小鳳雙肩，猛力搖了幾下。

西門吹雪道：「就憑你這點，你以後來找我辦事，我不要你剃鬍子了。」

陸小鳳苦笑。

這就是友情的代價！

陸小鳳看看地上的血，道：「你確實讓我擔上了心。」

西門吹雪道：「你以爲我會死？」

陸小鳳道：「是的。」

西門吹雪道：「爲什麼？」

陸小鳳道：「因爲你是個極愛清潔的人，豈能容許一灘血在你屋前？」

西門吹雪笑道：「我當然不能容忍，只是我沒有時間去清洗。」

陸小鳳道：「你沒有時間？」

西門吹雪道：「是的，我還未來得及清洗，你就來了。」

陸小鳳道：「我來以前呢？」

西門吹雪道：「我正在河邊吐。」

陸小鳳道：「吐？嘔吐？」

西門吹雪點頭。

陸小鳳道：「你爲什麼要吐？」

西門吹雪道：「因爲我見到一個人，他的舉動醜陋得令我非吐不可。」

陸小鳳道：「誰？」

西門吹雪道：「宮九。」

陸小鳳道：「宮九？他怎麼啦？」

力。」

西門吹雪道：「他哀求我打他。」

陸小鳳道：「你打了嗎？」

西門吹雪道：「沒有。高手過招前的凝視，絕不能疏忽，我以爲他是故意擾亂我的注意

陸小鳳道：「然後呢？」

西門吹雪道：「然後他忽然舉起手來，自己打自己的臉。」

陸小鳳道：「你還是沒有理他？」

西門吹雪道：「你說對了。我依舊目不轉睛的看著他。」

陸小鳳道：「他怎麼辦？」

西門吹雪道：「他挨了鞭子。」

陸小鳳道：「挨誰的鞭子？」

西門吹雪道：「牛肉湯的。牛肉湯不停的打他，他在地上翻滾，高興得大叫。」

陸小鳳道：「你怎麼辦？」

西門吹雪道：「我趕快衝到河邊，大吐特吐，要不然……」

陸小鳳道：「要不然就怎樣？」

西門吹雪道：「要不然我吐在地上，這裡我就不能再住了。」

陸小鳳道：「那恐怕我就要賠你一棟房子囉。」

西門吹雪道：「你知道我這棟房子價值多少嗎？」

陸小鳳道：「值多少？」

西門吹雪道：「你知道霍休嗎？」

陸小鳳笑了。

他怎麼能不知道霍休？他怎麼能不知道富甲天下，卻喜歡過隱士生活，性格孤僻的霍老頭？

他還清楚記得，那一次，他本來舒舒服服的躺在床上喝酒，忽然來了三個名滿江湖的怪人，一個是整天唸著「多情自古空餘恨」的「玉面郎君」柳餘恨，一個是整天唸著「秋風秋雨愁煞人」的「斷腸劍客」蕭秋雨，一個是「千里獨行」獨孤方。

這三個人本來就難得在一起，而更奇怪的是，他們不但都聚在一起，而且他們竟然都成了丹鳳公主的保鏢。

當丹鳳公主也進入他的房內，忽然向他下跪的時候，他就撞破了屋頂，落荒逃走。

他躲避丹鳳公主的地方，就是霍休的一處居所。那是一棟木屋，卻價值連城。

因爲那本來是大詩人陸放翁的夏日行吟處，牆壁上還有陸放翁親筆題的詩。

但是房子在一刹那間就被柳餘恨、蕭秋雨和獨孤方拆了。

丹鳳公主一出手，就賠償五十兩金子給霍休。

五十兩金子可以蓋好幾棟房子了！

但陸小鳳卻認爲那棟木屋價值三四萬兩金子。

現在西門吹雪忽然問起這個問題，是否也認爲他的房子值這麼多金子？

所以陸小鳳就把這意思說了出來：「你要把你的房子和霍老頭的相提並論？」
西門吹雪卻搖頭道：「你猜錯了。」
陸小鳳道：「我猜錯了？」
西門吹雪道：「我只不過是說，任何一棟房子，都是無價的。」
陸小鳳道：「爲什麼？」
西門吹雪道：「因爲房子裡的人，也許有一天也會名動四方的。」
陸小鳳道：「你說得一點也不錯，霍老頭的那棟木屋，在陸放翁行吟的時候，根本也只不過是一堆木頭蓋起來的房子而已，但是陸放翁的詩受到世人的賞識以後，到了霍老頭住的時候，就價值連城了。」
西門吹雪道：「所以假如我不能住在這裡，這種房子你也賠不起。」
陸小鳳道：「你錯了，我賠得起。」
西門吹雪道：「哦？」
陸小鳳道：「因爲我現在根本不必賠給你，等幾百年後，後世的人都還知道有個西門吹雪的時候，我已經羽化登仙去了。」
西門吹雪道：「我發現你會耍賴。」
陸小鳳笑道：「就算是吧，也賴不到你身上，因爲你現在根本不會搬走。」
西門吹雪道：「這次是你錯了。」
陸小鳳道：「哦？」

西門吹雪道：「我馬上就要搬走。」

陸小鳳道：「爲什麼？」

西門吹雪道：「因爲，這裡適合你住。」

陸小鳳道：「適合我住？」

西門吹雪道：「宮九一定以爲你已經走了，怎麼也想不到你還會回來，所以他不管派出多少耳目，不管他的耳目在哪裡探聽，都再也打聽不到你的行蹤。」

陸小鳳道：「因爲我已經在你這裡高枕無憂了。」

西門吹雪道：「完全正確。」

陸小鳳道：「那麼你呢？」

西門吹雪道：「我走。」

陸小鳳道：「你去哪裡？」

西門吹雪道：「我去學佛。」

陸小鳳道：「學佛？跟誰？」

西門吹雪道：「當然跟和尚。」

陸小鳳道：「跟哪一位和尚？」

西門吹雪道：「老實和尚！」

陸小鳳道：「老實和尚懂佛？」

西門吹雪道：「我不知道。」

陸小鳳道：「你不知道？你不知道還要跟他學？」
西門吹雪道：「我只跟他學一招。」
陸小鳳道：「哪一招？」
西門吹雪道：「坐懷不亂。」
陸小鳳道：「坐懷不亂？學來幹什麼？」
西門吹雪道：「學來對著兩個大美人的時候，不會心猿意馬。」
陸小鳳道：「兩個大美人又是誰？」
西門吹雪道：「一個叫沙曼，一個叫小玉。」
陸小鳳笑道：「你是說，你要去接他們來這裡？」
西門吹雪道：「你有比這更安全更好的方法嗎？」
陸小鳳道：「有。」
西門吹雪道：「請說。」
陸小鳳道：「只是我們暫時都做不到。」
西門吹雪道：「那是什麼方法？」
陸小鳳道：「殺死宮九的方法。」

三

陸小鳳相信西門吹雪的爲人，相信他的能力，相信他的武功。

所以他安安穩穩舒舒適適的躺在屋前，享受花香、陽光、微風和翩翩飛舞的蝴蝶。

陸小鳳的心緒，也隨著飛舞的蝴蝶上下起伏，飛到了沙曼的身上。

他渴望見到沙曼。

他忽然興起一種從江湖中引退的感覺。

他在江湖中實在已經待了很久了，雖然他還年輕，還有著一顆熾熱的心，但他忽然覺得江湖險詐，你爭我奪的血腥味太濃了。

他只希望和沙曼共聚，找一個小島，或者就回到小老頭那小島上，就住在沙曼以前的房屋裡，不再過問是非恩怨，不再拿劍。

他看看自己的手。

——不拿劍，拿什麼？

——拿眉筆？

他不禁笑了起來。

然後他就聽到一陣聲音。

不是他的笑聲，是馬蹄踏在地上的聲音。

不是一匹馬，也不是二匹、三匹、四匹馬，而是十幾二十匹馬奔馳在地上的聲音

他霍地站起。

當馬匹奔馳的聲音愈來愈清晰、愈來愈響亮的時候，陸小鳳作了一個決定。

他決定隱藏起來。

所以他「嗖」的一聲，就隱身沒入花叢之中。

這是陸小鳳在花叢中想到的第一個問題。

——是什麼人？

——是西門吹雪出賣他嗎？

這是陸小鳳在花叢中想到的第二個問題。

這兩個問題其中的一個馬上就有了答案。

因爲奔馳的馬已停在西門吹雪的門前。

整整二十四馬、二十個人。

二十個已經從馬上躍下的人。

二十個身穿黑色勁裝的人。

陸小鳳認出其中的一個。

帶頭的一個。

鷹眼老七！帶頭的人就是十二連環塢的總瓢把子鷹眼老七。

——鷹眼老七來找誰？

——找西門吹雪抑或陸小鳳？

——有什麼事？

四

陸小鳳只知道一件事。

鷹眼老七來找的人，不是他，是西門吹雪。

因爲鷹眼老七叩門時的話，是：「十二連環塢鷹眼老七求見西門公子。」

所以陸小鳳證明西門吹雪沒有出賣他。

他感到一陣慚愧。

他在心中反覆的告誡自己：對朋友一定要信任，一定要有信心。

所以他又深深呼吸那微風夾著的芬芳花香。

但是他卻沒有安詳的坐下或躺下，他反而飛快的展開輕功，向鷹眼老七消失的方向追去。

因爲他心中還有一個大疑問。

——鷹眼老七來找西門吹雪做什麼？

鷹眼老七是十二連環塢的總瓢把子，十二連環塢的勢力遠及塞外，連黑白兩道中都有他的門人子弟。

鷹眼老七不管走到哪裡，都應該很罩得住，很受當地黑白兩道熱烈的招呼。

所以鷹眼老七落腳的地方，應該是大鎮或村莊才對。

陸小鳳這次卻想錯了。大錯而特錯。

因爲陸小鳳跟蹤馬蹄印一路走去，忽然發現，鷹眼老七他們去的方向，竟然不是大村鎮。

他們落腳的地方，只是一個很隨便的所在，就像走累了，就隨便找個可以坐下來的地方一樣。

那只不過是曲曲折折的山道上，一片較爲空曠的地方而已。

但是他們都下了馬，聚在一堆，遠遠望去，彷彿是在談論一件機密的事情似的。

陸小鳳發現自己錯了。他們根本不是談論事情，而是圍著一堆堆的乾糧滷菜，大吃大喝。

太陽已過了中天，陸小鳳才發覺，自己的肚子也咕嚕嚕響了起來。但是他卻不能坐下來吃。

並不是怕被他們發現，也不是沒有時間吃，而是他什麼吃的東西都沒有帶在身上。

他身上只有可以買吃的東西的銀子。

銀子在山上是一點用處也沒有的。所以他只有潛至近處，看著他們大吃。

他不但可以看到他們的吃相，還可以聽到他們談話的聲音。

「咱哥兒倆今天晚上去翻翻本，然後再去找春紅和桃娘樂上一樂如何？」

「翻你個大頭鬼！」

「你怎麼啦！」

「你知道我生平最怕的一件事是什麼嗎？」

「是什麼？」

「就是摸門釘。有一次他去辦事，也是找不到人，結果我去推了幾把牌九，哈，你知道結果嗎?連續二十七把，我拿的都是蹩十。」

「所以你今天沒看到西門吹雪，你就不賭?」

「絕不賭。」

「我勸你還是痛痛快快賭一場的好。」

「爲什麼?」

「因爲你見到西門吹雪，恐怕就不一定有機會賭了。」

「你是說我們殺不了他?」

「我只怕是沒有可能。」

「不可能。」

「你那麼自信?」

「當然，我們二十個人在他全無提防之下，忽然發了二十種不同的暗器，我看神仙恐怕也難躲得過，何況只不過是凡人而已。」

陸小鳳已經知道是怎麼回事了。

宮九一定是因爲西門吹雪阻擋住他，以致於陸小鳳逃出了他的勢力範圍，所以對西門吹雪懷恨在心，派鷹眼老七來暗算西門吹雪。

這是最有可能的推理。而且這也證明了一件事。

宮九果然找不到陸小鳳的蹤影，這表示，陸小鳳因為回頭去找西門吹雪，而脫離了宮九的追蹤。

這也證明了另外一件事。

西門吹雪一路上，都沒有被任何人發現。

陸小鳳安心了。他知道，他只要再做一件事，他就可以安安穩穩的坐在西門吹雪的門外，等待西門吹雪把沙曼他們接來。

五

鷹眼老七雖然不嗜賭，有時候也會下幾把賭注過過癮的。

但今晚，他只是瞪著眼睛，看著他的手下在賭，連一點參加的興致也沒有。

他酒量雖然不算很好，有時候喝上十來二十碗滿滿的燒刀子，卻也不會醉。

但今晚他只喝了兩碗，就感覺到頭暈了。

有心事的人，通常都比較容易喝醉。

有心事的人，通常都沒有賭的興趣。

鷹眼老七本來是個很看得開的人，不管什麼事，他都很少放在心上。

但今晚他卻有心事，不但是今晚有，而且最近都有。

自從他走錯了那麼一步以後，他就有了心事，這分心事一直壓得他悶悶不樂。

他已經是十二連環塢的總瓢把子了，為什麼還要受宮九指使？

他擔心有一天，他的命運會像葉星士那樣。

因爲這世上，知道宮九秘密的人，只剩下他一個人了。

他實在不應該去知道宮九的秘密的。

以他一大把年紀，以他的家財，根本就什麼都不必愁，爲什麼竟在那一刻，受不了大量金錢的誘惑，受宮九的支配？

要這麼一大堆錢，又有什麼用？難道真要死後帶進棺材裡？

陸小鳳是個古道熱腸，重義氣講仁愛的人，在劫案發生後，鷹眼老七第一個想找來幫忙的人，就是陸小鳳。

但現在，鷹眼老七卻要聽命於宮九，要追查陸小鳳下落，宮九說格殺時，他就要狠下心來殺害這樣的一位俠士。

西門吹雪雖然不是大仁大勇的人，但他從不殘殺無辜，這一點，在江湖上就足以令人敬佩。

但現在，鷹眼老七卻奉命要殺害西門吹雪。

所以他又舉起碗中酒，猛然又乾了一碗。

所以他連賭局是什麼時候散的，一點也不知道。

當他醒來，發現自己伏在桌上，偌大的客棧空空蕩蕩，有一種昏沉的感覺。

然後，他才發覺，他身上的刀不見了。

然後，他又發覺，他面前有一張紙條。

紙條上面寫著：

西門吹雪 長安。

廿 老實和尚不老實

一

刀。刀在陽光下閃耀著眩目的光芒。

刀在陸小鳳手上。

陸小鳳把玩著手中的刀，忽然對太陽射在刀上發出光芒的角度發生興趣。

他把刀平放，垂直，傾斜，擺了五十六個不同的角度，只看到十四個角度時會反射光芒。

他忽然笑了，對這樣的研究笑了起來。

假如有一天，他要用刀來對付敵人，他就可以先用這種陽光反射的方法來刺激對方的眼睛，對方如果受到干擾，他就必勝無疑了。所以他很感謝鷹眼老七。

要不是鷹眼老七身上剛好帶著刀，要不是鷹眼老七剛好醉醺醺的躺在桌上，要不是他剛好要去留個字條給鷹眼老七，他就不會拿鷹眼老七的刀，也就不會發現這個道理了。

撫摸著刀身，陸小鳳忽然得意的笑了起來。

——要不是我去留字條，要不是我順手拿了他的刀，要不是我在陽光下玩這把刀，我會發現這個道理嗎？

——所以我應該感謝自己才好，爲什麼感謝鷹眼老七？

陸小鳳的笑容更得意了。

——鷹眼老七現在一定帶著他的手下，在趕赴長安途中吧？

鷹眼老七沒有理由不去長安的，任何一個人在那種情況下，一定會去長安的。

假如他相信字條上的話，他一定會去。

假如他不相信，他也一定會去。

因爲留字條的人隨時都可以取走他的性命，他焉能留下？

而且，陸小鳳也沒有騙他，因爲陸小鳳只寫上「西門吹雪□長安」，中間空了一個字。

空的地方也可能是兩個字——不在。

——西門吹雪「不在」長安。

空的地方也可能是三個字。

西門吹雪「也許在」長安。

這就是留空的好處。

陸小鳳忽然想到古人的繪畫，爲什麼會留空那麼多，原來空的地方，具有更多層的解釋，大家可以各憑己意去欣賞、去批評，去猜測畫中的意境。

而陸小鳳字條留空的意境卻只有一種：

——西門吹雪根本不在長安。

——西門吹雪應該到了沙曼他們隱藏的地方了吧？

陸小鳳算算日期，應該是西門吹雪見到沙曼的時候了。

二

西門吹雪並沒有見到沙曼。

西門吹雪首先見到的，是一道懸崖，是懸崖下拍岸的怒浪，是打在懸崖上濺起的浪花。

然後他才看到陸小鳳說的木屋。他很喜歡這裡。

看到那懸崖和浪花，他就想起蘇東坡的詞。

——驚濤裂岸，捲起千堆雪。江山如畫，一時多少豪傑。

這裡實在是適合隱居的地方。

西門吹雪好後悔答應陸小鳳要把沙曼他們帶去。

——爲什麼不答應陸小鳳，來這裡保護他們？

這樣他就可以住在這裡，可以在這裡享受海風，享受浪花飛濺的景象了。

他雖然後悔，卻還是舉步走向木屋，一點遲疑的意思也沒有。

西門吹雪不管走到哪裡，都不會忘記他的君子風度。

就算在這只有一戶木屋的懸崖上，他還是記得君子的表現。

所以木屋的門儘管是半掩的，他還是在門上敲了幾下。

他一向都等屋裡的人來應門，或者請他入內，他才進去。但這次他卻例外。

任何事情都有例外的。

比如敲了幾十下的門，都沒有人應門。

比如忽然聞到血腥的氣味。

西門吹雪不但敲了五六十下的門都沒有回音，而且也聞到了血腥的氣味。

所以他只有破例。

所以他就把門全部推開，像貓一樣機警的走入屋內。

大廳裡除了木桌、木椅、茶杯、茶壺外，什麼也沒有。

西門吹雪並沒有一下子衝進房間裡。他是高叫了兩聲「有人嗎？」之後才衝進去的。

第一個房間裡除了木床、棉被、枕頭外，沒有人。

第二個房間的景物和第一間的一模一樣。

第三個房間卻有一個人。

死人。死去的女人。

西門吹雪衝進去，把這女人翻個身，他赫然發現兩件事。

——這個女人是小玉，因爲陸小鳳形容的沙曼，不是這個樣子。

——這個女人並沒有死，因爲她喉中還發出非常微弱的呻吟聲。

西門吹雪把小玉救回他的馬車上時，他又發現了一件事。

——小玉的右手緊緊的握著。

他把小玉的右手拉開，一張紙團掉了下來。

紙條上只寫著七個字。

用血寫的七個字——老實和尚不老實。

三

陸小鳳不知道懸崖上的小木屋已經發生了變故。

陸小鳳不知道沙曼和老實和尚已經不知去向。

陸小鳳不知道小玉已經被刺重傷。

陸小鳳不知道西門吹雪爲了救小玉，並沒有趕路，不但不趕路，反而找了個小鎭住了下來，請了個大夫醫小玉的傷。所以他到了西門吹雪無論怎樣也該回來的時候，卻還看不到馬車的蹤影，他的內心就浮現起一片濃濃厚厚的陰影。

——西門吹雪會不會發生意外？

——沙曼會不會發生意外？

——他們全都發生意外？

太陽由天空中央爬近西邊，又由西邊沉下隱沒，陸小鳳還在這疑問的陰影籠罩下。

一彎新月已爬至中央，他依舊坐在門前，焦急的伸長脖子盼望。

他感到煩躁擔憂焦慮渴望。他這分心情只有一個人了解。

西門吹雪了解陸小鳳的心情。因爲他知道陸小鳳的期待。

但是他實在沒有辦法趕回去，不是他不趕，而是他不能趕。

小玉失血很多，需要靜養，絕不能讓她在馬車上受巔簸之苦。

所以儘管西門吹雪了解陸小鳳的焦急，他實在是一點辦法也沒有。他自己又何嘗不急？

小玉緊握在手中的七個字「老實和尙不老實」，很明顯的表示出，沙曼的失蹤、小玉的受傷，一定和老實和尙大有關聯。但真相如何？老實和尙在哪裡？

西門吹雪只想早日見到陸小鳳，把心中的疑問統統交給陸小鳳，讓他自己去思考去解決。

然而小玉的臉色是那麼蒼白，連靜靜的躺在床上她都會痛得發出呻吟聲，他又怎麼能忍心上路？

而且他又不敢把小玉一個人丟下，讓大夫來照顧她。

所以他只有一條路好走——等待的路。

陸小鳳已經等得很不耐煩了。三天前他就幾乎忍不住要離開去尋找了。

因爲三天前他就認爲最遲西門吹雪應該在三天前就回來。

能夠等待六天，陸小鳳的脾氣實在是不錯了。這一點他不得不佩服自己。

所以當他舉起腳步要離去時，他做了一個決定。

他決定再佩服自己一天。因爲佩服自己實在是一件不容易的事。

這是陸小鳳佩服自己有耐性的最後一天了。

這是第九天，不是第七天。因爲陸小鳳又多等了兩天。

兩天來他舉了一百二十四次步。但一百二十四次都沒有走成功。

因爲每一次舉步，他腦中就浮起一個想法。

——假如剛走，西門吹雪就帶著沙曼回來怎麼辦？

——假如沙曼一到，竟然見不到他怎麼辦？

所以他又留下，苦等，苦苦的等待。

黃昏。黃昏一向都是很令人愉快的。

因爲黃昏就是親人即將團聚的時候。

耕田的人荷著鋤，迎著火紅的落日，走在阡陌田野的小徑上，回家和家人共聚。

各行各業的人，看到夕陽的餘暉，就知道休息的時候到了，一天的疲勞可以得到憩息了。

約會的情人，也開始妝扮，準備那黃昏後的會面了。

只有一種人在黃昏時不愉快——等待的人。

陸小鳳是等待的人。但是他的臉在晚霞映照下卻浮起笑容，因爲他已不必再等待了。

因爲他已聽到馬車奔馳的聲音。

因爲他已看到西門吹雪的馬車。所以這個黃昏，是令陸小鳳愉快的黃昏。

陸小鳳的快樂，也跟天邊絢爛的彩霞一樣，稍稍停留，又已消失。

因爲他看到的，是一臉風霜的西門吹雪，是一臉蒼白的小玉。

陸小鳳雖然焦急，但是他卻沒有催促小玉，只是耐心的、細心的聽著小玉用疲弱的口音，述說老實和尙不老實的故事。

——有一天，老實和尙忽然說他有事要離開幾天，就留下我和沙曼在那小屋裡，他就走了。

——然後過了七八天，老實和尙就回來了。

——他回來的時候，我不在，因爲我一個人去撿貝殼去了。

——我捧著貝殼興高采烈的回去，還大聲高叫著沙曼的名字。

——沙曼沒有回答我。

——我看到老實和尙抱著沙曼。

——沙曼連掙扎也沒有，她大概在出其不意的時候，被老實和尙點了穴道。

——我大聲喝問老實和尙要幹什麼。

——他一言不發，對我露出邪淫的笑容。

——我衝向他。

——他忽然丟下沙曼，拿起掛在牆上的劍，刺向我。

——他的武功很可怕。

——他大概以爲把我殺死了。

——我也以爲我要死了。

——所以我在臨死前寫下了那七個字。

「然後呢？」陸小鳳忍不住問。

「然後我就到了這裡。」小玉說。

四

老實和尚在「四大高僧」中排名第三。

老實和尚到底是真老實還是假老實，沒有人知道，但是人人都知道，他武功之高，確是一點不假，誰惹了他，都會忽然在半夜不明不白的死去。

老實和尚已經有半年在江湖中絕跡，沒有一個人知道他幹什麼去了。

陸小鳳在這半年來第一次見到老實和尚，是在島上，老實和尚忽然從箱子裡冒了出來。

陸小鳳開始懷疑一件事：

——老實和尚真的被捉進箱子裡嗎？

陸小鳳忽然記起了在島上和老實和尚的一段談話：

「和尚爲什麼沒有走？」

「你爲什麼還沒有走？」

「我走不了。」

「連你都走不了，和尚怎麼走得了？」

「和尚爲什麼要來？」

「和尚不入地獄，誰入地獄！」

「你知道這裡是地獄？你是到地獄來幹什麼的？那位九少爺又是個什麼樣的人？怎麼會把你裝進箱子的？」

老實和尚沒有回答。

「你既然知道，爲什麼不說？」

老實和尚喃喃道：「天機不可洩露，佛云：『不可說，不可說』。」

陸小鳳知道，老實和尚一定很了解島上的秘密。

陸小鳳忽然想起一個問題。

——老實和尚是不是已被小老頭說服收買，做了隱形人？

陸小鳳又想起了兩件事：

——老實和尚躲在沙曼的床下，教他和沙曼一個逃走的方法。

——老實和尚又在船上救了他們一次。

陸小鳳心中浮起一個疑問：

——爲什麼自己想的逃走方法都行不通，老實和尚想的就行得通？

陸小鳳心中掠過一絲陰影：

——這是老實和尚和宮九串通的嗎？

陸小鳳馬上想到問題的關鍵：

——爲什麼？

假如宮九要殺他，他相信，在島上就可以殺了他。

以宮九爲人處事的態度，絕不可能疏忽到讓陸小鳳和沙曼他們逃上船的。

更絕不可能讓他們從船上逃回陸地！

那是絕不可能的。

陸小鳳心中又浮起同樣的問題：

——那到底是爲什麼？

宮九既然存心放他回陸地，爲什麼又設計陷害他，讓他走上絕路？

——老實和尙這次劫走沙曼，又是爲什麼？

陸小鳳仰望蔚藍的蒼穹，心中打起一個一個的結。

白雲飄來，白雲飄去，蔚藍依舊是蔚藍。

陸小鳳忽然感到心中興起一陣波濤。在震撼中，他理出了頭緒：

——天空是不變的，變的只是來去的雲層而已。

——這件事也是一樣，老實和尙和宮九，就像白雲一般，只是想改變天空的容貌而已。

——只要把老實和尙和宮九撇開，天空的容貌還是原來的樣子。

——這天空就代表了小老頭。

陸小鳳記起小老頭對他說的話：

——只要陸小鳳加入小老頭那個行列，隨便陸小鳳考慮多久，絕不限制他的行動，無論他幹什麼，無論他到哪裡去都可以。

這是絕不可能的事。因爲陸小鳳根本就不想加入。

這一點，小老頭應該知道。

所以，放他走，讓他和沙曼一起走，無非是讓他和沙曼的愛情更加深刻、更加難忘。

所以，設計陷害他，無非是讓他行走江湖時更加困難、更加煩惱。

這些都只有一個目的。

小老頭的目的。

——加入他們。

假如陸小鳳加入他們的行列，他知道，劫鏢的事馬上可以澄清，而且一定是由他來破案，贏回清白。

因爲這樣一來，他的名望就更高，就更沒有人會懷疑他會做壞事，他就可以做一個可能是空前絕後的隱形人了。

假如陸小鳳加入他們的行列，他知道，沙曼馬上就會現身，他就不會再受相思的煎熬了。

陸小鳳心中還有一個疑問。

——小老頭爲什麼一定要他加入呢？

——他們已經有能力劫持價值三千五百萬兩的金珠珍寶，他們還要他加入幹什麼？

這問題只有一個可能的答案：

——小老頭要進行一件非常大的陰謀，這陰謀絕對是轟動江湖的陰謀。

——所以小老頭才需要他。

——所以小老頭才千方百計的設陷來困擾他。

陸小鳳很替小老頭惋惜。因爲小老頭不了解他。

他會爲了蒙受不白之冤受江湖人唾棄而加入他們，去做壞勾當嗎？

他會爲了愛情的煎熬放棄自己做人的原則嗎？

假如他會，他就不是陸小鳳。

假如不是陸小鳳，江湖上早就遍佈邪惡勢力，黑白兩道恐怕只剩下了一道——黑道。

惡勢力儘管會在一段時期裡佔著優勢，但是總會出現一些不妥協、不爲利誘、不爲情惑、無視生死恩仇的英雄，出來整頓局面。

陸小鳳絕對是其中的一個。所以陸小鳳感到悲哀，一種不被了解的悲哀。

在陸小鳳心目中，小老頭是一個奇人。

陸小鳳也是奇人。

奇人應該了解奇人，但小老頭卻不了解陸小鳳。

所以陸小鳳想起一件事。

——也許小老頭是個完人。

在陸小鳳心目中，完人有三個定義。

——第一，完人不是人。

——第二，完人很不好「玩」。

——第三，完人已經完了。

以小老頭的才智，以他在島上網羅到的人才，以他設計的劫案來看，這些，都不是「人」能夠做到的。

跟小老頭打交道，他只有一個目標，非要你加入他的行列，像陸小鳳一樣，小老頭千方百計的要迫使他加入，這是非常不好「玩」的事。

對付這種人，陸小鳳只有一種方法。

很不簡單但卻很有效的方法：

——不妥協、不為情困，跟小老頭宮九他們拚到底，查不出劫案和兇殺案的真相，絕不甘休。

陸小鳳決定這樣做的時候，他通常都能做到。所以小老頭可以說已經快完了。

下了決定以後，陸小鳳知道他要做兩件事。

——他必須回去那懸崖上的木屋，看看老實和尚有沒有留下什麼暗示給他。

老實和尚絕不會單單劫走沙曼就算了，他一定會想辦法讓陸小鳳知道他做了什麼事，應該到哪裡找到他和沙曼才對。

假如他回到木屋，而一無所獲的話，他就要做另外的一件事。

——到長安去。

他把鷹眼老七引到長安，鷹眼老七一定會在長安找尋西門吹雪的下落。
所以只要他到長安，他一定可以找到鷹眼老七。
找到鷹眼老七，他就可以找到宮九，也就可以找到老實和尚和沙曼。
在未做這兩件事以前，他必須要做到一件事。
這件事他不做，他就做不了下面的事。
這件事是——他必須向西門吹雪辭行。

廿一 尋尋覓覓

一

依舊是悠揚的笛音。

依舊是面對西門吹雪。

坐的依舊是那個位置，杯中依舊是碧綠澄清的竹葉青。

只是，陸小鳳這次不是來，是去。

杯中有酒，豪氣頓生。

陸小鳳心中有的，是豪情，不是離情。

西門吹雪心中升起的卻是離情：「你不等小玉好了一起走？」

陸小鳳搖頭道：「她在你這裡養傷是最安全的地方。」

西門吹雪道：「你把這個熱山芋交給我？」

陸小鳳道：「你錯了。」

西門吹雪道：「哦？」

陸小鳳道：「她不是山芋，更不是燙手的山芋。」

西門吹雪道：「那她是什麼？」

陸小鳳道：「美女，一個受了傷的美女。對於這種能親近美女的機會，要不是我十萬火急，我絕對不會讓給你。」

西門吹雪道：「只要我隨便吆喝一下，我身邊就可以有成群活蹦蹦的美女，我為什麼要守住這個機會？」

陸小鳳道：「因為你是西門吹雪。」

西門吹雪道：「我不懂。」

陸小鳳道：「你知道人家對你的稱呼嗎？」

西門吹雪道：「什麼稱呼？」

陸小鳳道：「他們說，西門吹雪吹的不是雪，是血。」

西門吹雪道：「這跟小玉有什麼關係？」

陸小鳳道：「有，大有關係！」

西門吹雪道：「哦？」

陸小鳳道：「小玉受了傷，流的就是血，只有你這個吹血的西門吹雪，才能把她受傷的血吹走，讓她變成一個活蹦蹦的美女。」

西門吹雪道：「你要我照顧她到什麼時候？」

陸小鳳道：「到她能起來走的時候，或者——」

西門吹雪道：「或者什麼？」

陸小鳳道：「或者是她想走的時候，又或者——」

西門吹雪道：「還有或者？」

陸小鳳道：「當然有。」

西門吹雪道：「又或者什麼？」

陸小鳳道：「又或者，你希望她走的時候。」

西門吹雪道：「我會希望她不走嗎？」

陸小鳳道：「很難說，因爲她是個很解風趣的美人。」

西門吹雪道：「你要我照顧她，我絕對好好照顧她，可是，你把我西門吹雪看成是什麼人？」

陸小鳳道：「一個能開玩笑的人。」

西門吹雪道：「你爲什麼要開我玩笑？」

陸小鳳道：「因爲你心有離愁。」

西門吹雪道：「哦？」

陸小鳳道：「我開你玩笑，只不過想沖淡你心中的離愁而已。」

西門吹雪道：「你呢？你一點離情也沒有？」

陸小鳳道：「沒有。」

西門吹雪道：「你是個無情的人。」

陸小鳳道：「我有情。」

西門吹雪道：「什麼情？」

陸小鳳道：「豪情。」

西門吹雪道：「我不了解你。」

陸小鳳道：「你想了解我？」

西門吹雪道：「是的。」

陸小鳳舉起杯中酒道：「我們先乾了這杯。」

西門吹雪乾杯後，卻看到陸小鳳站了起來。

西門吹雪道：「你要走了？」

陸小鳳道：「是的。」

西門吹雪道：「那我怎麼了解你？」

陸小鳳拿起桌上的筷子和碗，用筷子敲在碗上，高聲唱道：

「誓要去，入刀山！

浩氣壯，過千萬！

豪情無限，男兒傲氣，地獄也獨來獨往返！

存心一闖虎豹穴，今朝去，幾時還？

奈何難盡歡千日醉，此刻相對恨晚。

願與你，盡一杯！

聚與散，記心間！

毋忘情義，長存浩氣，日後再相知未晚。」

歌已盡，酒已空。陸小鳳放下碗筷，轉身離去。

「慢著！」西門吹雪隨著大喝聲站起，走向又轉過身來的陸小鳳。

西門吹雪沒有說話，他只是伸出他的一雙手。

他的手緊握著陸小鳳的雙腕，陸小鳳的手也緊握著西門吹雪的腕。

西門吹雪激動的輕輕吟誦：「毋忘情義，長存浩氣，日後再相知未晚。」

西門吹雪眼中已溫熱。陸小鳳放開西門吹雪的手腕，大步走了出去。

只聽陸小鳳豪放的歌聲，猶自在黑夜中繚繞：「毋忘情義，長存浩氣，日後再相知未晚。」

二

風。海風。

海風吹在陸小鳳身上，陸小鳳站在懸崖上。

浪潮輕拍，那節奏的韻律一起一伏的傳入陸小鳳的耳中。

他想起一種聲音。呼吸的聲音。

——沙曼酣睡時細微均勻的呼吸聲。

他忽然了解到一件事。

他了解到，爲什麼情人都喜歡到海邊，注視著茫茫的海水，去尋找昔日的回憶。

原來海水輕撫岩岸和沙灘的聲音，就和情人在耳邊的細語一樣。

在海邊勾起的，常常都是最令人難忘、最刻骨銘心，也最甜蜜的回憶。陸小鳳決定了一件事。

——假如要定居，就和沙曼在海邊定居。

然而，沙曼呢？

——沙曼，沙曼，你在何方？

燈。點燃的燈。

燈在陸小鳳手上。

燈光在移動，因爲陸小鳳的腳在移動。

陸小鳳已經就著燈光，照遍了屋中各處，連一點暗示的痕跡也沒有發現。

沒有。什麼也沒有。

——老實和尚居然連一點暗示也沒有留下來？

陸小鳳認爲這是不可思議的。

他們千方百計，無非要迫陸小鳳就範，而劫持沙曼，無疑是爲了要威脅陸小鳳。

這等於是到了攤牌的時刻。但是，見不到和你攤牌的人，你如何攤牌？

所以陸小鳳一心認定老實和尙一定會留下什麼指示給他，好讓他去攤牌。

但陸小鳳卻什麼也沒有發現。放下燈，他忽然感到一股寒意。

——老實和尙劫走沙曼難道和小老頭他們無關？

——老實和尙劫走沙曼，難道眞的要對沙曼不老實？

陸小鳳的恐懼很快就消失了。並不是因爲他相信老實和尙不是好色之徒，而是發現了一件事。

他發現的，其實不是一件事。

只是兩個字——宮九。

這兩個字不是用手寫的，是用指力刻在木桌上的。

陸小鳳只顧拿著燈到處找尋，卻忽略了燈下的木桌上，本來就刻著這兩字。

雖然他早就知道這件事一定和宮九有關，但是看到老實和尙用指力刻下的這兩個字，陸小鳳的人才輕鬆下來。因爲他心中一直有個陰影，他很害怕沙曼的失蹤完全和宮九無關。

現在一切疑慮都消失了。他要對付的人，只有宮九。要找宮九，他必須要找鷹眼老七。要找鷹眼老七，他必須要到長安。所以陸小鳳就乘著月色，踏上往長安的路。

三

酒。裝在碗裡的酒。

入。

裝酒的碗被鷹眼老七拿著。這是他今晚拿過的第二十四碗酒。

他還是和前面的二十三碗一樣，咕嚕一聲，就吞入肚中。

喝到第二十六碗的時候，鷹眼老七以爲自己醉了。

因爲他忽然發現，原來放碗的地方，忽然多出了一把刀。他用力揉眼睛。

「你不用揉眼睛，你沒有醉。」一個聲音從他背後傳來。

鷹眼老七回頭，看不到人。

鷹眼老七注視著桌上的刀，問道：「你怎麼知道我沒有醉？」

「因爲你看到的刀，是真真正正確確實實的刀，不是你的幻覺。」聲音又在他身後響起。

鷹眼老七在這聲音說了一半時，突然回頭，但是依舊什麼也看不到，聲音依舊從他耳後傳入。

鷹眼老七頹然回頭，拿起桌上的刀，道：「這就是我的刀嗎？」

聲音響起：「本來是你的。」

鷹眼老七道：「現在呢？」

「現在也是你的。」

「那你爲什麼把刀拿走幾天？」

「因爲我要偷刀立威。」

「你爲什麼要那樣做？」

「這樣你才會來長安。」

「你很了解我，你是誰？」

「我不了解你，我是陸小鳳。」陸小鳳說完，人就坐在鷹眼老七的對面。

鷹眼老七道：「你爲什麼要把我引來長安？」

陸小鳳道：「因爲我希望我的日子過得舒服。」

鷹眼老七道：「這跟你過日子有關係嗎？」

陸小鳳道：「有。因爲你去找西門吹雪的時候，住在他家的人，剛好是我。假如我不把你引走，你沒事就來煩上半天，我還有好日子過嗎？」

鷹眼老七道：「你爲什麼會住在西門吹雪家裡？」

陸小鳳道：「因爲我要等他回來。」

鷹眼老七道：「他去哪兒？」

陸小鳳道：「去接沙曼。」

鷹眼老七道：「沙曼呢？」

陸小鳳道：「沒有接到。」

鷹眼老七道：「沒有接到？」

陸小鳳道：「所以我才來長安。」

鷹眼老七道：「沙曼在長安？」

陸小鳳道：「我不知道。」

鷹眼老七道：「那你來長安找誰？」

陸小鳳道：「找你。」

鷹眼老七道：「找我？找我幹什麼？我又不知道沙曼去了哪裡。」

陸小鳳道：「你知道。」

鷹眼老七道：「我知道？怎麼連我自己也不知道我知道，而你卻知道我知道？」

陸小鳳道：「我就是知道你知道。」

鷹眼老七迷糊了。

陸小鳳又道：「我也知道你其實並不知道沙曼在哪裡。」

鷹眼老七更迷糊了。

陸小鳳道：「可是，我知道你知道另外一個人在哪裡。」

鷹眼老七的眼睛亮了一亮，道：「這個人知道沙曼在哪裡？」

陸小鳳笑了，可惜少了兩條「眉毛」。

陸小鳳道：「我不是說過，你一點也沒醉嗎？」

鷹眼老七道：「這個人是誰？」

陸小鳳一字一字道：「宮九。」

鷹眼老七在喝第十六碗酒的時候，客店的大廳就只剩下他一個人了。

陸小鳳看到他的時候，他正喝下第二十四碗。

大廳本來就只有他們兩個人。現在也沒有別人，只不過現在忽然多了一種聲音。

一種很多暗器破空的聲音。

陸小鳳反應雖然快，還是慢了一點點。其實慢的不是他，是鷹眼老七。

因為鷹眼老七雖然沒有喝醉，但喝了二十六碗火辣辣的燒刀子以後，反應總是差很多的。所以當陸小鳳拉著鷹眼老七的手，往上衝的時候，已經慢了。

陸小鳳當然沒有受傷，受傷的只是鷹眼老七。

因為暗器招呼的對象，根本不是陸小鳳，而是全部射向鷹眼老七。

他們要殺的人，是鷹眼老七。

衝破屋瓦，衝出街上，陸小鳳並沒有去追殺發暗器的人。他有兩點理由不必去追殺——發暗器的人，暗器發出後，一定分頭逃走，絕不會理會對方是否已中暗器死亡。因為他們知道他們要對付的是什麼人，假如他們要查看，他們就只有一條路可走——死路。

——他們要殺的人不是陸小鳳，是鷹眼老七，可見他們早就在監視鷹眼老七，要殺他，無非是要滅口，所以陸小鳳目前最重要的事，就是讓鷹眼老七說出宮九的秘密。

陸小鳳並沒有聽到鷹眼老七說出宮九的秘密。他聽到的，是鷹眼老七的懺悔。

他雖然知道鷹眼老七中的暗器有劇毒，命已不長，他卻沒有打斷鷹眼老七斷斷續續的懺悔。

人死前的懺悔，是獲得最後一剎那心中平安的方法，陸小鳳怎麼忍心打斷他？

所以陸小鳳只有靜靜的傾聽。

鷹眼老七的臉上，由痛苦漸趨平靜。他看著陸小鳳道：「你原諒我嗎？」

陸小鳳點頭，眼中已含滿淚水。

十二連環塢的總瓢把子，叱咤風雲的鷹眼老七，誰會想得到，竟然為了多拿幾個錢，弄到這樣的收場？而且，那些錢對鷹眼老七來說，是毫無用處的。因為他自己的錢，就已經花不完了。

看到陸小鳳點頭，知道陸小鳳原諒了他，鷹眼老七臉上浮起了笑容。

他用微弱的聲音道：「我……我……有一個……秘密要…告…訴…你。」

陸小鳳什麼話也沒說，他立刻把耳朵貼在鷹眼老七的嘴巴上。

陸小鳳聽到三個字。

鷹眼老七一生中最後的三個字：「宮九太……」

——宮九太？

——宮九太什麼？

陸小鳳面對一抔黃土，苦苦思索鷹眼老七死前對他說的不完整的秘密。

——宮九太過分？

——宮九太囂張？

——宮九太有勢力？

——宮九太厲害。

——是「太」還是「泰」？

——宮九在泰山？

——宮九的秘密在泰山？

——宮九的地盤在泰山？

——宮九藏那批珍寶的地方在泰山？

陸小鳳決定放棄思考了。

對鷹眼老七來說，他死時心裡平靜，可謂死得其所，但對陸小鳳來說，鷹眼老七未能說出宮九的秘密，這一死，就未必有點不值得了。

陸小鳳忽然興起一陣感慨：

——人死了，就一了百了，留下活著的人，留下江湖的恩仇愛恨，想了也了不清！

——人在江湖，真的是身不由己啊！

陸小鳳又想到退隱的問題。

一想到退隱江湖，他就想到要有個人陪伴在身旁。

一想到要人陪伴在旁，他就想到沙曼。

一想到沙曼，他的血液循環就加速了。

——沙曼在哪裡？

——老實和尙在哪裡？

——宮九在哪裡？

——他要到哪裡尋覓沙曼的芳蹤？

——他要走哪個方向，才能尋覓到沙曼的蹤跡。

他不知道。

他只知道一件事。他必須去找，去尋覓。

既然他們都毫無蹤影，唯一的方法，就是自己露出自己的行蹤，讓宮九他們來找他。

所以他決定了一件事——到長安的鬧市去。

四

鬧市。熱鬧的鬧市，黃昏的鬧市。

人來人往，馬去車來，陸小鳳也擠在人群之中。

飯店。長安飯店。

陸小鳳走過三十八家飯店，決定選擇進入長安飯店。因爲長安飯店最大、最乾淨、最熱鬧。最重要的一點，是他發現長安飯店已經客滿了。

踏入飯店大門，連伙計都忙得沒有招呼他。他很高興，因爲這就是他想的。

他眼睛到處轉了一轉，發現一張方桌上坐著三個人。三個濃眉粗目肌肉結實的大漢。

陸小鳳決定以這三個大漢做對象。

陸小鳳站在三個大漢面前的空位上。

陸小鳳看著正在抬頭看他的三個人說：「我可以坐在這裡？」

「不可以。」這是其中一個人的聲音。

陸小鳳把椅子拉開，坐了下來。

三個人六隻眼睛瞪得很大。

「我說不可以，你是聾子嗎？」

陸小鳳向說話的人笑笑，道：「我不是聾子。」

「那你還不快滾！」那個人的聲音逐漸增大。

「我不能滾，因爲我雖然不是聾子，但我卻是一個人。」

「你是誰？」

「我是陸小鳳。」

三個大漢愣住。然後，三個大漢忽然仰天大笑起來。

其中一個居然還伸手摸摸陸小鳳唇上剃鬍子的地方，道：「你是陸小鳳？」

陸小鳳道：「我是陸小鳳。」

那人道：「那麼，你知道我是誰嗎？」

陸小鳳道：「你是誰？」

那人道：「我也姓陸。」

陸小鳳道：「哦。」

那人道：「我叫陸大龍。」

陸小鳳拍手道：「好，好名字。」

那人以詫異的眼光看著陸小鳳。

陸小鳳拿起名叫「陸大龍」的人面前的酒，道：「來，我敬你一杯。」

「陸大龍」愣住。

陸小鳳一口把酒喝下，道：「你叫大龍，我叫小鳳，我們剛好湊起一對。」

「陸大龍」一拍桌子，高聲道：「就是呀，老子配兒子，大龍配小鳳，我以爲你連這個也不懂吶。」

陸小鳳道：「這個我怎麼不懂？只是，我有一點不太懂。」

那人道：「哪一點？」

陸小鳳道：「誰是老子？誰是兒子？」

三個人哈哈大笑起來，彷彿這是他們一生中聽過最好笑的笑話，笑得前仰後翻，整個廳裡的人都朝他們望，整桌酒菜都在震動。

另一個大漢大笑，指著陸小鳳道：「你真不懂？」

陸小鳳很嚴肅的道：「真不懂。」

說話的大漢忽然把笑聲刹住，另兩個人忽然不笑了。他們的笑容，一下子就變成了愁容，極難看的愁容。因爲他們看到陸小鳳的手輕輕在桌緣上摩挲，桌緣的木頭，就變成了細沙，紛紛落下。

他們笑不出來了。他們心中只有一個念頭——這個人也許真的是陸小鳳。

所以他們都擺出一副很抱歉、很憂愁的樣子，大眼瞪小眼的看著陸小鳳。

陸小鳳笑了。

陸小鳳笑著道：「你們還沒有回答我的問題。」

「陸大龍」以帶著哭聲的聲音道：「哪一個問題？」

陸小鳳道：「誰是老子？誰是兒子？」

「陸大龍」忽然伸手打了自己兩個耳光，道：「你是老子，我是你的龜兒子。」

「啪」「啪」，說完又打了自己兩個耳光。

陸小鳳卻搖頭起來，道：「答錯了。」

「陸大龍」臉上的表情，實在太難看了，差點就真的要哭出來，道：「答錯了？難道你要做我的龜兒子？」

「啪」「啪」，是「陸大龍」身邊的大漢打在他臉上的聲音。

那大漢道：「對不起陸爺，他笨，他不會說話，你大人有大量，就放過咱們吧！」

陸小鳳道：「我沒有要你們怎樣呀！是你們要爲難我而已呀。那你說，誰是老子？誰是兒子？」

三個人忽然一起跪下，向陸小鳳叩頭道：「你是老子，我們都是你的龜兒子。」

陸小鳳道：「你們怎麼又犯同樣的錯誤？」

三個人瞠目看著陸小鳳。

陸小鳳道：「天上的鳳，會生烏龜嗎？」

三個人異口同聲道：「不會。」

陸小鳳道：「那我哪來的龜兒子？」

「啪」「啪」六響，每人打在自己臉上兩個耳光。

「陸小鳳」三個字，就這樣在長安鬧市響亮了起來。

陸小鳳知道，不出多久，江湖上的人就大都會知道，陸小鳳在長安。

這其中當然包括宮九和老實和尚。假如宮九要找陸小鳳，他就可以到長安來了。

時間，是一種很奇怪的東西。對於勤奮的人來說，時間總是如箭般飛逝，總是不夠用。對於懶散的人來說，時間總是如蝸牛般慢行，總是太長。

歡樂的人希望時光能停住，寂寞的人希望時光能夠快快流逝。

在同樣的時間裡，有人生，有人死，有人快樂，有人憂愁。

想到這些「時間」的問題，陸小鳳興起一個念頭——這一刻，沙曼在想什麼？

六

沙曼當然是在想陸小鳳。

從陸小鳳離去那一天，她就開始在想念陸小鳳。被老實和尚帶到這裡，她更加想念陸小鳳。每天，她都期待有奇蹟出現，陸小鳳忽然就出現在她面前。

好幾次，她都有一股衝動，想去找陸小鳳，但是她知道，那是不可能的事。

她在這裡生活很好，起居都有丫鬟照顧，而且有充分的自由，可以在花園走動。她知道，老實和尚根本不擔心她逃走。她在島上生活太久了，陸地上的一切，早已遺忘，就算她逃出這官府般的宅邸，她又能到哪裡？她早就認清這一點，所以她安心在這裡等待，等待命運對她的安排。

她什麼也不想，她只把全副心思放在陸小鳳身上。她回憶和陸小鳳共度的時光，憧憬以後共聚的歡樂。日子就這樣打發走了。

老實和尚每天都來看沙曼一次，每次都沉默無語。

今天卻是例外。

老實和尚笑容滿面的走進來，一見到沙曼，就高聲道：「好消息。」

沙曼依舊擺出慵懶的樣子，道：「什麼好消息？」

老實和尚道：「你最想知道的好消息。」

——陸小鳳！

她很快就把喜悅之情壓制下來，用淡淡的口吻說道：「你們有陸小鳳的消息？」

老實和尚道：「他在長安。」

沙曼道：「長安？長安離這裡遠嗎？」

老實和尙道：「三天路程。」

沙曼不說話了。

老實和尙卻道：「我勸你別起這念頭。」

沙曼愕然道：「我起什麼念頭？」

老實和尙道：「你想逃離這裡，去找陸小鳳。」

沙曼道：「你真是我肚裡的蛔蟲。」

老實和尙道：「阿彌陀佛，和尙只不過有點透視的本領而已。」

老實和尙看著沙曼，續道：「我勸你別打算逃走，是爲了你好。」

沙曼不解道：「爲什麼是爲我好？」

老實和尙道：「因爲假如你走了，你去了長安，你就見不到陸小鳳。」

沙曼道：「爲什麼？他不是在長安嗎？」

老實和尙道：「那是三天前。」

沙曼道：「現在呢？」

老實和尙道：「現在他也許到了這裡。」

沙曼道：「這裡？」

老實和尙道：「這裡的意思就是，在這裡附近，他還不能到這裡。」

沙曼道：「爲什麼？」

老實和尚道：「因爲我們還不想讓他見到你。」
沙曼道：「你們要什麼時候才讓我見他？」
老實和尚道：「你的問題只有一個答案，答案只有三個字。」
沙曼道：「哪三個字？」
老實和尚道：「到時候。」

七

所謂到時候，也許是永遠也到不了的時候。
因爲，假如陸小鳳不答應宮九他們的要求，他到時候見到沙曼，可能是個死了的沙曼。
所以，當老實和尚派人去長安把陸小鳳接來，住在這豪華的宅邸，當他問老實和尚什麼時候可以見到沙曼，老實和尚回答說「到時候」的時候，陸小鳳就知道，他必須要靠自己了。
他知道宮九的用意，接他來，無非是告訴他，沙曼就在附近，可是陸小鳳就是見不著，明知沙曼在附近而又見不著，陸小鳳只有更心急，陸小鳳心裡愈焦急，也許就比較容易說服。
陸小鳳了解這點，他也知道，在這裡待得愈久，自己愈不容易把持。
所以他一住進老實和尚爲他安排的居所，他就毫不客氣大吃大喝一頓。然後，他就蒙頭大睡。
人的意志實在是很奇妙的，心裡想著該在什麼時候起床，果然睡到那個時候，就自然的醒來。

陸小鳳醒來時，正是子夜，正是他心中算好要起來行動的時刻。

沒有月亮，繁星滿天。吸一口沁涼的空氣，陸小鳳覺得整個人都舒爽起來。站在屋頂，藉著星光，陸小鳳一眼看過去，房屋整齊的延伸出去。他發覺，他住的地方，是這一列房屋中最小的一戶。

他知道沙曼不在這一列房屋內。因爲以宮九的氣勢，他絕對不會住在小屋裡，一定住在大宅中。

陸小鳳只要找到最大的住宅，就有可能找到沙曼。

這是陸小鳳一聽到老實和尚說「到時候」時，就想到的事。他絕不能坐著苦等，他必須起而尋找。他相信他可以找到沙曼。他有這個信心。

陸小鳳並沒有算錯。只可惜宮九比他算得更快。

所以當他找到那戶大宅，找到沙曼原來住的地方時，沙曼已經不在了。

老實和尚在。

老實和尚露出一副算準了陸小鳳會來的表情，道：「你很聰明。」

陸小鳳道：「只可惜有人比我更聰明。」

老實和尚道：「那個人並不比你聰明。」

陸小鳳道：「哦？」

老實和尚道：「那個人只不過接到報告，說你已不在床上。所以他就急急忙忙把沙曼帶走，把我留下。」

陸小鳳高聲道：「把你留下？爲什麼把你留下？我找的又不是你。」

老實和尚笑道：「阿彌陀佛，色就是空，沙曼就是老實和尚，你找到我就等於找到沙曼一樣。」

陸小鳳很想笑，只是他實在笑不出來。

所以他只好走上前，走到靠近老實和尚的身前，伸出雙手。

老實和尚問道：「你要幹什麼？」

陸小鳳道：「你不是說，找到你就等於找到沙曼嗎？」

老實和尚道：「不錯。」

陸小鳳道：「我見到沙曼的第一件事，就是和她擁抱，所以，我要擁抱你。」

老實和尚一邊退後，一邊擺動雙手，道：「這大大的使不得。」

陸小鳳道：「爲什麼使不得？」

老實和尚道：「因爲和尚也是男人，男人是不能跟男人擁抱的。」

陸小鳳道：「你不是說你就是沙曼嗎？」

老實和尚道：「這問題太玄了，我們還是談點別的吧。」

陸小鳳道：「別的？別的什麼問題？」

老實和尚一本正經的道：「大問題。」

陸小鳳道：「大問題？什麼大問題？」

老實和尚道：「有關兩個人的生死問題。」

陸小鳳道：「兩個人的生死問題？其中一個是我嗎？」

老實和尚道：「你看，我不是說你很聰明嗎？」

陸小鳳笑道：「另外一個人是沙曼？」

老實和尚嘆氣道：「唉！你這麼聰明的人，怎麼一點也想不開？」

陸小鳳道：「我想不開？我什麼事情想不開？」

老實和尚道：「對於小老頭的建議，你爲什麼那麼執著？你執著的是什麼？」

陸小鳳定定的看了老實和尚一眼，搖搖頭道：「雖然我一直都不了解你，可是我一直都認爲，你應該是個有原則的人，是什麼原因使你變了？你爲什麼會答應小老頭，做他手下的隱形人？」

老實和尚道：「因爲我想開了。」

陸小鳳道：「想開了？你想開了什麼？」

老實和尚道：「人生。」

陸小鳳道：「人生？你了解人生？」

老實和尚道：「了解。」

陸小鳳道：「你以爲人生是什麼？」

老實和尚道：「人生就是享樂。我老實和尚苦修了一輩子，得到的是什麼？人生匆匆幾十寒暑，我爲什麼要虐待自己？小老頭說得對，及時行樂，莫等閒白了少年頭，那就後悔也來不及了。」

陸小鳳又定定的看了老實和尚一眼，苦笑道：「這就是你了解的人生？你就是爲了要享樂，加入了小老頭的行列？」

老實和尚道：「我錯了嗎？」

陸小鳳道：「你錯了。你知道人生還有什麼嗎？」

老實和尚道：「還有什麼？」

陸小鳳一字一字地道：「道義、仁愛、良心。」

老實和尚笑了起來，道：「你執著的就是這些？這就是你看不開的原因？」

陸小鳳微笑道：「就是因爲我看開了，我才執著這些，你懂嗎？」

老實和尚搖頭道：「我不懂。」

陸小鳳苦笑道：「其實你懂不懂都沒有關係，有關係的是，你和我對人生的看法有所不同。」

老實和尚道：「這表示我們之間必定有衝突，這就是我們必須要敵對的原因。」

陸小鳳道：「那你注定了是個失敗者。」

老實和尚道：「爲什麼？」

陸小鳳道：「因爲邪惡，永遠戰勝不了正義。」

老實和尚又笑了起來，道：「你別忘了還有另外一句話。」

陸小鳳道：「什麼話？」

老實和尚道：「道高一尺，魔高一丈。」

陸小鳳也笑了起來，道：「你知道魔和道是不一樣的嗎？」

老實和尚道：「本來就是不一樣的。」

陸小鳳道：「所以，道和魔的比例也不一樣，道的一尺，可能是十丈，而魔的一丈，也許只有一寸。」

老實和尚沉默了。

陸小鳳笑道：「我倒是有一點很不懂的地方。」

老實和尚以疑問的眼光看著陸小鳳。

陸小鳳續道：「小老頭已經擁有像你和宮九那樣的高手，爲什麼一定要我？」

老實和尚道：「因爲你最有用。」

陸小鳳不解的道：「我？我最有用？宮九的武功恐怕就比我高，我會比他有用嗎？」

老實和尚很肯定的說：「是的。」

這一次沉默的是陸小鳳了。

老實和尚道：「因爲小老頭需要完成的事，只有你能做到。」

陸小鳳道：「別人做不到嗎？你做不到嗎？宮九做不到嗎？」

老實和尚一字一字地道：「只有你，才能做到。」

陸小鳳道：「爲什麼？」

老實和尙道：「因爲在那個場合裡，只有你，才是真真正正的隱形人。在那個場合裡，只有你，才不會給別人以戒心。」

陸小鳳道：「那是一個什麼樣的場合？」

老實和尙沒有回答。

陸小鳳道：「你不能說？」

老實和尙道：「能。」

陸小鳳道：「那你爲什麼不說？」

老實和尙道：「我可以說，但是不是在這裡說。」

陸小鳳道：「在哪裡？」

老實和尙道：「要有宮九在的地方。」

陸小鳳道：「爲什麼一定要有宮九在的地方，你才能說？」

老實和尙道：「因爲這是一件轟動天下的大秘密，我說了出來，你只有兩條路走。」

陸小鳳道：「哪兩條路？」

老實和尙道：「一條是活路，就是你答應做隱形人。」

陸小鳳道：「另一條是死路？」

老實和尙道：「對，是死路，因爲這個秘密不能讓你活著知道，所以只有宮九在場的時候才能告訴你。」

陸小鳳笑道：「因為宮九能殺我？」
老實和尙道：「你又說對了。」
陸小鳳道：「好，走吧！」
老實和尙道：「走？去哪兒？」
陸小鳳道：「去見宮九。」
老實和尙道：「去見宮九？現在就去？」
陸小鳳道：「是呀，因爲我想馬上就知道這個轟動天下的大秘密。」
老實和尙道：「你知道當你知道這秘密以後，你只有兩條路可以走嗎？」
陸小鳳道：「我知道。」
老實和尙道：「你準備走哪一條路？死路？生路？」
陸小鳳道：「你想死嗎？」
老實和尙道：「當然不想！誰會想死？」
陸小鳳道：「對呀！那我會想死嗎？」
老實和尙興奮的道：「你是說，你答應做隱形人？」
陸小鳳道：「不做隱形人，就不能活嗎？」
老實和尙斬釘截鐵的道：「不能。」
陸小鳳也用斬釘截鐵的口吻道：「我就偏偏要活給你看。」

廿二 隱形的人

一

很大的門，開著的大門。進入大門的人只有一個。

老實和尚站在門外對著陸小鳳道：「你進去，前院裡有三個房間，三個房間有三個不同的人，他們都在等你。」

陸小鳳問道：「三個人？」

老實和尚道：「我可以告訴你兩個人的名字，一個宮九，一個是你朝思暮想的沙曼。」

陸小鳳道：「另一個為什麼不能說？」

老實和尚道：「不為什麼，只因為你也許再也見不到這個人。」

陸小鳳道：「哦？」

老實和尚道：「這要看你的造化，假如你先進入的房間，住的是沙曼，你還可以在死前和她瘋狂的熱愛一番。假如你先找到宮九，那就對不起，請你跟這個世界說兩個字。」

陸小鳳道：「哪兩個字？」

老實和尚道：「再見。」

陸小鳳笑了起來，道：「假如我先進入那個你不能說的人的房間呢？」

老實和尚道：「也許你會不明不白的死掉，也許你會很快樂。」

陸小鳳感興趣的道：「我還會快樂？」

老實和尚道：「假如你沒有不明不白的死去，我保證你會很快樂。」

陸小鳳忽然想到一個問題，問道：「我可不可以在每個房間的門口大叫一聲？」

老實和尚道：「不可以。」

陸小鳳道：「爲什麼？」

老實和尚道：「因爲你只要一出聲，你就會發現一很好玩的事。」

陸小鳳道：「多好玩？」

老實和尚道：「你會發現有很多人送東西給你。」

陸小鳳道：「送什麼？」

老實和尚道：「暗器，致命的暗器，我保證是絕對要了你的命的暗器。」

陸小鳳道：「我進入房間以後呢？」

老實和尚道：「你可以說話，可以笑，可以做任何的事情。」

陸小鳳道：「那我可以跟你說兩個字了嗎？」

老實和尚道：「可以。」

陸小鳳道：「再見。」

繁星雖然依舊掛滿天空，但偌大的一座院落卻是黑漆漆的一片。

除了房間樹木假山的暗淡輪廓外，陸小鳳什麼也看不見。

不過，他發現一件事——三間房並不是連在一塊的，而是左、右、中央各一。

他只有一個選擇。他筆直的向前走。

他的腳步很輕，他相信，裡面的人一定沒有發覺，他已經站在門口了。

他並沒有立刻去推門。他在門外站了大概有四分之一炷香的時間，但是房裡連一點聲音都沒有。

他心中興起一個念頭——房內的人，不會是沙曼。如果是沙曼，她應該會發出夢囈的聲音。

他想放棄選擇這間房的時候，心中卻興起另一個念頭——假如沙曼正在酣睡呢？

所以他又在門口站了四分之一炷香的時間。

靜寂。依舊是一片死般的靜寂，沒有風聲、沒有老鼠走動的聲音，更沒有夢囈聲，甚至連在床上翻個身的聲音也沒有。

陸小鳳決定推門了。

門一推開，他就像靈狐那樣闖了進去，蓄勢站定以後，他就發現一件事：

——門又自動的關了起來。

所以他什麼也看不見，但是他卻感覺到房裡有人——男人。

然後他就感覺到刀鋒般的掌風切向他的心臟。

陸小鳳的身體忽然直直的向後倒退，避開了掌風。

但是，陸小鳳還沒有站定，掌風又劈向他的心臟，他已經不能躲避了。

陸小鳳並沒有不明不白的死去。

救他的人不是別人，是他自己；不是他的武功，是他敏捷的判斷力。

那隻刀鋒般的手掌在陸小鳳心臟前兩寸就停下了，因爲陸小鳳說出了三個字。

三個救了他一命的字。

——花滿樓。

除了花滿樓，誰能在黑暗中分毫不差的「看」到敵人的心臟部位？

所以充滿殺氣的手忽然變得溫柔起來，溫柔的手握在陸小鳳的手上。

兩隻手，兩隻緊握的手，代表著世上最珍貴的事情——友情。

「你怎麼會在這裡？」

這是陸小鳳和花滿樓同時說出來的同一句話。

在黑暗中，陸小鳳雖然看不到花滿樓的表情，但他知道花滿樓一定在「注視」他，然後，

兩人大笑。

花滿樓挽著陸小鳳的臂，帶到桌旁，道：「請坐。」

陸小鳳坐下。

花滿樓也坐下，道：「我這裡沒有燈。」

陸小鳳道：「那我們就在黑暗中交談吧。」

花滿樓道：「先談我為什麼會在這裡，還是先聊你怎麼會到這裡？」

陸小鳳道：「談你吧。」

花滿樓道：「是老實和尚帶我來的。」

陸小鳳道：「他怎麼會帶你來？」

花滿樓道：「我一直替你追查那幕後的隱形人，但一點眉目也沒有，反而查出了另外一件事。」

陸小鳳道：「是什麼事？」

花滿樓道：「你知道當今皇上在物色御前侍衛嗎？」

陸小鳳道：「我是江湖中人，從來不打聽這種事。」

花滿樓道：「我本來也不管這些事，但是我卻聽到消息說，皇上正在找你。」

「找我？」陸小鳳大吃一驚。

「你很驚訝吧？」花滿樓道：「我當時聽到這消息，我也傻住了，所以我就循線索追查下去。」

陸小鳳道：「結果呢？」

花滿樓道：「結果發現，這消息原來是真的。」

陸小鳳道：「皇上找我去當御前侍衛？」

花滿樓道：「一點不錯。」

陸小鳳道：「爲什麼？」

花滿樓道：「因爲有人推薦你。」

陸小鳳道：「有人推薦我？誰？」

花滿樓道：「太平王世子。」

陸小鳳張大了嘴巴，然後才道：「太平王世子？我跟他八桿子也搭不上邊，爲什麼要推薦我？」

花滿樓道：「我不知道。」

陸小鳳道：「而且，太平王世子和江湖的人有連絡，他怎麼會不知道我是野鶴閒雲，怎麼會做御前侍衛？」

花滿樓道：「我也想不通這裡面有什麼巧妙。」

陸小鳳道：「你曾繼續追查嗎？」

花滿樓道：「是的，曾經追查過。」

陸小鳳道：「查出了什麼？」

花滿樓道：「什麼也查不出，只查出了有一次老實和尚去見過太平王世子。」

陸小鳳吃驚的道：「哦！」

花滿樓道：「所以我就去拜訪老實和尚。」

陸小鳳道：「他就帶你到這裡？」

花滿樓道：「是的。」

陸小鳳道：「他跟你說了些什麼？」

花滿樓道：「他要我待在這裡，說很快就會看到你。」

陸小鳳道：「你爲什麼要襲擊我？」

花滿樓道：「這幾天晚上，一直都有人來偷襲我，我也不知道是誰，問老實和尙，老實和尙也說不知道，他只說我要小心，最好把偷襲的人活捉，就知道真相了。」

陸小鳳道：「可是你對我下的是殺手。」

花滿樓道：「第一，我不知道是你，第二，那個人的武功非常高，而且都在你這個時候來，我除了猛下殺手，機會不大，好在你忽然認出是我。」

陸小鳳道：「不然你見到的陸小鳳，就是死了的陸小鳳。」

花滿樓笑了起來，道：「你一向都是命大的人。」

陸小鳳沒有說話，因爲他忽然想到了一件事。

——鷹眼老七臨死前說的一個字：「太」。

——太平王世子？太平王世子！

——鷹眼老七要對他說的，莫非就是太平王世子？

莫非就是太平王世子推薦他給當今皇上的秘密？

花滿樓覺察到陸小鳳的沉默，問道：「你想到了什麼事嗎？」

陸小鳳道：「我想到一個人。」

花滿樓道：「什麼人？」

陸小鳳道：「死人。」

花滿樓道：「誰？」

陸小鳳道：「鷹眼老七。」

「鷹眼老七死了？」

「是的。」

「他臨死前說了些什麼？」

「一個字，『太』。」

花滿樓道：「太？太平王世子？」

陸小鳳道：「我正是這麼想。」

花滿樓沒有說話，他在沉思

陸小鳳道：「你知道太平王世子這個人嗎？」

花滿樓道：「一無所知。你呢？你見過這個人嗎？」

「素未謀面。」

「這就奇了。他為什麼要推薦你？他有什麼目的？」

陸小鳳道：「我們要找一個人。」

花滿樓道：「老實和尚？」

陸小鳳道：「是的，這問題，他一定有答案。」

陸小鳳忽然又想起另一個人，所以他又道：「不，我們還是找另一個人比較好。」

花滿樓道：「誰？」

陸小鳳道：「宮九。」

「宮九？你知道宮九在哪裡？」

「我到這裡，是老實和尙帶我來的，他說這裡有三個房間，其中一個裡面住的就是宮九。」

花滿樓道：「我們現在就去找他吧。」

「不必了。」外面傳來低沉的聲音。

燈。八盞大亮的燈。燈在八個姿色美艷的女人手上，自門外緩緩提著進來。

說話的人走在八個美女的後面。冷酷、得意，就是這個說話的人的表情。

那就是宮九。

花滿樓忽然道：「是你？」

宮九道：「是我，你畢竟聽出了我的腳步聲了。」

花滿樓道：「你就是宮九？每天晚上來偷襲我的人就是你？爲什麼？」

宮九道：「因爲我希望讓你養成了要殺我的習慣，然後……」宮九得意的笑了起來。

陸小鳳道：「然後，被殺的人，卻是我。」

宮九道：「對極了。」

花滿樓道：「好一個借刀殺人的妙計。」

宮九道：「只可惜幸運之神總是照顧著陸小鳳。只不過……」宮九說到這裡，冷哼了幾聲。

陸小鳳道：「只不過我現在已沒有這麼好的運氣？」

宮九道：「幸運，總是有個限度的。」

陸小鳳不說話了。他不說話的原因，並不是他無話可說，而是他認爲，宮九有這種心理，對他來說是件好事，因爲這樣一來，宮九會對他產生輕視的心理，而輕視，往往會使一個人不小心，不小心，就會導致失敗。

陸小鳳希望宮九愈瞧不起他愈好，他實在很怕宮九的武功。假如宮九瞧不起他，他也許會找到宮九疏忽時的弱點，那還有取勝的機會。

花滿樓卻說話了。他說的是一句問話。

他問道：「你認識太平王世子？」

宮九的回答很妙，他答道：「我認識老實和尚。」

花滿樓道：「哦？」

宮九續道：「老實和尚認識太平王世子，你說我會不認識嗎？」

花滿樓道：「不一定。」

宮九道：「爲什麼不一定？」

花滿樓道：「陸小鳳認識沙曼，但是直到現在我還未見過沙曼。」

宮九笑道：「你一定會見到她的。」

花滿樓道：「什麼時候？」

宮九道：「到時候。」

花滿樓道：「在哪兒？」

宮九道：「在路上。」

花滿樓道：「路上？什麼路上？」

宮九道：「黃泉路上。」

花滿樓道：「你要把我們都殺死？」

宮九道：「也許。」

花滿樓道：「我們有選擇的餘地嗎？」

宮九道：「只有一個人有。」

花滿樓道：「誰？」

宮九道：「陸小鳳。」

陸小鳳看著宮九，道：「我可以選擇？」

宮九點頭道：「是的。」

陸小鳳道：「選擇什麼？」

宮九道：「做隱形人或者做鬼。」

陸小鳳道：「我不做隱形人，就一定要做鬼嗎？」
宮九道：「我敢保證，一定。」
陸小鳳道：「你一向都那麼自信？」
宮九道：「是的。」
陸小鳳道：「你卻在西門吹雪那裡把我追失了。」
宮九冷笑道：「你現在還不是在我手心上？」
陸小鳳道：「那是我自己願意上鈎的。」
宮九道：「我手上沒有沙曼這張王牌，你會來上鈎嗎？」
陸小鳳道：「你千方百計的引我到這裡來，到底爲什麼？」
宮九道：「我不是說過嗎？做隱形人，或是做鬼。」
陸小鳳道：「爲什麼我不做隱形人，就非得做鬼不可？」
宮九道：「因爲你會破壞我。」
陸小鳳道：「會破壞你的人，你都要他死嗎？」
宮九道：「是的。」
陸小鳳道：「假如我答應你，我不破壞你的事呢？」
宮九道：「我還是要殺你。」
陸小鳳道：「爲什麼？」
宮九道：「因爲我不相信你。」

陸小鳳道：「你爲什麼不相信我？」

宮九道：「因爲你是陸小鳳，你要是不干涉這件轟動整個武林的事，陸小鳳就不是陸小鳳了。」

陸小鳳笑了起來，道：「你倒是我的知己。」

宮九道：「我不是，另一個人才是。」

陸小鳳道：「小老頭？」

宮九道：「不錯。」

陸小鳳道：「這一切都是小老頭的意思？」

宮九道：「只有他才能想得出這麼多巧妙的計策，也只有你，才能完成他這件傑作。」

陸小鳳道：「假如我不答應，你把我殺了，這件傑作就不能完成？」

宮九道：「是的。」

陸小鳳道：「那豈不可惜？」

宮九道：「這是遺憾。所以我們一直都沒有殺你，就是希望你能答應。」

陸小鳳道：「我有什麼好處嗎？」

宮九道：「太多了。」

陸小鳳道：「你爲什麼不把好處說出來，試著打動我？」

宮九道：「你可以擁有沙曼。」

陸小鳳道：「就這樣？」

宮九道：「你可以有享不完的榮華富貴。」

陸小鳳道：「我不要榮華富貴。」

宮九道：「你可以無憂無慮、隨心所欲的過一生。」

陸小鳳道：「爲什麼？」

宮九道：「因爲只要完成了這件事，你要什麼，只要開口，你就會得到。」

陸小鳳道：「什麼都可以？」

宮九道：「只要世上有的，都可以。」

陸小鳳道：「爲什麼？」

宮九道：「因爲給你的人，是皇上。」

陸小鳳道：「當今皇上？」

宮九道：「不是。」

陸小鳳迷惑了，問道：「不是？」

宮九道：「是下一個皇上。」

陸小鳳道：「爲什麼是下一個皇上？」

宮九道：「因爲當今的皇上到時候已經不在了。」

陸小鳳道：「爲什麼不在？」

宮九淡淡的道：「死了，當然就不在了。」

陸小鳳道：「皇上爲什麼會死？」

宮九道：「誰都會死的，皇上爲什麼不會？」

陸小鳳道：「下一個皇帝，是太平王世子嗎？」

宮九道：「怪不得小老頭一直稱讚你，你果然很聰明。」

陸小鳳道：「太平王世子推薦我，就是讓我有機會出現在皇帝面前？」

宮九道：「不錯。」

陸小鳳道：「你們要我做隱形人，就是要我到時候刺殺皇上？」

宮九道：「一點不錯。」

陸小鳳道：「錯了。」

宮九道：「錯了？」

陸小鳳道：「小老頭錯了，我也錯了。我以爲小老頭是我的知己，原來不是。」

宮九道：「爲什麼不是？」

陸小鳳道：「他根本不了解我，這種事，我怎麼能做得出來？我阻止都來不及，怎麼會去做？」

宮九道：「小老頭並不一定錯，你卻一定錯了。」

陸小鳳道：「哦？我錯在哪裡？」

宮九道：「你忽略了一些事。」

陸小鳳道：「什麼事？」

宮九道：「人性。」

陸小鳳道：「人性？」

宮九道：「你忽略了人性裡有愛、有恐懼、有貪圖享樂的惰性。」

陸小鳳道：「我有忽略嗎？」

宮九道：「你忽略了，所以小老頭要我們不斷提醒你。」

陸小鳳道：「你們提醒我的方法，就是劫持沙曼？用威迫加利誘來使我注意？」

宮九道：「你不想沙曼嗎？你不想跟沙曼長相廝守嗎？你不想跟沙曼無憂無慮、隨心所欲的過一生神仙般的生活嗎？」

陸小鳳道：「這是任何人都想的事，只是，要用一手血腥來獲得這些，我相信這世上起碼有三個人絕對不幹。」

宮九道：「哪三個人？」

陸小鳳指著花滿樓道：「他。」

宮九道：「還有呢？」

陸小鳳道：「西門吹雪和我。」

宮九道：「很好。」

陸小鳳道：「很好？很好是什麼意思？」

宮九道：「很好的意思就是，我把你引來這裡，是一件對我們很好的事。」

陸小鳳道：「可是對小老頭的計劃來說，豈不是很不好嗎？」

宮九道：「都是不得已的遺憾。」

陸小鳳道：「我可以問你一些問題嗎？」

宮九道：「當然可以，我對將要離開這個世界的人，一向都不會隱瞞什麼的。」

陸小鳳道：「太平王世子是不是隱形的人？」

宮九道：「是的。」

陸小鳳道：「崔誠是他殺的嗎？」

宮九道：「蕭紅珠和程中也是他殺的。」

陸小鳳道：「他是進入密室時才殺死他們的嗎？」

宮九點頭道：「不錯，所以他就花了錢買通葉星士，要他說崔誠他們被殺了一個半時辰。」

陸小鳳道：「這一切都是預先設計好的？」

宮九道：「是的，除了你。」

陸小鳳道：「我是個不經意的闖入者。」

宮九道：「由於你突然出現在島上，使得小老頭興起了要你做隱形人，要你刺殺皇帝的念頭。」

陸小鳳道：「現在最有權勢的人，是太平王世子嗎？」

宮九道：「他已經籠絡了很多得力助手。」

陸小鳳道：「他爲什麼不自己去行刺？」

宮九道：「那是不成的，假如由他親自動手，他怎能獲得大家的支持接任？」

陸小鳳道：「你跟太平王世子很熟嗎？」

宮九道：「這世上沒有任何人比我對他更熟悉的了。」

陸小鳳道：「哦？你從小就認識他？」

宮九道：「他還沒有出娘胎，我就已經認識他。」

陸小鳳道：「爲什麼？」

宮九道：「因爲我就是太平王世子。」

所有人都愣住。這實在是一件驚人的消息，陸小鳳瞪著宮九，連一句話都說不出來。

宮九很得意的看著陸小鳳，笑道：「這秘密令你很震驚吧？」

陸小鳳道：「我做夢也想不到。」

宮九道：「還有一件事也是你做夢也想不到的。」

陸小鳳道：「什麼事？」

宮九道：「你馬上就要死了。」

宮九說完，向著門外一指。

火把。明亮亮的火把。

五十支火把握在五十個赤膊露出結實肌肉的大漢手上。五十個大漢圍成一個大圈。

陸小鳳道：「這是什麼意思？」

宮九道：「這叫四個字。」

陸小鳳道：「哪四個字？」

宮九道：「入地難遁。」

宮九說完，一拍手掌。

又是火把，又是明亮亮的火把。

又是五十支火把握在五十個赤膊露出結實肌肉的大漢手上，只不過這五十個大漢不是站在地上。

站在屋瓦上。

陸小鳳道：「這又是什麼意思？」

宮九道：「這是另外的四個字。」

陸小鳳道：「哪四個字？」

宮九道：「插翅難飛。」

陸小鳳笑道：「看來你一定要置我於死地。」

宮九道：「你說得一點也不錯。」

陸小鳳道：「我可以問你一個問題嗎？」

宮九道：「當然可以。」

陸小鳳道：「這問題是問你有沒有聽過這樣一句話。」

宮九道：「什麼話？」

陸小鳳道：「這句話比你那兩句話少一個字。」

宮九道：「七個字？哪七個字？」

陸小鳳道：「置諸死地而後生。」

宮九露出不屑的笑聲，道：「你沒有機會，一點機會也沒有！」

陸小鳳道：「你這樣堅持，我看我真的是一點機會也沒有了。既然我快要死了，我可以向你請求一件事嗎？」

宮九道：「什麼事？」

陸小鳳道：「放了花滿樓和沙曼。」

宮九很乾脆的道：「可以。」

陸小鳳道：「我還想一件事。」

宮九道：「小老頭說，要我盡量答應你死前的任何請求。你說吧！」

陸小鳳道：「我想見沙曼。」

宮九道：「你一定可以見到的。」

陸小鳳道：「不是現在？」

宮九道：「不是。」

陸小鳳道：「什麼時候？」

宮九一擺手，指著門外，道：「你站到外面，面對著我的時候。」

陸小鳳道：「你很厲害。你想分我的心？」

宮九道：「別忘了小老頭一直推崇你，我絕對不會對你掉以輕心的，老實說，面對強敵的時候，我絕對用盡一切方法令對方的意志薄弱起來。這是制勝的方法。」

陸小鳳深深的看著宮九。他實在佩服宮九，他發覺以前他都把宮九看錯了。

然後，陸小鳳一伸手，道：「請。」

宮九道：「理應你先。」

陸小鳳道：「爲什麼？」

宮九道：「因爲這是到鬼門關的路。」

二

曙光，已經乍露。

假如白天象徵生命，曙光的來臨就表示生命的誕生，然而，爲什麼陸小鳳面對的，卻是死亡的陰影？

宮九到底有什麼厲害的絕招，他爲什麼顯出一副氣定神閒的樣子？

這問題很快就有了答案。

當陸小鳳集中了全副意志力，蓄滿了全身精力，面對著宮九的時候，宮九卻輕輕的拍了一下手。

然後陸小鳳就看到了他早也想晚也想的沙曼。

陸小鳳的意志力鬆懈了，他的思想已被對沙曼的愛情注滿，他正在集中的注意力，都移到了沙曼身上。

假如宮九現在進攻陸小鳳，陸小鳳必敗無疑。

但是宮九沒有進攻，他露出得意的神情，就像一隻貓，在玩弄一隻垂死的老鼠猶自盯著吃不到的乳酪一樣。

陸小鳳正盯著沙曼看。

沙曼也看著陸小鳳，但目光中竟然沒有一點憂傷的神色，反而是一片寧靜與安詳，就像被圍繞的港灣中的海水那樣平靜。

這是陸小鳳想不到的。這也是宮九想不到的。

沙曼爲什麼會表現得這麼安詳？她難道不知道陸小鳳正面臨死亡的大關嗎？

沙曼踏著平穩的步伐，緩緩走向陸小鳳。

當她走近陸小鳳身邊時，忽然轉身面對宮九。

沙曼對宮九道：「我可以跟他說一句話？」

沒有等宮九回答，沙曼又繼續道：「我只說兩個字。」

宮九笑道：「你要說再見，還是說永別？」

沙曼微笑道：「我說的兩個字，只有我和他知道。」

宮九道：「請便。」

沙曼把嘴貼陸小鳳耳上，說出了那兩個字。

那兩個是什麼字？

沙曼說完，就緩緩走開，站在陸小鳳身後，面對著宮九。
宮九的視線由沙曼臉上，移到陸小鳳臉上。
宮九道：「你還有什麼遺言？」
陸小鳳道：「沒有了，你呢？」
宮九仰天狂笑，道：「請你記住，要死的人是你，不是我！」
陸小鳳沉靜的道：「我們就空手決鬥嗎？」
宮九道：「不，武器由你選。」
陸小鳳道：「我要什麼武器，你都可以給我？」
宮九道：「任何武器，我都有。」
陸小鳳道：「很好。」
宮九道：「你要什麼武器？」
陸小鳳道：「長鞭。」
宮九臉上神色大變，道：「長鞭？」
陸小鳳冷冷道：「是的，長鞭！」
宮九喘了幾口大氣，鎮靜下來，一拍手。
陸小鳳手已經拿著長鞭。
陸小鳳道：「你空手嗎？」

宮九傲然道：「就憑我這雙手就夠了。」

陸小鳳抖了抖手中長鞭道：「很好。」

長鞭發出刺耳的「唰」「唰」聲。

宮九臉色忽然大變，兩眼逐漸變紅，盯著陸小鳳的身後。

陸小鳳發現盯著他身後的眼睛，不只宮九那一雙。

站在屋頂上和圍在四周的大漢，每對眼睛都貪婪的盯著陸小鳳的身後。

陸小鳳已經知道是怎麼回事了。他也明白沙曼爲什麼對他說「用鞭」這兩個字。

沙曼其實並沒有做什麼，她只不過是把身上的衣服都脫了下來而已。

把衣服脫光其實也並沒有什麼，只不過是露出赤裸裸的胴體罷了。

人一生下來，豈非也是赤裸裸的？

只不過，赤裸裸的嬰兒，激起人心中的，是對生命的讚嘆，而赤裸裸的成熟女子的胴體，激起人心中的，卻是情慾。

情慾是人類的弱點，尤其是對在比鬥的人，更不能興起情慾。

宮九更不能。這是宮九的弱點。

沙曼了解宮九，更了解宮九的弱點。所以她要陸小鳳用鞭，自己則以色相的犧牲，來勾起宮九的情慾。

長鞭的「唰」「唰」聲響，加上陽光照在沙曼白玉般的肌膚上，宮九氣息已喘動如一頭奔跑了數十里的蠻牛。

當沙曼扭動腰肢，做出各種動作的時候，宮九瘋狂般撕扯自己的衣服，喘著氣狂叫：「打我！打我！」

陸小鳳收起長鞭，以悲憫的同情眼光，看著宮九。

宮九卻用哀求的眼光看著陸小鳳和他手中的長鞭，大叫：「用鞭鞭我！快！快！」

沙曼也大叫了一聲：「快！」

然而陸小鳳並沒有鞭打宮九。他是用刺。他把內力貫注在鞭上，軟軟的鞭一下子變得又直又硬。

陸小鳳就用這樣的硬鞭，一鞭刺入宮九的心臟中。

一切歸於沉寂。

只有初昇的陽光，猶自照在這座院落的牆上、地上、花上、草上、樹上、人身上。

三

舟，扁舟，一葉扁舟。

一葉扁舟在海上，隨微波飄盪。舟沿上擱著一雙腳，陸小鳳的腳。

陸小鳳舒適的躺在舟中，肚子上挺著一杯碧綠的酒。

他感覺很幸福。因爲沙曼溫柔得像一隻波斯貓那樣膩在他身旁。

沙曼拿起陸小鳳肚子上的酒，餵了陸小鳳一口，輕聲細語的道：「你知道一件事嗎？」

陸小鳳道：「什麼事？」

沙曼道：「當今皇上，現在真的想見你。」

陸小鳳微笑道：「你也知道一件事嗎？」

沙曼道：「什麼事？」

陸小鳳道：「我現在真的要去做隱形人。」

沙曼嚇了一跳，道：「爲什麼？你現在忽然想刺殺皇上？」

陸小鳳端詳著沙曼的臉道：「你真的那麼笨嗎？」

沙曼道：「我本來就笨嘛，你不喜歡，你就把我丟到海底去算了。」

陸小鳳卻把沙曼抱得更緊，道：「小玉跑了，西門吹雪、花滿樓又回到他們寧謐的世界，江湖上又恢復平靜，我要是不趁著這個機會和你隱居，做一對隱形於江湖的仙侶，我還是人嗎？」

沙曼嘆聲道：「你本來就不是人嘛！」

陸小鳳道：「你說我不是人？難道我是豬？」

沙曼道：「你不是人，也不是豬，你是鳳，是陸小鳳，是飛翔在幸福的九重天上的陸小鳳。」

《鳳舞九天》完，相關情節請續看《劍神一笑》

陸小鳳傳奇（五）鳳舞九天

作者：古龍
發行人：陳曉林
出版所：風雲時代出版股份有限公司
地址：10576台北市民生東路五段178號7樓之3
電話：(02) 2756-0949　　傳真：(02) 2765-3799
封面原圖：明人出警圖（原圖為國立故宮博物館典藏）
封面影像處理：風雲編輯小組
執行主編：劉宇青
業務總監：張瑋鳳
出版日期：古龍珍藏限量紀念版2024年8月
ISBN：978-626-7464-36-6

風雲書網：http://www.eastbooks.com.tw
官方部落格：http://eastbooks.pixnet.net/blog
Facebook：http://www.facebook.com/h7560949
E-mail：h7560949@ms15.hinet.net
劃撥帳號：12043291
戶名：風雲時代出版股份有限公司

風雲發行所：33373桃園市龜山區公西村2鄰復興街304巷96號
電話：(03) 318-1378　　傳真：(03) 318-1378
法律顧問：永然法律事務所 李永然律師
　　　　　北辰著作權事務所 蕭雄淋律師

行政院新聞局局版台業字第3595號 營利事業統一編號22759935

國家圖書館出版品預行編目資料

陸小鳳傳奇. 五, 鳳舞九天／古龍 著.　-- 三版.--
臺北市：風雲時代出版股份有限公司, 2024.07
面；公分.（陸小鳳傳奇系列）古龍珍藏限量紀念版
ISBN 978-626-7464-36-6（平裝）

857.9　　113007026